SUR LES TERRES DU LOUP

DU MÊME AUTEUR

Pilleurs de rêve
Éditions du Boréal, 2022 et 2023

Chasseurs d'étoiles
Éditions du Boréal, 2023

Cherie Dimaline

SUR LES TERRES DU LOUP

Traduit de l'anglais (Canada)
par Lori Saint-Martin et Paul Gagné

Buchet Chastel

TITRE ORIGINAL
Empire of Wild

ÉDITEUR ORIGINAL
Random House Canada

ISBN 978-2-7578-9631-0

Pour Jaycob,
le garçon qui a chassé les monstres

« Nous allions dans les meilleurs motels,
c'est comme dormir
dans des romans inachevés. Nous dormions
profondément au milieu du teck
et de la serge, du tartan et du laiton.
Nous laissions la fenêtre
entrouverte. »

PAUL VERMEERSCH, *Motel*

« Toi, tais-toi ; et écoute. »

Ma mere,
EDNA DUSOME,
1913-2006

Note des traducteurs

Le mot métis mere *est utilisé dans le livre pour désigner la grand-mère, et non la mère.*

Par ailleurs, les passages en italique suivis d'un astérisque sont en français dans le texte original.

PROLOGUE

Une nouvelle chasse

La médecine des anciens a sa façon de s'imposer à la mémoire, de hanter le territoire où elle est née. Les gens oublient. La médecine n'oublie pas.

Le village d'Arcand se composait d'une église, d'une école, d'une épicerie, d'un débit de boissons clandestin et d'un assemblage de maisons voûtées, semblables à des vieillards penchés sur un cimetière plein de Grenier et de Trudeau dans l'espoir de surprendre une conversation. Les dimanches étaient consacrés à Dieu, même si la plupart des villageois priaient au milieu du lac, lançaient dans l'eau verte des « Je vous salue Marie » en même temps que leur ligne de pêche, et criaient vers le ciel, que la chance leur sourie ou non.

On fêtait dans les cuisines. L'euchre était un sport. Et la seule musique sur laquelle il valait la peine de danser était celle des violoneux. Les autres airs n'étaient qu'un fond sonore, bons à se raconter des histoires, boire de la bière et flirter. Ou alors, ils servaient à battre le rythme pendant qu'on administrait une raclée bien méritée à un cousin.

Les habitants d'Arcand venaient de l'île Drummond, qu'ils avaient dû quitter de force en 1828, quand elle avait été cédée aux États-Unis. C'étaient des sang-mêlé, les enfants de coureurs des bois français et de mères issues des Premières Nations, ainsi que des Métis originaires du Manitoba. Les nouvelles autorités coloniales convoitaient le territoire, mais pas les Indiens qui y vivaient ; on les a donc entassés dans des bateaux avec leurs violons de seconde main et leurs bottes en cuir assouplies par les années. Ils ont débarqué sur les sables blancs de la baie Georgienne, où ils ont fondé leurs foyers en face du village déjà établi, qui refusait de les accueillir. Au début, ils se sont débrouillés tout seuls, bien pourvus qu'ils étaient en forgerons, en chasseurs et en pêcheurs, sans parler de la centaine de petits enfants qui lançaient des cailloux dans le lac Huron. S'ils avaient su alors qu'il leur faudrait défendre chaque centimètre carré et préserver chaque grain de sable, peut-être auraient-ils empilé les pierres au lieu de les offrir en cadeau au lac.

Au fil des ans, sans traité et sans argent, ils se sont vu repousser loin des rives où, dans une frénésie de coups de marteau, si nombreux par moments que le littoral donnait l'impression d'applaudir à tout rompre, on construisait des chalets à un million de dollars. Une famille à la fois, la communauté a été refoulée plus loin sur la route.

Catholiques par habitude, ils priaient à genoux pour que cesse enfin le déplacement des leurs, pour que Jésus lui-même intervienne et trace une frontière entre les sang-mêlé et les nouveaux arrivants. Ceux qui trimballaient des remèdes répandaient aussi du gros sel pour se protéger contre l'exode. Ce sel provenait des os d'une famille de la rivière Rouge qui, lorsque Dieu ne daignait pas tendre la main pour l'aider, dessinait ses propres frontières.

Inévitablement, tout le littoral a fini par passer aux

mains des nouveaux arrivants, qui ont construit des hangars à bateaux, de petits pavillons de jardin et des quais d'où des petits-enfants à la peau brûlée par le soleil faisaient des bombes dans les eaux de juin en criant pour qu'on admire leurs prouesses. Et les sang-mêlé ? Ils ont eu le village au bout d'une route en terre. Ils ont eu Arcand.

Certains ont réussi à conserver les lots riverains les moins convoités, ceux privés de plage ou envahis par des lis qui, tels les doigts pourrissants d'une femme négligée, émergeaient de la vase. Ceux qui refusaient de remonter la route jusqu'à Arcand étaient des anciens. Ils possédaient encore des quais branlants auxquels les pêcheurs amarraient leurs bateaux rouillés en échange d'une partie de leurs prises. L'étendue densément boisée qui allait d'Arcand jusqu'à la grand-route et aux voies plus petites qui descendaient en épingles à cheveux jusqu'à la rive habitée était encore disponible. Dans tous les foyers des sang-mêlé, on trouvait des boîtes de conserve remplies de petite monnaie ainsi qu'un projet empreint de nostalgie : racheter les terres, un hectare à la fois s'il le fallait.

Sur ces terres, occupées ou abandonnées à la nature, aux côtés des humains et de la faune en déclin, vivait une autre créature. La nuit, elle écumait les routes qui reliaient Arcand au village plus grand situé de l'autre côté de la baie, où les Autochtones, deux siècles plus tard, n'étaient toujours pas les bienvenus. On prononçait son nom du ton grave réservé aux jurons et aux prières. Dans les innombrables histoires racontées par ceux qui avaient l'âge de s'en souvenir, il était toujours synonyme de menace.

Tu as rompu le carême ? *Le rougarou va venir te chercher.*

Tu as couché avec une femme mariée ? *Le rougarou va te trouver.*

Dans le feu d'une dispute, tu as mal parlé à ta maman ? *Ne rentre pas chez toi à pied. Le rougarou va t'enlever.*

Tu as battu une femme ? *Peu importe les raisons, le rougarou va bientôt te faire sien.*

Tu as abattu trop de cerfs et ton congélateur déborde, alors que leur nombre s'amenuise ? *À ta place, je ne sortirais pas le soir. Le rougarou est au courant.*

C'était un chien, un homme, un loup. Il était vêtu, il était nu sous son pelage, il portait des mocassins pour giguer. De n'importe quel frisson il était la cause, et il rôdait toujours, au bord de la route, sifflant pour que les étoiles brillent dans la nuit bleu marine, proches et lointaines comme des ancêtres.

Pour les filles, c'était la créature qui vous forçait à éviter la route ou à marcher en troupeau. Les vieilles femmes ne disaient jamais : « Va pas au village. C'est dangereux, pour nous. Nos filles disparaissent. On leur fait du mal. » Elles chuchotaient plutôt à votre oreille : « Je n'irais pas sur la route, ce soir. Mercredi, quelqu'un a vu le rougarou, appuyé contre un panneau Stop. Il aiguisait ses griffes avec la mâchoire d'un enfant. »

Pour les garçons, c'était l'incarnation du pire destin possible. « Demande toujours à une fille la permission et fais ce qu'elle te dit. Tu veux pas te transformer en rougarou. Tu risques de te réveiller avec du sang sur les dents, sans savoir ce que t'as fait et sans moyen de l'apprendre. »

Longtemps après que le sel d'os apporté avec soin de la lointaine rivière Rouge eut été réduit en poussière, que les mots avec lesquels on l'avait répandu ne furent même plus un murmure et que le dialecte dans lequel on les avait prononcés fut remplacé par le français commun, les histoires mettant en scène le rougarou empêchaient la communauté de rompre son cercle, de dépasser les bornes. Quand les gens oubliaient ce qu'ils avaient souhaité au départ – un endroit où habiter, une communauté épanouie –, lui s'en souvenait et, à pas feutrés, il revenait la nuit, aussi léger que de la poussière d'étoiles, sur la route asphaltée depuis peu. Et le rougarou, le cœur rempli de ses propres légendes mais le ventre vide, réapparaissait pour hanter ses terres. Mais aussi pour chasser.

1

La Jeanne d'Arcand

Chercher la personne qu'on a perdue, c'est mourir de froid une quantité infinie de fois. Tu es exsangue, obsédée, engourdie au bord de la panique et du vide. Tes doigts te servent uniquement à creuser, tes jambes à te faire avancer sur tes pieds couverts d'ampoules.

Tu cherches.

Tu cherches.

Tu cherches.

Tu forces des barres de céréales entre tes dents, simple carburant pour ton estomac. Pour continuer. Tu pisses dans les bois pour gagner du temps, mais seulement après avoir scruté le sol à la recherche d'indices.

Tu retiens ton souffle en apercevant des traces et tu les suis. Les signes les plus ténus t'innervent et tout s'embrase. Tu es une fièvre qui court dans les bois.

Mais un lacet cassé n'est qu'un lacet cassé et rien de plus. Un indice n'est pas un indice. Rien qu'une barrette égarée, un inconnu qui cuve son vin, un préservatif usagé.

Et ton sang se retire comme une marée rouge et tes doigts se resserrent sur une autre tasse de café imbuvable. Ils se posent sur un cœur brisé que retiennent avec indifférence des côtes inadéquates.

Tu cherches encore.

*
* *

Joan cherchait son mari disparu depuis onze mois et six jours, depuis octobre dernier, quand ils s'étaient disputés au sujet de la vente du terrain qu'elle avait hérité de son père. Il avait enfilé son blouson gris et il était sorti en laissant la porte moustiquaire claquer derrière lui. Depuis onze mois et six jours, elle ressassait heure après heure la courte séquence de gestes et de mots jusqu'à réduire la querelle à sa plus simple expression : un cri, un départ en trombe, puis la porte.

« Je sors relever les collets, lui avait-il lancé par-dessus son épaule.

– Ouais, c'est ça, avait-elle répliqué depuis le canapé du salon. Va profiter de la terre que tu veux vendre. Bonne idée ! »

Puis elle avait émis une sorte de rire nasal. La dernière chose qu'il avait entendue de sa part, c'était ce grognement moqueur. Ce bruit horrible, le point à la fin de leur phrase commune. Ou peut-être ne l'avait-il pas entendu. Elle l'espérait.

Elle avait oublié ce que voulait dire manger, dormir ou rêver. Elle n'arrivait ni à se faire jouir ni à détendre ses poumons pour soupirer à fond, ce qui, à ses yeux, revenait presque au même. Sans Victor, Joan était à moitié effacée. Était-il mort ? Avait-il fui ? Elle était incapable de vivre son deuil comme une personne normale – se faire couper les cheveux, s'endormir en pleurant, attendre le jour où elle saurait continuer malgré son absence. Tout ce qu'elle pouvait faire, c'était le chercher.

Elle était née à Arcand, comme bien des générations

avant elle. Contrairement aux autres, elle était partie vivre ailleurs, dans des villes et des villages de l'Ontario, et même, des années plus tôt, à Terre-Neuve, du temps de son idylle avec un pêcheur de morue. Grandir à Arcand lui avait donné la bougeotte et avait fait d'elle une fille distraite. Il fallait qu'elle découvre le monde. Il y avait forcément un endroit où elle serait à sa place. En l'occurrence, le pêcheur terre-neuvien avait cessé de parler et elle s'était révélée incapable de jouer au 120 comme tout insulaire qui se respecte. Elle était donc rentrée.

Entre Leading Tickles, à Terre-Neuve, et Arcand, en Ontario, elle avait rencontré Victor.

« Fais attention, avait dit Mere en apprenant que Joan allait voyager à bord d'un Greyhound. Il paraît qu'un type s'est fait couper la tête dans un de ces engins. » Au téléphone, la voix lointaine de la vieille femme ne mettait jamais longtemps à se faire du souci.

« Un meurtrier à bord ? Chanceuse comme je suis, je vais finir par sortir avec lui. » Joan ne plaisantait qu'à moitié.

Mere avait fait claquer sa langue. « Rentre donc. Et pour ce qui est de sortir avec des hommes… Oublie ça.

– Ouais, bon. À Arcand, c'est impossible, de toute façon. On est tous parents. »

Elle avait eu deux sièges à elle seule pendant presque tout le trajet. En plus, elle avait un bon livre, un sac plein de choses à grignoter, des cigarettes et, grâce au tarif imbattable qu'elle avait obtenu, quatre-vingts dollars en poche. Quand l'autocar s'était arrêté à Montréal en grinçant et en éructant, elle avait profité des quatre heures avant le départ vers Toronto pour faire un saut dans un bar près de la gare.

Son sac à dos à l'épaule, elle avait descendu les

marches trop à pic et, mal chaussée pour la saison, elle avait atterri dans la neige fondue qui recouvrait l'asphalte. Elle avait consulté le ciel qui, au-delà du halo poisseux des lumières de la ville, se déclinait en multiples couches de bleu marine. Il en tombait des flocons si gros et si lents qu'on les aurait dits découpés avec de délicats ciseaux dans du papier plié. Le parking était un poème sur le blanc. L'enseigne au néon du bar André consistait en un sapin de Noël décoré. De grosses Harley noires étaient garées devant, tels huit rennes à la queue leu leu.

Joan avait commandé la première bière en fût de la carte et s'était assise dans un coin, loin du vacarme des habitués installés en cercle autour du barman à la façon de goélands assoiffés. Au fond, des clients se penchaient sur deux billards éclairés par des lampes en verre coloré représentant des navires en mer. Les tables étaient occupées par des corps d'où, comme d'un tuyau pété, jaillissait sèchement du français. Seule et mal à l'aise, Joan avait sifflé sa bière pour repousser son angoisse. Quand la serveuse était passée en coup de vent, elle en avait commandé une autre. En revenant des toilettes après la deuxième, elle s'était arrêtée au bar pour en prendre une troisième, armée d'une confiance provisoire.

Il était tard, à présent, presque onze heures, et l'autocar partait à minuit et demi. La porte du bar s'ouvrait souvent, et le vent soufflait surtout des hommes, mais aussi quelques femmes, et d'incessants tourbillons de neige. Elle avait fini par se laisser entraîner dans une grande discussion sur la mort d'Oussama ben Laden. Elle ne se souciait plus du nombre de verres et autres vétilles. Enhardie par son départ prochain, elle s'exprimait librement et riait sans gêne. C'est alors qu'elle avait aperçu Victor, le magnifique Victor, avec ses pommettes saillantes et ses tatouages à l'ancienne (pin-up, moineaux et poignards plantés dans des cœurs au contour épais), Victor le beau parleur dont les yeux doux étaient d'une couleur indéfinissable, et elle avait compris qu'elle n'allait pas le prendre, cet autocar.

Le lendemain après-midi, toutefois, elle était de retour sur la route. À bord de la jeep de Victor, direction La Nouvelle-Orléans.

*

* *

Arcand avait le pouvoir de vous envelopper et d'appliquer juste ce qu'il faut de pression pour que vous repreniez le pli, conscient de son emprise sans qu'elle vous dérange vraiment. Ramener Victor chez elle n'avait pas été une mince affaire. Leur périple avait duré presque un mois : après avoir roulé jusqu'en Louisiane, où ils avaient squatté chez des amis à lui, ils avaient fait un grand détour par la Floride, longeant la pièce de casse-tête que dessine son littoral. De retour à Montréal, ils s'étaient retranchés dans le loft de Victor jusqu'à l'expiration du bail, deux mois plus tard, et ils avaient baisé et écumé les rues en chantant et en buvant du vin, leur peau meurtrie par les baisers. Puis ils avaient entassé la vie de Victor dans trois boîtes en carton et mis le cap sur la baie. Comme toutes les petites communautés, Arcand exigeait familiarité et loyauté. Le village repoussait les étrangers comme des échardes et il avait fait de son mieux pour éliminer Victor.

À la mort de son père, Joan avait hérité de la maison où elle avait grandi. La mère de Joan ne supportait plus d'y vivre et la famille en était venue à la conclusion que Joan avait davantage besoin de stabilité que ses frères. Comme, à l'époque de son aventure terre-neuvienne, la maison était inoccupée, Joan y avait installé Mere. Angélique, la grand-mère de Joan, fut donc le premier obstacle qu'ils durent affronter, Victor et elle. Bien que peu encline à porter des jugements, Angélique changeait d'humeur dès que l'inquiétude la gagnait, et le bilan amoureux de Joan n'avait rien de rassurant. En réaction à l'apparition subite de Victor, elle se mura dans un silence que Joan s'évertua à briser.

Le père de Victor est un Boucher. T'as pas connu des Boucher à la petite école ?

Victor aime la chasse. Parle-lui donc des cerfs qu'on voyait dans le coin du temps de grand-papa.

On va faire des courses au village, Victor et moi. Tu veux qu'on te laisse au bingo ?

La plupart des initiatives de Joan étaient accueillies par des bredouillements, à moitié en mitchif. Joan comprenait assez bien cette langue pour savoir que ces réponses n'en étaient pas vraiment. Mere passait de plus en plus de temps dans l'Airstream qu'elle avait parquée derrière la maison, au bord du ruisseau. C'est là qu'elle gardait ses remèdes, son plus beau service à thé. C'est aussi là qu'elle s'installait pour faire ses casse-tête. Puis elle prit l'habitude de dormir dans la caravane. Enfin, elle cessa de venir à la maison, sauf pour prendre sa douche et utiliser le téléphone fixe.

Victor refusait d'abdiquer. Il faisait du pain et descendait à la caravane avec une miche enveloppée dans un torchon à carreaux. Il invitait Mere à jouer chaque fois qu'ils s'apprêtaient à faire une partie de cartes. Il aménagea toute la propriété et planta de la sauge près des bouleaux. Mere ne commença à fléchir que le jour où, pendant qu'elle arrosait le jardin, Victor raconta une blague de pénis. Mere aimait bien ce genre de blagues et les hommes capables d'en raconter.

Les frères et la mère de Joan affichaient leur désapprobation avec moins de retenue. La première fois qu'elle emmena Victor chez sa mère pour le dîner du dimanche, son frère George alla s'asseoir devant la télé avec son assiette de poulet Shake 'n Bake ; Junior s'installa dans l'atelier et Flo dans la véranda. Joan fut gênée, peinée, mais pas surprise. À force de miser sur des bons à rien, elle avait épuisé les réserves de bonne volonté des siens. Et maintenant qu'elle était en compagnie de la personne qu'elle allait épouser, de l'homme auprès de qui elle avait enfin trouvé sa place dans l'univers, ils refusaient de le regarder dans les yeux.

Le manège se poursuivit pendant des mois.

Quand, découragée par cette situation, elle pleurait doucement, comme si ses os étaient brisés juste sous la peau, Victor la serrait dans ses bras.

« Je suis un inconnu, pour eux. Ils te surprotègent. C'est normal. »

Mais elle savait qu'il en était affecté, lui aussi. Ils ne la surprotégeaient pas : ils se comportaient en trous du cul. Elle recommença à travailler pour l'entreprise familiale, mais elle gardait le silence pendant qu'on recouvrait un toit de bardeaux, boudait pendant qu'on construisait un porche. Elle prit l'habitude d'appeler sa mère une fois par semaine plutôt que tous les jours, se montra encore moins assidue aux repas familiaux et aux baptêmes.

L'impasse prit fin au cours du deuxième hiver. Au Commodore, Junior s'était battu parce qu'un client en avait traité un autre d'Indien. Puis une bouteille avait été fracassée sur le bord d'une table. En rentrant du travail, Victor s'était arrêté au bar avec un nouveau membre de son équipe de charpentiers. Quand les cris retentirent, il s'excusa et courut vers la mêlée en se débarrassant de ses couches de flanelle. Sans poser de questions, il se porta à la défense de Junior – brisa des mâchoires, prit un coup de pied dans les côtes, arracha les queues de billard brandies par des mains calleuses. Puis la police débarqua et renvoya tout ce beau monde à la maison.

À trois heures du matin, par un samedi neigeux, Junior et lui rentrèrent à bord de la camionnette de George et, enlacés, titubèrent jusqu'à la porte. Quand Joan ouvrit, Victor se fendit d'un large sourire et il apparut clairement qu'un poing aux lourdes jointures lui avait pété une incisive. Il apparut tout aussi clairement qu'entre les frères de Joan et lui, c'était à la vie à la mort, désormais. Par chance, Mere était dans sa caravane. Sinon, elle leur aurait flanqué une bonne trempe pour les punir de s'être fait taper dessus. Victor avait dû se payer un implant dentaire, mais c'en avait quand même valu la peine.

Victor les conquit un par un, notamment après le mariage, lorsque tous comprirent qu'il avait l'intention de rester. Au cours de la semaine suivant sa disparition, tout le monde participa aux recherches. Jusqu'à Marcel, le bûcheron québécois, qui écuma les bois, même s'il était de notoriété publique que, lors de la bagarre au Commodore, c'est dans sa main droite que le bout de la dent de Victor s'était incrusté. Après deux mois, cependant, seule Joan hantait le canton, tel un fantôme au cœur brisé. Certains jours, elle ne se rappelait pas comment elle avait abouti sur sa terre ou au dépotoir. Elle n'avait fait que suivre d'étroits sentiers en posant un pied devant l'autre, en enjambant des tas de meubles démantibulés et de journaux détrempés.

*
* *

Onze mois et six jours plus tard, elle était encore distraite au volant : elle vérifiait l'identité des passants, jetait un coup d'œil dans toutes les voitures ou, épuisée et perdue dans ses pensées, déviait de sa voie. Un dimanche qu'elle emmenait Mere et son cousin Zeus dîner chez sa mère, elle se fit surprendre à divaguer.

« Dieu du ciel, Joan, arrête-toi ici ! cria Mere. On va faire le reste du trajet à pied. » En prévision de l'impact, la vieille femme avait mis ses paumes sur le tableau de bord, son sac à main avec la poignée sur le dessus reposant sur ses genoux, tel un petit chien blanc. Sa ceinture était serrée sur ses seins tombants, son dos raide contre le dossier. « Je suis pas encore prête à monter voir le Jésus. Pis Zeus, lui, a pas encore mué. »

Assis derrière, l'arrière-petit-fils de Mere lança : « Essaye de pas tuer toute l'équipe avant qu'elle arrive à sa partie, ma tante.

– Désolée. » Joan se redressa puis, agrippant le volant en 10 h 10, ramena la jeep du bon côté de la ligne jaune et la maintint résolument dans sa voie. Elle avait songé au fossé qui longe la route 11, entre Barrie et Orillia. Avait-elle jeté un coup d'œil des deux côtés ? Un autre passage s'imposait peut-être.

« L'été dure longtemps, cette année », fit observer Mere en contemplant les voiliers qui sillonnaient lentement les eaux noires de la baie comme des enfants glissant sur une patinoire en manteau pastel et bonnet blanc.

« Quand ça continue jusqu'en octobre, Mere, ils parlent d'été indien, fit Zeus.

– Qui ça, "ils" ? répondit Mere en se contorsionnant pour le dévisager. Qui ?

– Je sais pas, moi. Eux, répondit-il en haussant les épaules.

– Qui ? insista-t-elle en desserrant sa ceinture pour se tourner vers lui.

– Ben, eux autres, Mere. Le monde.

– L'été indien… Qu'est-ce que ça veut dire ? Sûrement rien de bon, si c'est "eux" qui le disent. »

Elle fit de nouveau face à la route, les bras croisés sur la poitrine.

« En tout cas, plaisanta Joan, on parle aussi du Noël blanc. Y a peut-être une justice, en fin de compte.

– Hmm, fit Mere en posant les mains sur son sac. T'as peut-être raison. » Elle fit claquer sa langue et continua de regarder par la fenêtre. « Tout ça, c'est sans doute lié à cette affaire de réconciliation. »

Dans le rétroviseur, Joan croisa le regard de son petit cousin et ils échangèrent un sourire complice.

*

* *

À l'image de sa propriétaire, la maison de Florence Beausoleil était petite et bien rangée. La mère de Joan mesurait à peine un mètre cinquante bottes de sécurité aux pieds, ce qui ne l'empêchait pas de diriger d'une main de fer l'équipe de construction, dont tous les membres étaient sortis de son ventre. Pas question pour elle de rester dans le bureau. Malgré ses soixante ans, elle était la plus rapide sur les toits, sautait de solive en solive, agile comme un lièvre dans les trèfles. Elle n'avait qu'à jeter un coup d'œil à un plan pour que le projet achevé lui apparaisse en trois dimensions.

Flo avait elle-même rénové son chalet à deux étages. Ce n'était pas la maison dans laquelle Joan avait grandi. Celle-là était désormais occupée par Joan elle-même et Mere, qui ne vivait plus dans la caravane depuis la disparition de Victor. Après la mort de Percy et le départ des enfants, Flo avait acheté la propriété voisine de la marina. Mais alors Junior avait divorcé et il était revenu vivre avec elle. Peu après, l'Université de Waterloo avait mis à la porte le cadet, George, et il était revenu lui aussi chez sa mère, chargé de son linge sale et de ses dettes d'études. Flo avait même proposé à Joan le canapé-lit du salon, compte tenu de ce qu'elle appelait laconiquement sa « situation ».

Jamais Joan ne serait retournée vivre avec sa mère. L'une aurait tué l'autre avant la fin de la première semaine, et elle était incapable de dire qui. Sa mère connaissait de sacrées techniques de combat. Joan en avait été témoin. Et la petite ville tout entière aussi, la fois où la nouvelle institutrice avait eu l'idée de danser avec Percy, pendant une fête en plein air. En la voyant passer dans la rue principale, les gens faisaient encore des bruits de karaté : « *Ha ya !* Si c'est pas Flo, la reine du kung-fu ! » Joan se disait que sa mère aurait pu faire un peu plus d'efforts pour les convaincre d'arrêter.

Non, Joan avait toujours été la fille de Percy. Après la mort de ce dernier, pendant une période d'égarement par moments effrayante, elle avait été la fille de tout le monde. Puis elle avait été la fille de Victor. Et à présent, elle était une fille tout court, une fille de trente-sept ans qui buvait trop et qui, pour obtenir le retour de son bien-aimé, essayait de fixer le soleil jusqu'à s'aveugler. Son offrande à l'univers.

Avec Zeus, âgé de douze ans, Mere l'ancienne, ses deux frères et sa mère débordante d'énergie réunis dans un espace réduit, Joan commença à souffrir de claustrophobie tout de suite après avoir enlevé ses chaussures.

Elle se serra à côté de son frère aîné sur la causeuse, où la collection ridicule de coussins rembourrés de leur mère laissait peu de place. Il regardait le minuscule téléviseur que Flo refusait de remplacer, de crainte qu'un nouvel appareil incite les garçons à s'incruster encore plus longtemps chez elle. « Seigneur, Junior, quand est-ce que tu vas te trouver un appartement ?

– J'sais pas. Quand est-ce que tu vas prendre une douche ? »

Joan lui donna un coup d'épaule et il fit passer son bras sur le dossier de la causeuse pour la serrer contre lui et déposer un baiser sur sa tête, le tout sans quitter le match des yeux.

« C'est juste que ce serait bien d'avoir un endroit où fumer autre chose que de la viande, si tu vois ce que je veux dire. » Joan essayait de parler à voix basse en enfonçant son index dans le ventre de Junior, tout mou depuis peu.

« L'herbe est légale maintenant. Pourquoi tu chuchotes ? Gladys Trudeau s'en sert pour sa douleur à la hanche. Et Ajean en fume depuis des années. » De la cuisine, où elle épluchait des carottes avec un minuscule couteau avant de les déposer dans la marmite géante, Mere dit : « Je pense m'en acheter la prochaine fois que Junior va m'emmener à la pharmacie pour mes pilules.

– *Fuck,* Junior, que je te voie surtout pas fournir Mere en drogues. »

Son frère rit en haussant les épaules. « Parce que tu crois qu'elle va me laisser le choix ? »

Flo découpait un morceau d'orignal décongelé et faisait revenir les cubes dans la graisse. La viande crépitait et sifflait comme si elle avait mauvais caractère.

« Hé, tu savais qu'on est en plein été des Mitchifs ? demanda Mere à sa fille.

– De quoi ? répondit Flo.

– L'été *indien*, Mere, corrigea Zeus qui, devant le comptoir, préparait du Kool-Aid. On dit : l'été indien.

– Parce qu'il me faut une carte de statut pour profiter d'un long été, à c't'heure ? répliqua Mere en le foudroyant du regard. Les sang-mêlé aiment aussi le soleil, tu sauras. »

Zeus mélangea silencieusement les cristaux de poudre dans l'eau de la carafe.

*
* *

Lorsque le dîner fut prêt, ils s'attroupèrent autour de la petite table nichée dans une alcôve entre la cuisine et le salon, George assis sur le tabouret dont Flo se servait pour atteindre les plus hautes armoires. Quand il se tenait droit, les autres ne voyaient que sa tête et ses épaules. Ils arrachaient des morceaux de banique et s'en servaient pour éponger la sauce du ragoût. Le Kool-Aid avait déjà laissé un cercle orange autour de la bouche de Zeus, qui avait l'air simplement heureux de manger à une table. Les rares fois où Bee, sa mère, faisait la cuisine, ils mangeaient devant la télé.

« Vous avez fini le toit des MacIver ? » demanda Joan entre deux bouchées d'orignal.

Junior hocha la tête. « Juste à temps pour la saison des chalets. L'été prochain, au moins, il coulera pas, ce toit-là.

– Si tu te pointais au travail une fois de temps en temps, répondit George à Joan, on aurait fini depuis des semaines.

– Tais-toi donc, Georgie. Tu connais la situation de ta sœur. » Flo secouait la salière si fort que son mauvais poignet craqua.

« Ouais, ben, ça fait un an, là. Ça dure combien de temps, une "situation" ? »

Flo posa violemment la salière sur la table. Le silence se fit, comme si elle avait coupé le son.

« La semaine prochaine, je serai là, dit enfin Joan. On en est où ?

– La marina a besoin d'une nouvelle remise à outils, l'informa Flo en se levant pour aller chercher la margarine dans le réfrigérateur avant de se rasseoir à sa place, au bout de la table. Normalement, deux jours, max. Ensuite, ça va commencer à ralentir. Deux ou trois porches. Une rallonge pour le hangar à bateaux des Longlade.

– En novembre, va falloir chercher du travail pour l'hiver. Je vais peut-être aller dans le Nord. Les mines. » Ayant lâché le mot par mégarde, Junior se prépara à se faire sermonner. Ça ne tarda pas.

Mere laissa tomber sa cuillère, qui tinta contre le bol telle une alarme miniature. « Les mines ? Tu vas travailler pour ces bandits ? Tu vas quitter ton job de bâtisseur pour un job de voleur ? »

Junior savait qu'il fallait négocier avec prudence le courroux de sa grand-mère, à la fois vif et traître. Si on ne faisait pas attention, on risquait de se faire marcher sur les pieds. « Ce qui m'inquiète, c'est que là je peux payer mes factures et que je risque de plus pouvoir le faire.

– Trouve autre chose que les mines, c'est tout. Tu peux pas travailler ici ? Le Centre d'amitié a besoin de personne ?

– Le centre paie pas mal moins que les mines.

– C'est vrai, mais les gens du centre nous volent pas, eux. Ils ignorent pas nos droits et ils détruisent pas la terre. T'as vraiment besoin d'argent ? » Elle avait cessé de manger, ce qui n'était jamais bon signe.

Zeus voulut se rendre utile. « Tu vis chez ta mère, après tout. »

Comme le garçon était une cible possible, contrairement à Mere, il fit les frais de la frustration de Junior.

« Ta gueule, Zeus. » Junior, encore en colère, avait besoin de se défouler davantage. Il toisa son cousin de la tête aux pieds. « *Fuck,* t'es ben gras.

– Assez, ordonna Flo en se penchant sur la table. Y a des limites aux âneries que je suis prête à endurer pendant qu'on mange. Lâche-nous un peu avec la politique des Anciens, maman, OK ? Pis toi, Junior, demande pardon à ton cousin. Il a même pas la moitié de ton âge. »

Junior prit le temps de se calmer, puis il tapota l'avant-bras dodu de Zeus. « Oublie ça, mon ami. J'étais juste fâché. Excuse-moi, p'tit gars. »

Zeus haussa les épaules.

Caché derrière sa main, George riait si fort que ses lunettes s'embuèrent. Joan s'empiffrait le plus vite possible dans l'espoir de s'éviter des commentaires sur sa maigreur et son air hagard. Elle avait déjà eu droit à trop de remarques de ce genre, dernièrement.

Quand Flo se rassit, Mere se leva pour aller dans la cuisine. Elle ouvrit un tiroir et le cliquetis métallique des couverts envahit le petit espace.

Flo baissa la tête et passa la main dans ses cheveux. « Seigneur, quoi encore ? » grommela-t-elle. Puis, à voix haute, elle ajouta : « Qu'est-ce que tu cherches, maman ? Y a tout ce qu'il faut sur la table. »

Pas de réponse. Au bout d'une minute, le tiroir se referma avec un autre tintement métallique. Mere revint vers la table, mais elle ne se rassit pas. Quand elle se campa derrière Junior, George s'écria : « Hé, mon frère. Elle a les ciseaux. »

Mere, plutôt adroite pour une femme officiellement aveugle et percluse d'arthrite, avança la main et saisit la natte qui pendait au milieu du dos de Junior.

« Maman ! cria Flo.

– Mere, non ! » Joan bondit de sa chaise si vite qu'elle la renversa.

Junior tenta de s'échapper, mais Mere tira sur la tresse avec une force telle qu'il se rassit, les mains en l'air, comme la victime d'un hold-up. « Qu'est-ce que tu fais, Mere ?

– Moi ? Je te prépare pour les mines, fit-elle d'un ton posé, voire jovial. Faut que tu ressembles aux autres et y en aura pas un avec la coiffure traditionnelle. » Elle ouvrit les ciseaux.

« Attends ! Attends une seconde. » Flo semblait prête à grimper sur la table.

Joan, elle, se sentait sur le point de restituer ce qu'elle avait réussi à avaler. Zeus prit une autre gorgée de sa boisson. Il esquissa peut-être même un léger sourire.

« OK, ma mere, *s'il vous plaît**, parlons-en. J'écoute. Pour de vrai. »

Junior était disposé à négocier. Mais pas sa grand-mère. « Y a rien à discuter. Le groupe d'Anciens qui se réunit le vendredi au temple fait rien que ça, parler, *mon Dieu**. Là, c'est le temps d'agir. On peut pas soutenir les compagnies qui nous soutiennent pas. On peut pas laisser nos jeunes travailler dans des endroits comme ça. Y en est pas question ! » Elle brandit les ciseaux au ciel, telle une Evita métisse, sans lâcher la natte de son petit-fils. Junior était au bord des larmes.

« Bon, bon. J'irai pas, promis. Promis. »

Elle baissa son arme et se servit de la tresse de Junior pour le tirer vers elle et l'embrasser sur la tête. « T'es trop important pour qu'on te perde, mon garçon. »

Une fois les ciseaux posés à côté de sa serviette, Junior fut trop soulagé pour rester fâché. Enveloppant sa Mere minuscule, il accepta toutes les cajoleries et tous les baisers qu'elle distribua.

Mais Flo, qui n'avait pas de tresse à perdre, était furieuse. « Super, maman. Cet hiver, toi et ta bande de petits vieux allez nous aider à payer nos factures d'électricité et notre hypothèque, peut-être ? » Se levant, elle tendit la main vers la banique sans arrêter de parler. « Dans la vie, on fait pas toujours ce qu'on veut. Des fois, on doit travailler dans les mines. Qu'est-ce qu'on est censés faire ? Rester pauvres ? Sans un sou, on serait assez indiens à ton goût ?

– Non, mon amour, répondit Mere, sereine, maintenant qu'elle avait eu gain de cause. On est censés faire ce qui est bon pour la communauté. C'est comme ça qu'on est assez indiens. Le but des compagnies, c'est de tout prendre, tu sauras. Faut pas leur offrir ce qu'on a sur un plateau d'argent.

– Petit Jésus, on pourrait pas finir de manger en paix, s'il te plaît ? s'écria Flo en secouant la tête. Chaque dimanche, c'est la maudite Assemblée des Premières Nations ici !

– Excusez-moi », dit Joan en se levant pour se diriger vers la salle de bains. Fermant la porte, elle s'assit sur le couvercle de la cuvette. Si elle restait là assez longtemps à compter les motifs damassés du linoléum, à triturer les petites peaux de ses ongles et à faire rebondir la plante de ses pieds sur le sol jusqu'à ce que ses dents claquent, peut-être que les autres finiraient par se calmer et la laisseraient terminer son ragoût ou du moins faire semblant. Elle avait envie d'une cigarette. Elle avait envie d'un verre. Elle avait envie de dormir ou de s'enfuir ou de pleurer ou d'être plongée dans le coma, elle ne savait pas trop. Comme tous les jours, ces derniers temps. Depuis le départ de Victor, elle avait le sentiment de ne jamais faire ce qu'il fallait. Rien n'était à sa place. Tout lui semblait légèrement de travers, comme une maison aux fondations fissurées. Aux moments les plus banals, pendant qu'elle faisait l'épicerie, par exemple, les inclinaisons et les angles nouveaux lui donnaient la nausée. Les fractures inattendues, par exemple les repas dominicaux pris avec sa famille chicaneuse, la déstabilisaient complètement. Elle tira la chasse d'eau, au cas où les autres seraient à l'écoute, aspergea son visage blême d'eau froide, lissa ses longs cheveux bruns avec ses mains mouillées et ouvrit la porte.

Dans la poche avant de son jean, son téléphone vibra. Un texto de son cousin Travis, qui habitait deux villages plus loin.

Viens regarder Netflix et prendre un coup avec moi et être triste. C'est fini, Joseph et moi ! Viens tout de suite. SOS.

Elle envoya un émoji (pouce levé). Entre la salle de bains et la table, elle entendit des voix s'emporter et comprit qu'elle n'était pas restée assez longtemps enfermée.

« Si vous êtes tellement respectueux des traditions, disait sa mère, pourquoi vous vous retrouvez au temple ? Vous devriez pas plutôt vous réunir dans une hutte ou quelque chose du genre ? »

Joan se rassit, tandis que ses frères mangeaient à petites bouchées en s'efforçant de se faire oublier.

Mere se déchaîna. « On est métis, crétine. C'est l'église, notre hutte. D'ailleurs, il vaut mieux être proche de l'ennemi. Le garder à l'œil. J'essaye de mobiliser les Anciens, de les forcer à se brancher. Pas question de laisser les chefs signer n'importe quoi avec n'importe qui.

– Comme des ententes d'emploi, tu veux dire ? » Flo était de mauvais poil, son repas gâché. Et voilà que ses garçons allaient passer l'hiver au chômage. Elle n'entendait pas lâcher le morceau. « Et qu'est-ce que l'Église vient faire dans ta théorie du complot, au juste ? »

Mere était patiente. « Plus on passe de temps loin de la terre, plus elle est vulnérable. » Elle donna un petit coup de coude à Zeus, qui tentait de fermer le couvercle brisé de son vieux lecteur de CD avec du ruban adhésif. « Verse donc un peu de jus à ta pauvre vieille mere, là. »

Joan s'éclaircit la gorge. « Je vais aller passer la nuit chez Travis. Un de vous pourrait ramener Mere et Zeus, s'il vous plaît ? »

Junior, qui n'était pas encore prêt à se risquer à parler, leva la main.

« Super. »

Joan enfila ses chaussures de sport près de la porte, puis sortit en tournant le loquet et en refermant sans bruit. Elle se sentait plus légère à l'idée de laisser derrière elle le fardeau que représentaient ses proches, les vieilles comme les jeunes, plus légère et sans entrave. Cette sensation d'apesanteur et de liberté avait quelque chose d'effrayant. Se glissant derrière le volant, elle alluma une cigarette, baissa la vitre et s'éloigna à toute vitesse en marche arrière.

L'air, en ce début de soirée, était assez doux pour les shorts et les manches courtes. Le ciel était strié de bandes inégales d'orange et de rose, comme si un enfant avait traîné une poignée de surligneurs sur un mur bleu avant de s'enfuir dans le couloir en courant. Dans les cours des chalets, des petits criaient et riaient, sans peur. Deux adolescentes d'Arcand marchaient au bord de la route en partageant une cigarette. Joan leva la main en réponse à leurs timides salutations. Partout où elle regardait, elle voyait des non-Victor. Victor ne faisait pas la file pour sortir de la marina. Il ne remplissait pas ses bidons d'eau potable à la station de pompage. Il ne faisait pas partie de l'équipe occupée à retaper la grange patrimoniale qui avait brûlé à moitié, un mois plus tôt, ses vieilles planches réduites en cendres par la chaleur des jeunes flammes.

Elle fumait avec lenteur, bien calée dans son siège, l'image même d'une femme qui, avant de rentrer, se promène tranquillement le long de la baie. Malgré tout, elle fut tentée de quitter la route au coin du chemin de la Cinquième Concession, d'emboutir le chêne qui se dressait au carrefour et de réduire sa poitrine en bouillie. Parce que, dans la noirceur de son corps amaigri, son cœur battait contre l'os comme une aile en quête du ciel. Le laisser prendre son envol serait une petite bénédiction.

2

La résurrection

Joan avait une gueule de bois carabinée, tellement qu'elle avait l'impression d'être encore soûle. Elle avait laissé Travis sur son canapé, recroquevillé autour d'un cubi de trois litres à moitié vide, son téléphone à portée de main sur la table basse, au cas où Joseph changerait d'idée. Traverser le parking d'un Walmart, un lundi midi, en proie aux effets d'une cuite monumentale, sous un soleil brillant comme une tache nette et bien découpée dans le ciel, n'était pas l'idée du siècle. Mais elle avait besoin de café et de nourriture avant d'entreprendre le trajet du retour, et près de chez Travis il n'y avait pas d'autre endroit où trouver les deux.

Devant elle, un enfant au visage parsemé de taches de son franchit les portes coulissantes, un Mr. Freeze géant dans son poing tout rouge, et montra le parking du doigt. « Regarde, maman, un cirque ! » En se retournant, Joan aperçut un chapiteau dans un coin. Probablement une de ces fêtes foraines déprimantes qui surgissent ici et là dans les petites villes, sans raison ni occasion particulière, songea-t-elle. Mais elle ne voyait pas le moindre manège douteux ni le moindre stand de jeux branlant. Et le chapiteau était blanc, sans drapeaux, ni enseignes, ni couleurs. La promesse de manger des tranches de viande froide à même le paquet dans une allée climatisée l'incitait à poursuivre son chemin. Mais un bourdonnement sourd – un manège ? – montait des interstices entre la toile et l'asphalte. Elle fut incapable de résister.

Elle s'approcha du chapiteau, qui lui fit l'impression d'un mirage ondulant au-delà des chariots éparpillés comme des chameaux dans le désert. Elle mit un temps fou à l'atteindre. Dans la chaleur éblouissante, elle fut prise de vertige et se dit qu'elle aurait mieux fait d'acheter au moins une bouteille d'eau.

Elle y était presque lorsque le bourdonnement cessa, remplacé par une douzaine de voix qui s'éteignirent une à une. Alors qu'elle levait la main pour les écarter, les rabats en toile s'ouvrirent pour déverser une vague humaine qui se brisa pour la contourner avant de se refermer sur la mer de béton. Immobile, Joan regarda passer tous ces gens en s'efforçant de contenir sa nausée. Ils étaient nombreux, et ils n'avaient visiblement pas le cœur à la fête, foraine ou pas.

L'apparition de ces âmes bonnes et sobres lui rappela que, en ce moment, elle n'était ni l'une ni l'autre. Elle n'aurait pas dû traîner avec Travis. Depuis quelque temps, elle buvait trop. Sa seule façon de meubler les heures creuses qu'elle ne consacrait pas à sa quête.

Lorsque la foule commença à se clairsemer, elle se fraya un chemin et gagna l'ombre qui régnait à l'intérieur. Pas la moindre odeur de pop-corn, de barbe à papa ou de crottin. Que de subtils effluves de sueur estivale et de bois fraîchement scié. Le chapiteau était beaucoup plus vaste que le laissait croire son extérieur. Le plafond était si haut qu'on l'oubliait. Des rangées de chaises pliantes blanches s'étiraient à l'infini, l'une à la suite de l'autre, semblables aux dents d'un crocodile. À l'avant se trouvait une estrade en bois peu élevée, surmontée d'un lutrin tout simple et d'une croix en bois haute de trois mètres, peinte en blanc et enserrée de lumières de Noël transparentes rappelant les barbelés. L'ensemble, où dominaient les tons pâles et les angles droits, était épuré. Seul jurait dans le décor, perché sur l'estrade, un fauteuil muni d'un haut dossier et recouvert de velours vert fade. On aurait dit une anomalie, comme si quelqu'un l'avait posé là provisoirement puis oublié. Doux plis de moisissure sur fondant blanc soyeux.

En se rendant compte qu'elle avait abouti dans une sorte de tente d'évangélisation à l'ancienne, Joan se couvrit la bouche pour dissimuler un ricanement et, pivotant sur une Converse rouge, balaya du regard cet étrange étalage. Brusquement, les murs blancs et le tapis rouge qui conduisait à l'estrade de même que les chaises pliantes lui parurent insolites et singuliers, telles des armes d'une civilisation éteinte exposées dans un musée.

Merde, pourquoi n'était-elle pas venue avec son cousin ? Travis aurait adoré. La scène était si bizarre qu'elle valait la peine d'être partagée. Elle sortit son téléphone de la poche arrière de son jean et se mit à filmer.

Une voix se fit entendre derrière elle : « Excusez-moi, mademoiselle. Vous cherchez quelque chose ? »

En se retournant, elle découvrit un jeune homme avenant d'environ vingt-cinq ans, rasé de près, ses cheveux blonds séparés par une raie d'une exactitude si féroce qu'il s'était forcément servi d'une règle. Il gratifia Joan d'un grand sourire si authentique qu'elle eut honte de son attitude moqueuse et rempocha son appareil.

« J'étais juste curieuse. Je… euh… Je me dirigeais vers le magasin quand j'ai aperçu la tente. » Elle remonta sur son épaule une bretelle de son soutien-gorge et se hâta de rentrer dans son jean le dos fripé de son t-shirt.

« Vous avez senti l'appel, n'est-ce pas ? » L'homme joignit les mains devant son pantalon kaki tout en continuant de sourire comme si sa vie en dépendait. Lui aussi semblait tout en angles droits. Le soleil qui s'introduisait en force par le rabat resté ouvert l'enveloppait d'un halo de béatitude.

« Hmm… Oui. Non, je veux dire. J'étais curieuse, sans plus. » Joan rit nerveusement et contourna le jeune homme pour se diriger vers la sortie. « Curieuse comme une fouine, j'imagine. Mais n'allez pas penser que je suis venue fouiner, hein ? Ha ! ha ! ha !

– En tout cas, c'est terminé pour aujourd'hui, mais j'ai une bonne nouvelle. » Tandis qu'elle se tournait vers lui par politesse, il leva les bras puis ouvrit les mains bien grand et les yeux presque autant pour souligner la portée de cette bonne nouvelle. « Nous sommes en ville jusqu'à demain soir. Vous aimeriez entendre l'un des sermons de demain ?

– Non, non. Ça va. » Joan porta la main à sa joue comme pour appuyer son propos. Puis elle pivota sur elle-même et troqua les ombres fraîches de la tente contre la lumière aveuglante et la géométrie inégale du monde.

Et c'est alors qu'elle l'entendit.

« On commence à empiler les chaises, Jonathan ? »

Elle se retourna. Au-dessus de l'épaule du blond souriant, un deuxième homme se matérialisa sur l'estrade. Malgré la chaleur improbable, il portait un costume noir et un feutre gris, et son nœud papillon rouge était de la couleur du choc et du meurtre. Se posant dans le fauteuil, il déboutonna son veston et s'abandonna au confort des coussins.

Si le cœur de Joan était une chanson, quelqu'un avait défoncé la grosse caisse et arraché toutes les cordes de la guitare. Les notes tombaient comme des grêlons, tintaient contre le panier délicat de son ventre.

Elle s'effondra, mais ne s'en rendit pas compte avant que ses genoux heurtent sa poitrine. Elle voulut se remettre debout et ils crachèrent du gravier ainsi qu'un petit morceau de verre. Du sang clair dégoulinait sur ses tibias. Elle se plia de nouveau en deux, appuyée sur ses rotules écorchées.

« Ça va, mademoiselle ? fit le blond en tendant la main pour l'aider à se relever, le sourire fervent évanoui.

– Je… euh… oui, ça va, Jonathan. » La tête lui tournait, quelle merde. Elle connaissait le prénom du type. Pourquoi ? Elle se souvint alors de l'homme qui l'avait prononcé avec la voix de son mari. « Victor ? » Elle cligna des yeux dans l'espoir d'y voir plus clairement et le chercha du regard dans le flou ambiant. Elle accepta le bras que Jonathan lui tendait et parvint à se remettre debout.

« Vous avez perdu connaissance, madame, non ? J'appelle une ambulance ? Vos genoux saignent beaucoup. » Jonathan ne semblait pas préparé à gérer autre chose que les crises de foi. Un genou était dénué de spiritualité, sauf quand on s'en servait pour prier.

La tête de Joan baignait dans l'incompréhension et les brumes éthyliques de la veille. Repoussant le garçon, elle franchit tant bien que mal les quelques mètres qui la séparaient de la tente.

« Où es-tu, Victor ? lança-t-elle, tandis que ses yeux s'acclimataient à la sombre froideur.

– Je m'appelle Jonathan, madame. Il n'y a pas de Victor dans notre mission. »

Mais l'homme qui était Victor s'avança dans l'allée, puis dans la lumière qui entrait à flots par la porte ouverte, son beau visage illuminé comme celui de Jésus en personne. Joan laissa entendre un sanglot – un seul hoquet étouffé.

Il retira son chapeau, révélant des cheveux coupés court sur les côtés et ondulés sur le dessus.

« Oh ! dit-elle tout bas. Tes beaux cheveux… »

En serrant son chapeau contre sa poitrine, il s'approcha lentement, comme s'il avait affaire à un animal sauvage, et lui toucha le front. Ce contact fit à Joan l'effet d'une décharge électrique. Ses yeux papillotèrent. L'espace d'un instant, on aurait dit une parfaite allégorie de la guérison : devant une croix illuminée, un bon pasteur impose les mains sur une femme faible et malade qui tombe en pâmoison sous l'effet du toucher sacré.

« Elle est peut-être fiévreuse. Faisons-la asseoir. De l'eau, Cecile, s'il te plaît », lança-t-il par-dessus son épaule.

Joan riait à présent, en proie au délire, soulagée. « Où étais-tu ? demanda-t-elle en se jetant dans ses bras. Oh mon Dieu, Victor. J'ai failli en mourir. »

Doucement, il la repoussa et lui tapota les bras jusqu'à ce qu'ils reviennent le long de son corps. « Tout ira bien. Nous allons vous remettre sur pied et vous réhydrater. » Une main dans le dos de Joan, il la guida vers une chaise, au bout d'une allée. Il s'agenouilla devant elle, son beau visage trahissant l'inquiétude. Les yeux de Joan, telles des boules de flipper, rebondissaient de la bouche de Victor à ses yeux, puis à ses cheveux coupés depuis peu.

De la main, elle chercha les lignes et les creux de son visage, et il recula en ayant soin de se placer juste hors d'atteinte. Qu'est-ce qui lui prenait ?

Une femme accourut avec de l'eau. Elle posa la main sur le bras de Victor pour attirer son attention, sa natte blonde ballottant sur son épaule, et lui sourit.

« Merci beaucoup, Cecile. » Le ton était aimable, familier.

Joan remarqua que leurs mains s'étaient superposées pendant une fraction de seconde sur le plastique frais de la bouteille, et la jalousie broda l'humiliation dans les fibres de ses muscles par petits points secs et rapides. Elle ne prit conscience de sa colère qu'en se mettant à crier. « Veux-tu bien me dire ce que tu fous ici, pour l'amour du Christ ? »

Cecile et Jonathan, dans leurs pantalons kaki assortis, empestant l'innocence et le savon à lessive, reculèrent d'un pas. Cecile alla jusqu'à toucher sa clavicule, comme s'il s'agissait d'un collier de perles.

« Nous servons le Seigneur, ma sœur. Nous sommes venus parce qu'Il a jugé bon de nous guider jusqu'ici. » La voix du révérend, éclatante, chromée. Ses yeux absents montraient qu'il ne savait pas du tout à qui il avait affaire.

« Ma sœur ? » hurla Joan en se redressant si brusquement qu'elle dut agripper le dossier de la chaise devant elle pour garder son équilibre. Elle se pencha vers lui afin de lui parler dans la face. « Qu'est-ce que t'as, Victor ? Je suis pas ta foutue sœur. Où t'étais ? Ça fait presque un an ! »

Si près de Victor, tout le corps de Joan réagit. Le désir chassa la colère avant de glisser sur le froid lisse du soulagement. Elle s'était trompée : c'était bel et bien une fête foraine, après tout, une baraque de foire où tout était laid et déformé.

Ses jambes cédèrent et elle se rassit. Lorsqu'il s'accroupit devant elle en lui tendant la bouteille d'eau, elle l'enveloppa dans ses bras et le serra de toutes ses forces. Elle enfonça le visage dans son cou, huma à fond. Son nez avait beau percevoir le pouls de Victor, Joan savait que quelque chose faisait écran entre eux. Elle le serrait désespérément, et elle sentit qu'il se cramponnait à elle, lui aussi, éprouva la douce pression de ses doigts. Sauf qu'elle se trompait. Les mains de part et d'autre de la cage thoracique de Joan, il la força à se rasseoir. Il ramassa la bouteille qu'il avait laissée tomber et la posa sur ses genoux. Ensuite, il s'agenouilla de nouveau devant elle, un peu plus loin.

« Je pense que vous avez eu un malaise, mademoiselle. Trop de soleil, peut-être ? Ou alors une soirée trop arrosée ? »

La honte la heurta en pleine poitrine. Bien sûr, elle puait la bière à plein nez. Elle avait sans doute l'air de la mort en personne. La reniait-il, elle, la Métisse portée sur l'alcool ? Parce que sa nouvelle copine était là, peut-être ? La colère la frappa avec une vigueur renouvelée.

« Qui c'est, cette salope ? » Dévissant le bouchon de la bouteille, elle désigna du bout des lèvres la blonde qu'il avait appelée Cecile. Elle toisa la fille, dont le visage ne laissait deviner aucune peur. Qu'une forme de pitié qui blessa Joan davantage. Elle descendit la moitié de la bouteille en une seule gorgée. Elle se ressaisit, assez pour dire : « C'est à cause d'elle que t'es pas rentré ?

– Cecile, dit-il, je pense qu'il faut appeler une ambulance. Tout de suite. » La jeune femme détala.

« Écoutez, dit l'homme qui prétendait ne pas être Victor. Nous essayons de vous aider, mademoiselle… ?

– Joan. Je m'appelle Joan. »

Une brève lueur apparut dans les yeux de l'homme, mais elle s'éteignit aussitôt.

« C'est moi, Joan. Ta femme. Tu te fous de moi ou quoi ? »

Des larmes amères s'accumulèrent dans son crâne aride.

En voyant la confusion de l'homme se changer en pitié professionnelle, elle comprit qu'il ne savait vraiment pas qui elle était. Ou alors il méritait rien de moins qu'un Oscar pour son jeu d'acteur. Il posa de nouveau une main sur l'épaule de Joan. Cette fois, malgré le poids familier, aucune décharge électrique ne lui traversa le corps. La connexion était rompue. Elle n'avait pas éprouvé de sensation plus vive en onze mois et une semaine – cette absence déchirante.

« Il vaut mieux que j'aille chercher M. Heiser. Reste là, Jonathan, s'il te plaît. »

Le révérend tourna les talons et sortit par une fente dans la toile, au fond de la tente. Joan leva les yeux sur Jonathan, qui la gratifia d'un sourire crispé, puis les baissa sur ses mains, toujours agrippées à la bouteille d'eau. Elle balançait entre deux scénarios : poursuivre Victor ou se laisser choir sur le sol. Que se passait-il, merde ?

« Il paraît que nous avons un problème, ici ? » La voix bien nette perça la tente. De l'endroit par où le révérend était sorti, un homme plus petit fit son entrée.

Il portait un costume bleu aux fines rayures et les revers de son pantalon tombaient à la perfection sur ses richelieus. Ses pas résonnèrent sur le faux sol à la façon de doigts qui, en claquant, scandent une marche militaire. Son étroite cravate et son mouchoir de poche étaient d'une teinte jaune jonquille qui faisait ressortir les reflets dorés de ses yeux creux sous ses sourcils taillés avec soin.

En s'approchant, il tendit le bras droit pour consulter sa grosse montre en or. Lorsque le tissu remonta, Joan vit la dense pilosité sur sa peau trop blanche. Il croisa le regard de Joan, puis décocha un grand sourire tranchant. Elle eut l'impression d'encaisser un coup de poing qui en promettait d'autres.

« Bien le bonjour, dit l'homme. Je m'appelle Thomas Heiser. Que pouvons-nous faire pour vous ? »

Joan retint son souffle pour étouffer un cri. Sa vessie se contracta. Son estomac se souleva. De toute évidence, son corps voulait fuir cet homme.

Victor, dit-elle à son cœur.

Victor, répéta-t-elle sur un ton de reproche à ses pieds.

Nous devons rester pour Victor.

« Je veux voir mon mari. »

Le dénommé Heiser posa les mains sur les épaules de Jonathan. « Accorde-nous un moment, d'accord ? Va voir si le révérend a besoin de toi. »

Jonathan hésita.

« Ça va aller. La cavalerie est en route et je peux me débrouiller tout seul. File. Tout de suite. »

Il poussa le garçon, qui se dirigea vers la sortie d'un pas rapide. Il y eut un afflux de lumière qui obligea Joan à se voiler les yeux. Ensuite, elle resta seule avec M. Heiser.

« Vous avez consommé des drogues douces ? Y a-t-il autre chose que je devrais savoir avant l'arrivée de l'ambulance ? » Profitant de la distraction de Joan, il s'était assis sur la chaise pliante devant elle, tout près.

« Vous voulez rire ? Je connais mon mari. Allez le chercher. » Le regard que l'homme posait sur elle était d'une telle clarté que Joan se mit à fixer ses propres mains. « S'il vous plaît. »

Il toucha son bras et elle grimaça. C'était comme si elle pouvait sentir les empreintes de l'homme, ses moindres volutes, sur sa peau nue. Son odeur n'allait pas non plus. Il sentait le lait. « Votre mari n'est pas ici », dit-il. Il scruta le visage de Joan en inclinant la tête d'un côté et de l'autre. « Votre mari est mort. »

Elle se leva si brusquement qu'un éclair explosa derrière ses yeux. « Non. » Elle secoua la tête et recula.

« Il est mort et vous êtes folle de chagrin. » L'homme ne se départait pas de son sourire impitoyable.

Pourquoi ces paroles ? Qu'en savait-il ? L'esprit de Joan était embrouillé et sa poitrine l'élançait. Se penchant, elle régurgita l'eau qu'elle venait d'avaler. Les vomissures formèrent une petite flaque aux pieds de l'homme, qui ne fit même pas mine de s'écarter.

Elle s'essuya les lèvres du revers de la main en levant les yeux vers lui. « Il est ici. Je l'ai vu ! »

Il haussa les épaules. « Vous vous trompez.

– Qui êtes-vous ? »

Il laissa entendre un petit rire et resta calmement assis.

Elle cria comme elle en avait envie depuis qu'il s'était avancé vers elle en faisant claquer ses chaussures sur le sol. Elle tira sur ses cheveux. Son trouble et son chagrin étaient si vifs qu'elle ne tenait pas en place : elle faisait quelques pas dans un sens, puis dans l'autre et, chaque fois qu'elle le pouvait, lançait un regard en direction d'Heiser. Toujours assis, il l'observait, comme si elle évoluait sur la scène d'un théâtre. Comment pouvait-il affirmer des choses pareilles ? À quoi voulait-il en venir ?

C'était insensé. Elle avait perdu la raison. Sinon, c'était lui qui était fou. Le bourdonnement était de retour dans la tente ou dans la tête de Joan. Elle se rua sur l'homme et l'agrippa par son veston. « Allez le chercher ! Allez le chercher tout de suite ! »

Puis les ambulanciers arrivèrent en compagnie d'un policier et ils la détachèrent d'Heiser. Après l'avoir fait asseoir, ils écoutèrent son cœur, examinèrent ses yeux à l'aide d'une petite lampe et glissèrent un thermomètre dans son oreille. Ils annoncèrent à l'homme à la cravate jaune et à Joan elle-même que son rythme cardiaque était élevé et qu'elle était gravement déshydratée. Ils leur demandèrent si elle était sujette à des crises de panique.

« Ne vous adressez pas à lui ! hurla Joan. Il ne me connaît pas ! Et c'est un putain de menteur ! »

Heiser écarquilla les yeux, comme sous l'effet d'un choc, puis il entraîna l'agent à l'écart et se pencha pour lui parler à l'oreille. Les ambulanciers installèrent Joan sur une civière et lui demandèrent la permission de la mettre sous perfusion. Elle acquiesça d'un geste de la tête. Elle avait besoin de quelque chose, n'importe quoi. Le liquide s'écoula goutte à goutte, froid, régulier. Elle se crut obligée de compter et s'exécuta à voix basse : « Vingt-huit… vingt-neuf… trente… » Puis elle sentit ses muscles se relâcher. Elle ferma les yeux quelques instants. Le temps de se ressaisir.

*

* *

On la secouait doucement. Elle ouvrit les yeux et se tortilla dans le lit – que faisait-elle là, couchée ainsi ? Elle se hissa sur ses coudes, la tête douloureuse, et regarda autour d'elle. On la sortait d'une ambulance.

« Attendez. Qu'est-ce qui se passe ? » Sa voix était rauque. Puis elle se souvint et la crise fleurit dans son ventre. « Où est Victor ? » Elle toussa dans l'espoir de libérer sa voix.

Sans lui prêter la moindre attention, les ambulanciers déplièrent les roues de la civière et réglèrent le goutte-à-goutte avant de la pousser vers l'entrée vitrée de l'hôpital.

« Excusez-moi ? Vous pourriez me dire où est mon mari, s'il vous plaît ? » Elle s'efforça de se redresser malgré les secousses. Près de la porte, elle aperçut le policier de la tente en discussion avec une infirmière. « Monsieur l'agent ? Hé, monsieur l'agent ! »

Il se précipita.

« Sergent McAllister, madame Beausoleil. Nous vous avons emmenée à l'hôpital régional. Pour des examens. » Son uniforme était impeccable, flambant neuf, mais il avait retiré sa casquette et sa voix était douce. Dans le soleil, ses cheveux bruns avaient des reflets roux.

Étourdie, elle leva les yeux vers lui. « Ma voiture. Mon sac. » Il fallait qu'elle sorte de là. Où se trouvait celui qui était peut-être Victor ? « Un instant. Comment se fait-il que vous connaissiez mon nom ?

– Votre sac est ici, répondit McAllister en désignant l'objet brun coincé aux pieds de Joan. C'est en le fouillant que je vous ai identifiée. Désolé, madame, mais les ambulanciers avaient besoin d'informations. Et votre voiture est en sécurité sur le parking du Walmart. Encore heureux, parce que vous n'étiez visiblement pas en état de conduire. Vous avez de la chance d'être tombée dans les pommes à ce moment-là. » Au-dessus de ses lunettes de soleil quasi réfléchissantes, il posa sur elle un regard de policier. « Entrons, d'accord ?

– Je suis obligée de rester ? demanda-t-elle en affectant une certaine assurance.

– Voici ce qu'on va faire : si le médecin ne vous trouve rien, on en reste là. »

Elle était relativement certaine que la loi n'autorisait pas l'agent à la forcer à voir un médecin mais, comme toute bonne catholique d'un certain âge, elle avait une peur bleue de l'autorité et ne voulait offenser personne. Elle se rallongea et laissa les ambulanciers la conduire dans l'hôpital, l'agent derrière elle.

Ils la parquèrent dans une chambre, à côté d'un vieil homme branché à un tube respiratoire. Le rideau qui les séparait ne descendait pas jusqu'au sol. Elle voyait passer à toute vitesse des chaussures blanches à semelles molles.

« Vous avez identifié l'homme de l'église ? S'appelle-t-il Victor ?

– Commençons par le commencement. Racontez-moi ce qui s'est passé, d'accord ? »

McAllister s'assit à côté du lit et sortit un calepin.

Elle tenta de s'expliquer. Elle lui parla de la disparition de Victor, du signalement de sa disparition, des équipes de recherche, des draps toujours glacés. Elle lui parla du révérend qui, inexplicablement, était son mari disparu. Elle lui parla des deux blonds en uniforme, de M. Heiser et de sa déclaration au sujet de son mari qui serait mort, puis du malaise qu'elle avait eu et de ses vomissements. Quand elle avait repris connaissance, conclut-elle, les ambulanciers l'installaient sur une civière.

« Bon, votre version ressemble pas mal à celle des autres, dit McAllister. Je me suis entretenu sur place avec les membres de la congrégation, y compris l'homme qui, d'après vos dires, serait votre mari.

– Il est ici ? »

Elle tendit la main vers McAllister et l'aiguille de sa perfusion tira douloureusement sur une veine. Elle renonça en grimaçant.

« Non, il n'est pas là, et il n'est pas votre mari, madame. Il s'appelle…, fit le policier en consultant son calepin, Eugene Wolff. Le révérend Eugene Wolff. »

Joan le dévisagea. « Vous êtes sûr ?

– C'est son nom, madame.

– Vous croyez qu'il a pu, hmm, subir un lavage de cerveau ? »

Elle se rendait bien compte de l'absurdité de cette idée, mais elle ne trouvait pas d'autre explication.

« Il a présenté une pièce d'identité. Il ne m'a pas semblé déboussolé ni retenu de force. J'ai aussi discuté avec certains de ses compagnons de voyage. Ils ont tous confirmé qu'il est avec eux depuis plus de trois ans, alors que votre mari a disparu il y a moins d'un an. »

Il parlait avec compassion, et Joan s'enfonça dans le mince matelas, convaincue que ses côtes se rompraient sous le poids de sa déception. Elle ferma les yeux pour repousser le policier, pour tout repousser.

*
* *

Elle put quitter l'hôpital tôt le lendemain matin. Elle appela un taxi et, dans l'aube sirupeuse, demanda au chauffeur de la déposer au Walmart. Elle se sentait minuscule, faible. Elle eut toutes les peines du monde à fermer la portière. Elle s'approcha de sa voiture, qui l'attendait à la façon d'un chien obéissant, posa son lourd sac sur le capot et marcha jusqu'à l'endroit où, la veille encore, se dressait la tente. Il n'en restait rien, hormis quelques bouts de ruban de hockey collés sur le sol, où ils avaient servi à retenir des fils, peut-être ceux qui alimentaient les lumières dont la croix était hérissée. Tant pis pour les sermons d'aujourd'hui. Tant pis pour le possible Victor.

Elle s'assit sur l'asphalte en essayant de convoquer une image nette du révérend Wolff, mais elle trouva seulement celle de Victor, le jour de leur mariage. Sur le quai, avec ses manches roulées et ses plus belles chaussures de sport noires, il la tenait par la taille d'une main et brandissait une bouteille de champagne de l'autre. « Ça y est, petite », lui avait-il dit en l'embrassant à la naissance des cheveux.

Assise en tailleur dans le parking maculé de taches d'huile, Joan toucha l'endroit où il avait déposé le baiser. Ses doigts tremblaient comme des oisillons. Puis elle se leva, se dirigea vers la jeep, récupéra son sac et monta à bord.

Quoi, maintenant ?

Il fallait qu'elle retrouve la tente. Il y avait sûrement un site Internet. Une page Facebook, au moins ? Elle sortit son téléphone de son sac et toucha l'écran. Elle découvrit toutes sortes de notifications : quelques appels de sa mère, de Junior et de Bee, la mère de Zeus, plus quelques numéros inconnus. Des textos, aussi. Elle commença par les lire.

Le dernier était de Junior.

Ils pensent que c'étaient des animaux. Des chiens, peut-être des loups. Appelle-nous. Il faut que je sache où tu es.

« C'est quoi, ce bordel ? » Elle tapa :

Je suis au Walmart sur la 11, près de chez Travis. Qu'est-ce qu'il y a ???

Elle tomba ensuite sur un texto de Bee.

Merde, Joan. Vraiment désolée pour Mere. J'en reviens pas. Et toi ? C'est la panique, ici ! Viens faire un tour, y a plein de monde. Zeus s'inquiète pour toi.

Maman.

Bébé, APPELLE-MOI AU + VITE.

Junior.

T'es où, J ? T'es au courant ? Je rentre à la maison.

Maman.

Oh maman. Qui ? Pourquoi ? Surtout, ne descends pas à l'Airstream toute seule. On ira en famille.

Zeus.

Je t'aime, ma tante.

Le téléphone vibra dans la main de Joan. Un nouveau texto de Junior.

On vient te chercher, Joan. Mere est partie. On est en route. Une heure, max. Bouge pas.

Sur le siège avant de l'habitacle surchauffé, Joan fuma cigarette sur cigarette en attendant ses frères. Dès leur arrivée, ils lui indiquèrent le siège du passager et George prit le volant. Le territoire qu'ils traversaient avait beau être aussi familier que le battement de son cœur, Joan n'était pas certaine de savoir où elle était.

Victor, dans une cellule de dix hectares

Quand Victor avait quatre ans, sa mère lui montra comment on écorche un lapin. Il se rappelle les délicats tissus conjonctifs, marbrés comme la surface incurvée d'une bulle de chewing-gum, l'aspect visqueux du sang qui sèche entre les doigts.

« Tiens-le pas par la tête pour l'écorcher. Elle est pas assez bien attachée. »

Victor hocha la sienne, de tête, afin de sentir l'articulation, la souplesse de sa nuque.

Elle fendit le corps brun de l'animal, de l'entaille horizontale qui barrait sa gorge, celle par laquelle elle l'avait saigné, jusqu'à sa queue. Elle eut soin de contourner les organes génitaux, le couteau placé de biais pour séparer le pelage de la chair.

« Arrange-toi pour que ton couteau soit bien aiguisé. Faut pas que des poils se glissent à l'intérieur. » Elle passa un doigt dans l'ouverture laissée par le couteau, son ongle formant un petit croissant sur la peau moite du ventre.

Elle détacha les os des articulations. Elle fendit et arracha l'arrière-train tout rose.

Ensuite, elle déposa la chair dans les mains de son fils et, en guidant ses doigts, lui montra comment faire.

« Serre bien. Il faut surtout pas lâcher. » Elle aida ses petites mains à raffermir leur prise.

Le reste se détacha aussi facilement qu'une femme s'extirpe d'une robe du soir dégrafée.

Il se rappela cet épisode quand un lapin bondit à quelques centimètres de sa tête. Du moins, il lui avait semblé reconnaître la démarche sautillante d'un lapin. Dans l'obscurité, il n'aurait pu jurer de rien. Il était cloué au sol, et le froid intense de la terre meurtrissait son dos. Il se souvint du goût exquis du lapin que sa mère avait cuisiné en ragoût, chaque bouchée une prière de gratitude. Soulevant un bras, il laissa une main tomber sur son ventre. Du bout des doigts, il procéda à un examen, vérifia les courbes de son abdomen, en tapota le creux, comme pour choisir un melon à l'épicerie.

Non, il n'avait toujours pas faim. Même si, dans un tel isolement, le simple souvenir de la nourriture était une douceur.

Puis il y eut autre chose. Se tournant sur le côté, il étira le cou, les narines dilatées – dans l'air, sous la densité du bois, au-dessus de la moiteur minérale du sol, une odeur. Une femme.

Un visage lui apparut, adouci par des rides de sourire, avec une ligne de petits grains de beauté bruns formant une constellation le long de la mâchoire. Dents droites, yeux foncés, cheveux foncés. Son nom… Il l'avait sur le bout de la langue, ce nom, il allait jaillir de sa gorge. Il eut faim, pour la première fois depuis il n'aurait su dire quand. Il tendit les mains dans le noir. Puis un vent chaud se leva, s'insinua en lui, et sa respiration se troubla. Il ouvrit la bouche et le vent se glissa entre ses dents. Comme si le souffle d'une autre personne lui emplissait la bouche. Le visage de la femme à la peau piquetée d'étoiles lui était enlevé. Il la perdait.

Dans ce lieu, les arbres s'agitaient sans bruit, leurs feuilles aussi silencieuses que des rabats de feutre et de peau. Aucun son, hormis le chant distant qui s'élevait d'un horizon invisible. Il se redressa, plissa les yeux, lutta pour retenir la femme. Elle lui parlait, sa bouche articulant ce qu'il savait être les rondeurs et les cassures de son nom à lui, mais il ne l'entendait pas. Il ne distinguait que l'air monotone d'un hymne lointain rappelant la musique d'ascenseur qui, dans ce petit coin de la forêt, oblitérait tous les autres sons.

Il porta un doigt à sa bouche et cracha dessus, puis toucha le gris mat du tronc d'un érable. Il se mit à écrire dessus en mouillant le bout de son doigt chaque fois qu'il était sec. Pendant un moment, il vit le nom de la femme, plus gris dans la lumière, arraché à la mémoire, à la souffrance et à la terreur. Et avant que le vent emporte ce nom, il le prononça à voix haute et le nom fut de nouveau sien.

Joan.

3

Dynamique de la meute

Même si Heiser préférait les blondes, il s'était rabattu sur une rousse. Celle-ci n'avait rien d'une lumière ni d'une reine de beauté, mais elle possédait une qualité plus précieuse à ses yeux : la discrétion. Au sein de la congrégation, il devenait de plus en plus difficile de trouver des compagnes qui ne bavassaient pas. Il posa une main sur la tête de la femme et ébouriffa ses cheveux bouclés.

« Là, c'est bien. »

Elle bafouilla une réponse, la bouche autour de la queue d'Heiser. On aurait dit qu'elle se gargarisait.

« Chut. »

Se retournant, il regarda le paysage défiler. Plus les kilomètres s'accumulaient, mieux il respirait. Les arbres se reflétaient sur la Buick comme des barreaux. Ils roulaient vers le nord. La distance était synonyme de sécurité.

C'est lui qui avait gaffé, il s'en rendait compte à présent. Il aurait dû prendre note de la faible distance entre leur dernier arrêt et Arcand. Mais le dossier du pipeline et les incessants efforts de relations publiques qu'il nécessitait l'avaient accaparé : trop de poignées de mains échangées devant les caméras avec des hommes portant une coiffe à plumes ; trop d'accords bidon signés en grande pompe en présence des journalistes, tandis que, en coulisse, les avocats suaient sang et eau sur les vraies ententes.

Il avait horreur de commettre des erreurs. Il entremêla ses doigts aux cheveux de la fille en lui massant le crâne. Elle gémit et tira sur la ceinture de sécurité qui la retenait encore au siège voisin pour pouvoir l'enfoncer plus profondément dans sa bouche.

Heiser laissa échapper entre ses dents serrées un hoquet qu'on aurait pu prendre pour un sifflement. Il ferma brièvement les yeux, puis se remit à regarder les champs et les arbres. Il appliqua une légère pression sur la tête de la fille, puis changea de main pour consulter sa montre. Neuf heures du matin. Il aurait juré qu'il était plus tard. La journée avait déjà été longue et il n'avait pratiquement pas dormi de la nuit.

Puisqu'il avait bousillé le programme de la tournée de toute façon, il s'était dit qu'il profiterait de son passage à Arcand pour régler quelques détails. Les satanés Métis n'avaient pas coutume de leur faire des misères. D'habitude, dans ce genre de négociations, tout le monde se foutait des sang-mêlé. Mais cette fois ils étaient omniprésents et fourraient le nez un peu partout. S'il devait encore voir une maudite ceinture fléchée ou entendre un fichu violoneux…

Et cette femme, cette Joan qui débarque dans la tente et perd la boule ? Par chance, elle était à moitié soûle. Il n'avait pas été trop compliqué de s'en débarrasser. Belle façon de confirmer un stéréotype, chère madame. Toutes mes félicitations.

Il fallait que quelqu'un commande, soit le mâle alpha. Il soupira. Autant que ce soit lui. Depuis toujours, il était un meneur, legs de ses grands-pères qui avaient habité la Bavière avant qu'elle fasse pleinement partie de l'Allemagne et voie sa culture absorbée, diluée.

Son père, Heinrich Heiser, avait quitté Munich pour s'établir à Edmonton avec son épouse lunatique, deux valises bourrées de vêtements et une connaissance approximative de l'anglais. Pas de quoi écrire de la poésie, mais assez pour occuper un poste de concierge à l'école secondaire. Thomas, qui n'avait qu'un an à l'époque, ne se rappelait pas grand-chose de ses premières années, hormis les chiens. Ils s'échappaient de chez eux et le suivaient de la maison à l'école et de l'école à la maison.

« *Opa* Emo, il avait beaucoup de chiens, lui aussi », lui avait dit Heinrich, un jour qu'ils se dirigeaient vers le parc avec leurs gants de baseball. Heinrich avait décidé que son fils de sept ans s'initierait à ce sport, comme tous les petits Nord-Américains.

« Je n'ai pas de chien.

– Bien sûr que si. Tu n'as pas de chien que tu dois nourrir et laver. Mais tous ces chiens sont à toi, dit Heinrich en agitant les bras pour inclure les trois spécimens qui trottaient à côté d'eux et ceux qui les suivaient en parallèle dans la rue voisine. Emo m'a dit que les Heiser avaient toujours eu des chiens et, avant eux, des loups.

– Des loups ? » Thomas avait levé les yeux vers son père. Les loups intéressaient le garçon. Plus que le baseball. Plus que sa mère. C'était une femme sévère qui, en plus de le traîner trop souvent à la messe, chassait à coups de pied les représentants de l'espèce canine qui se présentaient sur le pas de leur porte. Elle était fascinante, mais seulement de loin.

S'immobilisant, Thomas avait agrippé la main de son père. « Parle-moi des loups, papa. S'il te plaît.

– Bon, d'accord, d'accord, avait répondu Heinrich en détachant les doigts du garçon et en plaçant le gant sous son nez. Mais seulement si tu attrapes la balle dix fois de suite. »

Il avait lancé la balle au garçon et s'était éloigné au petit trot. Thomas avait contemplé la balle à ses pieds. Il n'entendrait ses premières histoires de loups qu'à la fin de l'été.

En huitième année, il se serait fait tabasser par deux garçons plus vieux sans l'intervention d'un lévrier irlandais qui avait surgi dans la cour d'école et s'était arrêté à l'endroit précis où il était recroquevillé sur le sol. Lors de sa dernière année au secondaire, deux beagles et un chihuahua s'étaient plantés à côté de sa Corolla pendant qu'il se faisait dépuceler et avaient hurlé à la lune quand il avait joui.

Depuis les tout premiers attroupements de chiens, Thomas était le chef de la meute. Il avait fini par utiliser son instinct de domination pour créer une prospère société de conseil. Et à présent, contre toute attente, il présidait sur la destinée d'un ministère chrétien ambulant. Ce n'était pas sorcier, remarquez. Les chrétiens étaient comme des chats domestiques. Il suffisait de les nourrir et de les laisser déambuler dans un espace clos pour qu'ils se croient libres. Thomas avait l'habitude du sale boulot.

La rousse enfonça la main dans sa braguette ouverte, chercha ses couilles. Il repoussa sa main d'une petite tape, mais se surprit à observer les mouvements de sa bouche, le sang affluant à son bas-ventre avec une violence telle qu'il éprouva un léger vertige. Croisant les mains sur la nuque de la fille, il lui maintint la tête en place, ses doigts agrippés aux boucles rousses, puis il se cambra et appuya plus fort quand elle voulut se dégager. C'est alors qu'il aperçut le sang sur le poignet de sa chemise.

Il finit, vite et sans bruit, et relâcha son étreinte.

Elle se rassit, ses seins gras et veineux jaillissant de sa blouse ouverte. « Mmm, fit-elle en s'essuyant les coins de la bouche. C'était bon, hein, bébé ? »

Il s'adressa à son chauffeur. « Robe ?

– Oui, monsieur.

– Arrête-toi à la prochaine station-service. J'ai envie de jerky. Et d'un Gatorade.

– Oui, monsieur.

– Mais pas à l'orange. Cette merde est imbuvable.

– Oui, monsieur. »

La fille écarta la ceinture pour poser sa tête sur l'épaule d'Heiser. Il la repoussa d'un geste et sortit son mouchoir de poche pour se nettoyer. En se tortillant, elle se rapprocha de lui autant que possible, visiblement en mal d'affection. Seigneur. Il allait bientôt falloir en trouver une autre. Montrant la poitrine de la fille, il fit : « Range-moi tout ça. » Puis, à l'intention du chauffeur, il ajouta : « Finalement, oublie le Gatorade. J'ai envie de lait. »

4

Le dieu de la férocité

Zeus restait à la périphérie du groupe de chasseurs qui, sur le parking de l'église, planifiaient la traque et préparaient leur matériel. Il était prêt à se joindre à eux, à condition que quelqu'un l'y invite. Il aurait pu faire valoir qu'il tenait son prénom du dieu des loups-garous. Mais lorsque les hommes épaulèrent leur carabine et l'armèrent pour une dernière vérification, Zeus tressaillit. En plus, il était incapable de coller la lunette de visée à ses verres épais sans faire bouger la monture : sa vision se troublait alors, et il avait envie de dégueuler. Il n'avait pas non plus de père pour plaider sa cause. Sa mère, elle, l'aurait simplement embarrassé si elle avait essayé. Il se retira donc au lieu de se porter volontaire.

On lui confia le rôle d'*oshkaabewis,* d'assistant lors de la cérémonie à venir. Soit, dans la communauté, des funérailles célébrées à l'église, l'adieu à certaines affaires ayant appartenu à Mere et, enfin, une fête qui rivaliserait avec le paradis, ses violons et son vin.

Les chasseurs comptèrent les munitions et consultèrent les cartes, puis ils s'enfoncèrent dans les derniers vestiges de nature sauvage que comptait leur territoire, aux abords des terres défrichées. Ils avaient le devoir de tuer la créature qui avait pris la vie de la vieille femme, l'animal qui avait goûté la chair humaine. Mission solennelle commandée par les lois immuables du deuil et de la paix. Et ils se réjouissaient de l'occasion qui leur était donnée de faire leurs preuves, d'accomplir la mission qui leur était dévolue par la mémoire du sang. Malgré leurs GPS et leurs gilets en Gore-Tex achetés au Bass Pro Shop, ils se sentaient une affinité pour ce travail ancien et étaient reconnaissants de pouvoir l'accomplir.

Pour eux, c'était une façon d'oublier les emplois qu'ils occupaient au village ou en ville, de surmonter l'humiliation que représentaient les vignettes, les amendes et les taxes prélevées par les agents du ministère des Richesses naturelles. La chasse était une prière. Certains espéraient ne pas être celui qui aurait à abattre la bête. D'autres en rêvaient, au contraire. Ces hommes avaient fait provision de tabac pour l'offrir aux animaux totems.

Zeus enfourcha son BMX et traversa le parking pour se rendre chez Ajean. C'était l'aînée de la communauté, la guide. C'est elle qui avait confié le tabac aux chasseurs. C'est elle qui avait préparé sa vieille amie Angélique pour son inhumation. C'est elle qui chargea Zeus de veiller sur sa tante Joan désormais.

Sans qu'il demande quoi que ce soit, elle le fit asseoir et posa devant lui un sandwich au saucisson et à la confiture.

« Elle a besoin de toi, mon garçon. Tu es le seul qui réussit à l'atteindre, dit-elle en agitant une main noueuse devant son visage. Nous autres, elle nous voit pas, j'pense. Pour elle, on est juste des fantômes. » Elle battit des bras, comme si elle flottait dans la cuisine.

Zeus avait reçu ses ordres. Son sandwich terminé, il laissa son numéro à Ajean, au cas où elle aurait besoin de quelque chose, et remonta sur son vélo. Avec précaution, il accrocha son vieux Discman à sa ceinture et appuya sur le bouton de lecture. Lorsque ses pneus crissèrent sur le gravier devant chez Joan, le dos de son t-shirt était trempé de sueur.

Il ouvrit la porte moustiquaire et cria : « Y a quelqu'un ? » Pas de réponse.

Il alla à la cuisine se servir un verre d'eau et le vida si vite qu'il eut de la difficulté à reprendre son souffle. Ensuite, il s'adossa au comptoir pour regarder autour de lui. La maison était plutôt petite : un salon encombré de meubles dépareillés, une cuisine où tintaient des piles de tasses et de bols en porcelaine, une salle de bains et une seule chambre à coucher. Le débarras accolé à la façade servait à la fois de buanderie et de remise où s'entassaient les habits de neige à motif camouflage, les cannes à pêche, les bottes et les traîneaux. La maison était entourée d'une assemblée de bouleaux dont les branches se dressaient vers le ciel, leurs doigts fins enlacés en prière, leur écorce aussi blanche qu'un dentier neuf. Derrière la maison, le ruisseau murmurait huit mois sur douze et expliquait à qui voulait bien l'entendre la meilleure façon de rester immobile. C'est là que se trouvait la caravane de Mere. C'est là que Zeus décida de se rendre, un autre verre d'eau à la main.

Il posa le pied sur le perron, et la porte moustiquaire claqua contre le chambranle. « Ma tante ? » fit-il.

Entendant un bruissement incessant, différent de celui du ruisseau, il se dirigea de ce côté. Au milieu des arbres, la caravane argentée luisait tel un gros poisson sur le fond bleu et scintillant de l'eau. Zeus descendit précautionneusement, le verre bien haut. Il trouva Joan devant la caravane, munie d'un seau d'eau savonneuse. Elle frottait les pierres entourant le brasero à l'aide d'une brosse en métal. Le liquide dans le seau avait pris une teinte rosée.

« Salut, ma tante. » Il se planta devant elle, ses larges épaules bloquant le soleil.

Elle leva les yeux sans s'arrêter d'agiter la brosse. « Salut.

– Je peux te donner un coup de main ? » Il n'en avait aucune envie. Le trajet à vélo l'avait lessivé. Mais, en sa qualité d'assistant, il s'était senti obligé de lui proposer son aide.

Elle secoua la tête, rinça la brosse.

« Je vais chercher le tuyau d'arrosage ?

– Non. »

Il alla s'asseoir sur la table de pique-nique qui se dressait de l'autre côté du brasero. « Tu veux que j'appelle ma mère ? Je peux lui demander de venir…

– Non. »

Zeus se demanda si le sang finirait par disparaître. Mere adorait ces pierres. Elle les avait choisies et disposées elle-même. C'étaient, disait-elle, des pierres grand-père, rondes et grises, avec des bandes sombres et beaucoup d'éclat.

Les jambes de Zeus se mirent à gigoter. Le mouvement trahissait une panique intérieure, un sentiment de vulnérabilité devant l'abattement de sa tante. Parmi tous les adultes qu'il connaissait, elle seule se portait à sa défense pour repousser le moindre malheur du mieux qu'elle pouvait. Sa mère n'avait rien d'une protectrice. Quant à son père, disons qu'il était absent du portrait.

Bee rappelait sans cesse qu'elle avait mené ses quatre grossesses à terme au lieu de se faire avorter. Ensuite, elle évoquait les nuits sans sommeil et l'état de ses seins après six années d'allaitement. *J'ai consacré ma vie à ces quatre enfants et je ne pourrai plus jamais mettre un jean,* répétait-elle. Zeus, plus que quiconque, l'avait entendue dire qu'elle avait tout donné pour eux.

Joan avait beau ne pas avoir d'enfants, elle semblait comprendre que tout donner, c'est très bien, mais qu'une mère doit parfois aller encore plus loin et trouver autre chose à offrir. Faire naître un repas d'un tas de poussière, improviser des solutions avec des serviettes en papier, tirer des mondes de la mémoire du sang et en faire cadeau à ses enfants, comme si c'était la chose la plus facile qui soit. Et éviter de les accabler d'un fardeau trop lourd.

Zeus savait que sa mère n'était pas une mauvaise personne. Drôle et bruyante, elle était capable de faire de Noël une féerie digne de Disneyland. Mais elle avait ses limites, et Zeus vivait dans un petit campement au-delà de ces limites. En grande partie à cause de son père, Jimmy Fine.

*

* *

On avait maintes fois répété à Zeus que Jimmy Fine avait été le premier grand amour de Bee. Elle avait déjà eu Artémis avec un gars du village. Quand Bee avait rencontré Jimmy, Art avait environ trois ans : il était assez vieux pour chier sur le petit pot et manger un sandwich tout seul, assez vieux donc pour passer la nuit chez une gardienne. Art était tranquille, satisfait de son sort, un de ces premiers bébés qui piègent leur mère et la convainquent d'en avoir d'autres. Plus tard, entourée de ses trois braillards de frères perpétuellement en manque d'affection, Bee dirait de lui qu'il était le roi des escrocs.

Lorsque Art fut assez vieux pour se faire garder et que Bee eut repris possession de ses seins, la réserve établie dans l'île à proximité de leur baie organisa son premier pow-wow de compétition. Des Indiens de toutes les formes et de toutes les tailles envahirent le territoire. Des fonctionnaires fédéraux, dont le complet lustré aux genoux et aux coudes indiquait qu'ils étaient au mieux des conseillers stratégiques, débarquèrent. Des adolescents aux tresses si serrées qu'ils étaient incapables de cligner des yeux, vêtus de tenues sportives deux fois trop grandes pour eux, s'entassèrent à bord du ferry. De vieilles femmes aux jupes longues et aux ongles à la fois arrondis et striés comme de l'écorce se regroupaient dans l'ombre des arbres. Des couples mariés, qui portaient des bébés dans des *tikinagans* entièrement perlés et remorquaient des tout-petits désobéissants aux sandales cassées et au nez morveux, garèrent leurs voitures bondées près des terrains du pow-wow. Et là était apparu Jimmy Fine.

Il possédait une Impala 1979 bourgogne dont le siège était reculé au maximum, ce qui l'obligeait à conduire en position allongée. Pour atteindre le volant, il devait tendre les bras droit devant lui. À son rétroviseur, il avait accroché des cordelettes de perles, trois désodorisants décolorés au parfum de pin, une plume d'aigle attachée à un lacet de cuir, un chapelet blanc bon marché et une photo de lui bébé. Il avait un grand front aussi luisant qu'un poêlon huilé et des cheveux fins tirés en une natte étroite qui descendait jusqu'à sa taille en une explosion de pointes fourchues semblables à des cils. Il aurait été bel homme si ses dents…

Il avait des lèvres charnues et un grand sourire. Mais ses dents ? C'est comme si Dieu avait rempli un gobelet à dés de toutes sortes de possibilités et l'avait retourné en se disant : *Et puis merde, advienne que pourra.* Le pire était advenu.

Mais tout cela était sans importance puisque dans le coffre de l'Impala cabossée de Jimmy se trouvait la plus belle regalia entièrement perlée qu'on ait vue dans le circuit des pow-wow de l'Ontario : une ceinture aux bandes latérales décorées d'éclairs et de totems d'ours, un gilet couvert de formes géométriques en perles de verre avec des boutons nickelés représentant des têtes d'Indiens, des mocassins dont Jimmy remplaçait les semelles toutes les quatre semaines pour que, sur son passage, s'élève le parfum aphrodisiaque de la peau de bison, et, à ses chevilles, des clochettes en cuivre qui accompagnaient ses pas comme une foutue marche nuptiale. Comme si ce n'était pas suffisant, il possédait aussi la coiffe la plus imposante et la plus fournie qu'on puisse imaginer, les plumes arrachées à une espèce d'aigle qui n'existe plus depuis que les dinosaures ont exécuté leur dernier numéro de two-step sur la Terre.

Quand, durant la Grande Entrée, Jimmy commença à se dandiner en brandissant dans sa direction son bâton de danse orné de griffes d'ours, Bee, assise dans les estrades, un pain à la saucisse dans une main, une Du Maurier Légère dans l'autre, sentit ses ovules vibrer.

Lorsqu'elle était d'humeur chagrine, Bee soutenait qu'elle avait fait de gros efforts pour être la femme dont rêvait Jimmy. Elle le laissait garer l'Impala dans l'allée et la laver deux fois par semaine, même s'il oubliait toujours de ranger le tuyau, le seau rempli d'eau brune et les éponges. Elle confiait Art à sa mère pendant des jours et des jours, parce qu'il était difficile de se montrer romantique avec un enfant de trois ans qui vous oblige à examiner en détail le moindre brin d'herbe, le moindre dépliant glissé dans la boîte aux lettres. Elle faisait cuire la viande au goût de Jimmy – comme de la semelle de botte – et s'efforçait d'apprécier la musique de pow-wow qu'il mettait dans la voiture, sur la stéréo du salon et sur son iPod lorsque, le soir venu, ils étaient au lit. Elle ne savait pas perler, mais elle enfilait ses aiguilles et lui apportait tout ce dont il avait besoin pour que sa légendaire tenue demeure impeccable : des billes à facettes, de la babiche, des peaux, des clochettes pour remplacer celles qu'il avait usées à force de danser. Parfois, elle se rendait à Six Nations, à deux heures et demie de route, pour acheter du matériel. Tous les week-ends, elle l'accompagnait à un nouveau pow-wow, rencontrait ses amis, allait chercher du café pour lui et ses cousins, fumait des cigarettes à la chaîne, assise sous son auvent. Elle s'assurait que le numéro d'inscription épinglé sur sa regalia ne cachait pas les plus belles parties de son perlage et que sa coiffe était bien accrochée à l'auvent quand il ne la portait pas. Elle la surveillait jalousement pour éviter que les gens y touchent. Elle se fit petite, discrète : elle ne vivait que pour Jimmy, que pour être une meilleure Indienne à son contact. Pour une Métisse descendant d'autres Métis, c'était important.

Puis ce fut l'hiver. Jimmy resta chez Bee. Il se rendait parfois au Manitoba pour s'occuper de sa mère. Il se levait tard et ne quittait le lit que pour s'allonger sur le canapé, d'où il pouvait regarder la télé en avalant du pain et des spaghettis sautés, une assiette en équilibre sur le bedon qu'il arborait à la basse saison.

Lorsqu'elle rencontra la femme de Jimmy, Bee était enceinte de sept mois.

Clarice débarqua un dimanche après-midi, alors que Jimmy était absent. Elle raconta à Bee que Jimmy avait déjà un fils, Jimmy Jr. Né avec une malformation de la colonne vertébrale, il ne marcherait jamais. Si Jimmy était avec Bee, lui expliqua Clarice, c'était parce qu'elle attendait un bébé. Tout ce que désirait Jimmy, c'était un enfant avec qui parcourir les routes et danser en regalias assorties. Clarice n'en voulait pas à Jimmy et encore moins à son fils. La tâche de s'occuper de l'un et de l'autre l'épuisait beaucoup trop pour leur en tenir rigueur.

Ce soir-là, les deux femmes confrontèrent Jimmy. Il pleura, se fâcha, pleura de nouveau. À la fin, il déclara vouloir rester avec Bee en Ontario. Il se sentait l'obligation d'être présent pour le nouveau bébé. Lorsque Clarice s'éloigna au volant de sa vieille fourgonnette équipée d'une rampe pour le fauteuil roulant de son fils, Bee eut le sentiment d'avoir remporté une victoire. Manifestement, elle n'avait pas les idées claires, sinon elle aurait pris le chemin de la prison pour tentative de meurtre au lieu d'être reconnaissante de sa bonne fortune.

Quand Zeus eut deux ans, toutefois, Jimmy se rendit compte que ce nouveau fils ne danserait jamais. Le garçon avait une peur mortelle du tambour. Ce que son père ignorait, c'est que, après avoir passé neuf mois *in utero* à entendre l'instrument répercuté par le cœur angoissé de sa mère, Zeus faisait une crise de claustrophobie aiguë dès qu'un battement résonnait. Bee, bien décidée à le persuader de danser, multiplia les friandises comme les marques d'amour et d'attention. Puis, devant son intransigeance, elle lui donna la fessée jusqu'à ce que le petit derrière du garçon soit tout rouge.

Quatre mois après le deuxième anniversaire du garçon, Bee reçut un courriel de Jimmy. Il s'était rendu au Manitoba pour passer la semaine auprès de son aîné. Il expliquait que Clarice était enceinte d'une petite fille qui, en rêve, lui était apparue dans la peau d'une championne de danse à clochettes. Il ajouta qu'il devait être présent pour le nouveau bébé. La petite se révéla effectivement une danseuse-née. Jimmy Fine ne revint jamais.

Bee fut humiliée, anéantie. Humiliée d'avoir perdu son homme et de toujours l'aimer, le bâtard. Et elle ne le pardonna jamais à Zeus, même après avoir oublié Jimmy et épousé Rocky, un homme gentil et paisible avec qui elle avait grandi. Ils eurent des jumeaux, Hermès et Hercule, et Bee se consacra à eux corps et âme. Son amour pour Zeus était un bruit sourd qui résonnait péniblement dans son cœur brisé – toujours là, toujours fort, mais accompagné d'un râle qui l'atténuait.

C'est donc Joan qui prit en charge la survie de Zeus. Une fois, il avait entendu sa mère dire du partenaire idéal qu'il était une âme sœur, quelqu'un qui devinait vos besoins avant vous et trouvait le moyen de les satisfaire. Quelqu'un qui était heureux de vous avoir, même les mauvais jours. Joan était l'âme sœur de Zeus.

*
* *

Et, à présent, c'était elle qui avait besoin de lui. Il déposa son verre sur la table de pique-nique et se leva. « Je vais changer l'eau. »

Il longea la caravane avec le seau en ayant soin de ne pas éclabousser son pantalon de jogging gris. Il versa l'eau dans les hautes herbes et regarda les rigoles rouges se précipiter vers le ruisseau, pressées de rejoindre le courant. Il fit le signe de croix. *Amen.*

Il puisa de l'eau propre dans le ruisseau et marcha jusqu'au brasero. Tel un robot, Joan était accroupie sur ses talons, tête baissée, la brosse toujours à la main. Elle se remit au travail. Il resta près d'elle, silencieux et attentif, jusqu'à ce qu'elle ait terminé et que le soleil, dans sa course, ait tiré l'ombre de la caravane sur eux, comme un drap.

« Tu viens avec moi chez Flo ? lui demanda Joan.

– Elle va préparer le dîner ? »

Elle haussa les épaules. « Probablement.

– Alors on y va. » Il vida le seau sans qu'elle le lui demande. L'eau était si claire qu'il la versa directement dans le ruisseau.

*

* *

Ils entrèrent sans frapper et s'assirent à la table de la cuisine. Dans le salon, Flo regardait distraitement une rediffusion de *MASH*. Elle se leva sans un mot et, après avoir posé la bouilloire sur le feu, les rejoignit. Elle avait les yeux cernés de rouge, les cheveux en bataille. Elle portait un t-shirt aux couleurs de l'entreprise familiale et un pantalon de pyjama.

« Tu es passé chez Ajean ? demanda-t-elle à Zeus.

– Ouais. Elle allait préparer Mere pour demain. »

Elle soupira. « Je sais. Ce matin, je l'ai emmenée choisir des vêtements et des bijoux.

– Il faut vraiment que je te parle, maman », dit Joan.

Flo et Zeus échangèrent un regard. Flo était là, juste à côté. Joan se mit à plier les coins d'un sous-verre en carton.

« Quand Junior et George sont venus me chercher, j'étais au Walmart, pas loin de chez Travis. » Joan parlait avec précipitation, en respirant fort, comme si elle descendait une côte en courant. « J'ai trouvé une tente, la tente d'un pasteur. L'assemblée était terminée, mais je suis entrée, je sais pas pourquoi. Il y avait un homme à l'intérieur, et c'était Victor. C'était lui : ses yeux, son corps, sa voix. » Elle se redressa, refusant de regarder sa mère en face, d'affronter son scepticisme. C'était trop tôt. « Sauf qu'il s'agissait d'un révérend. Et ses mains, sa façon de parler… Il bougeait autrement. Je l'appelais, je lui parlais, et lui répétait qu'il savait pas qui j'étais, qu'il connaissait pas de Victor. Mais c'était lui ! »

Devant l'impossibilité de se faire comprendre, Joan s'emballait de plus en plus.

« Et puis il m'a abandonnée là avec un autre homme, un homme horrible qui m'a dit que Victor était mort. Comment il aurait su ? Et qui dit des choses pareilles ? Il a ri de moi. Et il a appelé la police et une ambulance. »

Elle raconta à sa mère qu'on l'avait emmenée à l'hôpital, où elle avait passé la nuit. On l'avait laissée sortir le lendemain matin. Quand elle était allée récupérer sa voiture, la tente avait disparu. C'est là qu'elle avait appris pour Mere. La voix de Joan se brisa.

Flo l'écouta jusqu'au bout sans dire un mot. Or elle était plutôt du genre à vous interrompre au milieu d'un récit pour vous expliquer comment vous auriez dû vous y prendre, c'est-à-dire selon sa façon à elle. Son silence était donc inhabituel.

Elle s'étira, passa une main dans ses cheveux courts, toujours foncés sur le dessus mais poivre et sel sur les tempes. Puis, se penchant au-dessus de la table, elle tapota le dos des mains de Joan. À côté, les restes du sous-verre déchiqueté formaient une petite pile.

« Ah, ma pauvre. T'en as tellement sur les épaules, en ce moment. »

Au lieu d'envisager l'hypothèse de l'enlèvement et du lavage de cerveau, Flo préférait visiblement imaginer que sa fille délirait. Joan la comprenait. Zeus, lui, ne disait mot.

Flo retira sa main pour s'essuyer le coin de l'œil. « D'abord, Victor te plante là, puis c'est au tour de Mere. C'est trop. Vraiment trop. » Elle s'épongea de nouveau les yeux. « Mais c'est pas comme si tout était rose entre Victor et toi, t'sais.

– On a eu une seule chicane !

– Des fois, c'est tout ce que ça prend. Surtout quand on se dispute pour quelque chose d'aussi important. »

C'était important, oui. Mais rien ne pouvait les séparer. Victor, savait Zeus, était la seule personne qui comptait autant que lui aux yeux de Joan.

Quelques mois plus tôt, Flo avait commencé à laisser tomber de petites remarques. Il était grand temps que Joan passe à autre chose – « c'est pas parce que tu enterres un cercueil vide que tu dois te jeter dedans ». Joan avait horreur de ces allusions.

À la vue du visage de sa fille, Flo se radoucit légèrement. « Tu penses vraiment que ton mari qui est parti s'est changé en curé, mon amour ? » Elle plia et replia le vieux torchon à rayures rouges posé près de son napperon. « Dans une tente d'évangélisation par-dessus le marché ? Seigneur, il aurait au moins pu aboutir dans un vrai lieu de culte plutôt que dans un parking, non ? »

Joan reconnaissait bien là sa mère : affirmer que Victor n'était qu'une hallucination pour ensuite critiquer son choix de carrière.

« Walmart ? Victor ? Jamais dans cent ans. » Flo tapa sur la table en bois avec le torchon. C'était son marteau de Métisse, et elle venait de rendre son verdict. « On va se faire des sandwichs. Faut qu'on se couche de bonne heure. On a des funérailles, demain. On a besoin de repos. » Elle se leva et se dirigea vers le réfrigérateur.

Affalée sur sa chaise, Joan avait l'air d'un ballon percé. Zeus aurait voulu la soutenir, lui rendre sa forme initiale, mais l'atmosphère était trop chargée de dits et de non-dits.

« Et, mon amour, à ta place, je parlerais pas de ce… euh… de cet épisode. Ça risquerait de nuire à ta vie amoureuse, à l'entreprise. Personne a envie qu'une folle travaille sur sa maison. »

Plus tard, Zeus et Flo mangèrent leurs sandwichs au jambon en silence. Joan picora le sien. Ils entendirent Junior se garer dans l'entrée, et Flo alla déposer les assiettes dans l'évier. « Tu dis rien à ton frère, OK ? Il en a déjà plein les bras. Pareil que nous autres.

– Faut que j'y aille, de toute façon. J'ai encore pas mal de ménage à faire. » Joan se leva, aussitôt imitée par Zeus, qui la suivit jusqu'à la porte. Sur le perron, ils croisèrent Junior et ils se saluèrent d'un signe de tête. Ils firent le trajet sans rien dire. Zeus laissa les écouteurs de son Discman sur ses genoux. Lorsque Joan s'engagea dans sa rue assombrie, il se tourna vers elle. Elle avait l'air crevée. Affligée du genre de fatigue dont s'accompagne la maladie. Ses épaules étaient voûtées mais, sur le volant, ses jointures avaient viré au blanc.

« Tu vas le récupérer, dit-il. Je t'aiderai. Je suis un bon assistant. »

Joan sourit pour la première fois depuis qu'elle avait appris pour Mere. Ce garçon était tellement sûr de pouvoir tenir sa promesse.

Ils laissèrent la jeep dans l'entrée et allèrent finir de nettoyer la caravane, où, à la faveur de la nuit, un animal sauvage avait tué Mere. Ils arrachèrent même des bouts d'écorce éclaboussés de rouge sur les bouleaux ébranlés, révélant, en dessous, la lueur tenace de la vie nouvelle.

5

Le nom de la bête

« Tu sais ce que les hommes et les chiens ont en commun ? » demanda Ajean à Joan. Elles prenaient le thé autour de la table ronde qui trônait dans la petite cuisine de la vieille femme. Des bouteilles vides et des cendriers pleins jonchaient la moindre surface.

Joan secoua sa tête, qui l'élançait à cause des excès de whisky et de larmes de la veille. Mauvaise idée de leur consacrer ses nuits.

« La baise, dit Ajean en éclatant d'un rire sonore.

– T'es dégoûtante. » Sortant de cette bouche édentée, le mot et l'idée suscitaient un malaise. Pourquoi Joan restait-elle là, en compagnie de la vieille femme ?

« C'est vrai. Y a même une position qui tire son nom d'une sorte de chien. » D'un air de conspiratrice, Ajean se pencha sur la table, le bout de sa natte grise trempant dans son thé au lait. « Quand l'homme se place derrière, t'sais.

– Oui, oui, Ajean. La levrette, je connais. Ce que je me demande, c'est pourquoi tu parles de ça. » Joan plongea la main dans son sac, posé sur le banc en bois à côté d'elle. Par miracle, elle y trouva un flacon de Tylenol. Elle le déboucha avec difficulté et préleva trois comprimés. Les avaler fut une souffrance.

« Toi, ça te concerne peut-être pas, mais moi,

j'aurais encore l'embarras du choix si l'envie me prenait. »

Joan lui jeta un coup d'œil. Ajean disait sans doute vrai. Elle n'avait plus de dents, mais elle avait la natte la plus fournie parmi les femmes de plus de soixante ans, et un magnifique visage bronzé sur lequel les rides avaient gravé un sourire qui persistait, même quand elle faisait la tête.

Cette veillée mortuaire passerait dans les annales de la communauté. Elle avait débuté par de la soupe et du pain. Le vieux Giroux et la veuve Longlade s'étaient affrontés dans un concours de gigue. On avait déclaré un match nul, puis les adversaires étaient allés se peloter dans la salle de bains.

Joan était si consumée par le chagrin qu'elle avait volontiers accepté la bouteille la première fois qu'elle s'était arrêtée devant elle, et la deuxième aussi. Elle n'avait pas tardé à se l'approprier. Quand elle avait rouvert les yeux, elle se trouvait sur le canapé recouvert d'un dessus-de-lit au crochet d'Ajean, en proie à une gueule de bois carabinée.

Elle n'aimait pas se sentir aussi vulnérable. Évidemment, Ajean était vieille comme les chemins et elle était la parente de Joan, de la même façon que, à Arcand, presque tout le monde était parents. Mais de là à paraître si amochée, si brisée devant elle ? Joan se sentait mal à l'aise. Et puis, pourquoi la vieille tenait-elle tant à parler de sexe au beau milieu de leur thé matinal ?

Joan pria les dieux du Tylenol d'intercéder rapidement en sa faveur. « On est pas obligées de parler de, euh, de relations, là, non ?

– De relations ? répliqua Ajean en arquant un sourcil. De *baise,* tu veux dire ? » Elle rit de nouveau.

D'une main tremblante, elle porta sa lourde tasse à ses lèvres et prit une gorgée de thé. L'ayant posée, elle franchit la courte distance qui la séparait du réfrigérateur et en sortit une assiette de tranches de concombre nageant dans une mare de vinaigre et saupoudrées de sel et de poivre. Elle la déposa sur la table.

« Y a pas de bon moment pour parler des hommes et des femmes. C'est tout le temps le bon moment. Tout ce que je dis, c'est que tu sais quoi faire à propos de ton homme. »

Joan ouvrit grand les yeux et une lumière excessive s'y engouffra : ce fut comme recevoir un coup de Taser en plein front.

Ajean lança une tranche de concombre dans sa bouche et la mâchouilla avec les gencives en regardant la stupéfaction et la gêne se peindre sur le visage de Joan.

« Oui, oui. Hier soir, t'as ouvert ta grande trappe. Une fois les invités partis, t'as parlé sans arrêt. »

Joan fut prise par un urgent besoin d'aller à la salle de bains. Seulement, l'angoisse envahit les recoins encore vides de son ventre, et elle fut incapable de bouger.

« Ah bon ? fit-elle en passant la main dans ses longs cheveux emmêlés. J'ai, euh, parlé de Victor… à d'autres ? »

Ajean secoua la tête. « T'es passée au confessionnal juste avec moi, répondit-elle en léchant le vinaigre sur ses doigts. T'as juste crié aux autres qu'ils partaient de trop bonne heure, puis tu les as suivis jusqu'à leurs autos et t'as essayé de leur arracher leurs guitares des mains. Ensuite, tu les as envoyés chez le diable, t'as craché sur leurs phares et t'as dit que tu pouvais faire ça toute seule, de toute façon. »

Ajean tapa sur la table en riant. « Mon Dieu, t'avais jamais dit si vrai. T'as baissé ton pantalon et t'as chanté du Johnny Cash sur le perron en caleçon de gars jusqu'à ce que Rickard, le voisin, te lance un soulier, comme si t'étais un chat de gouttière. »

Si la table ne lui avait pas semblé si dure et si éloignée, Joan y aurait posé la tête. « Jésus-Christ. » Johnny Cash, évidemment. Ça, c'était à cause de Zeus. Parce que l'homme s'était un jour déclaré sang-mêlé à part entière ou presque, Zeus faisait jouer ses chansons en boucle, à toute heure du jour et de la nuit.

« C'est correct, c'est correct, dit Ajean en lui tapotant l'épaule. T'as qu'à recommencer ce soir. Ça ne me dérangerait pas que le voisin te lance l'autre soulier. Ça me ferait la paire. » Elle jeta un coup d'œil à une chaussure en caoutchouc posée près de la porte. « Parfaite pour la pêche. »

Elle s'esclaffa, laissant les bribes de son tomber entre elle et Joan.

« Écoute, Ajean, je sais pas trop ce que j'ai dit hier soir, mais je suis pas sûre à cent pour cent que c'est lui.

– Pfft. C'est lui, tu le sais. Qu'est-ce qu'il te faut de plus ? »

Ces mots si lourds de sens, Joan les sentit sur sa peau autant que dans ses oreilles. « Mais ma mère…

– Écoute-moi bien, ma fille. Ta mère est vaillante, elle a des tétons parfaits et tout le reste, mais elle sait rien de ces affaires-là. Ta grand-mère, par contre, si le petit Jésus lui avait donné un peu plus de temps, elle aurait pu te donner un coup de main, elle. » Ajean se signa. Joan remarqua qu'un de ses doigts usés par le travail étouffait sous une bague de famille ornée de deux rangées de pierres de naissance nuageuses. En solde chez Avon, sans doute ; toutes les grands-mères des environs portaient les mêmes. Accumuler un maximum de pierres précieuses était pour elles une grande source de fierté. C'était aussi une démonstration de force herculéenne. Comment leurs mains minuscules pouvaient-elles soutenir un tel poids, sans parler de l'abondance de vie qu'avaient supportée leurs frêles charpentes ?

« Jésus a rien à voir là-dedans. C'était l'œuvre du diable et de personne d'autre. » Joan ne se rendit pas compte qu'elle avait parlé à haute voix avant que la lourde bague d'Ajean lui frappe le haut du bras.

« Tu parles d'une chose à dire. Le diable aurait jamais pu rattraper Angélique Trudeau. Mets jamais le nom du diable à côté du sien. »

Baissant la tête, Joan passa la minute suivante à examiner les fruits délavés sur le napperon devant elle en attendant qu'Ajean décolère. « Désolée, dit-elle enfin.

– Non, ma fille. Et c'était ton homme, c'est sûr, même si lui-même était peut-être pas au courant… »

Joan l'interrompit. « Il est convaincu d'être quelqu'un d'autre. »

Ajean resta un moment silencieuse.

Lorsqu'elle reprit la parole, toute trace de taquinerie et de raillerie avait disparu. « Les chasseurs sont rentrés bredouilles.

– Je sais.

– Parce que le tueur avait déjà quitté le territoire.

– C'est pas une meute qui l'a tuée ? demanda Joan.

– Non. Je l'ai lavée avec du cèdre et habillée moi-même. Y a pas de meute qui tienne. » Elle but une gorgée de thé. « Il était tout seul.

– Un chien ? »

Ajean secoua la tête.

« Un loup, alors ?

– Une sorte de loup. »

Ajean prit une autre lampée et, sur la table, fit faire à sa tasse deux tours complets dans le sens des aiguilles d'une montre. « C'est Rougarou qui est venu la chercher. »

Joan la dévisagea. Petite, elle avait eu son compte d'histoires de rougarou. Ces récits, dans lesquels un chien noir de la taille d'un humain écumait les routes, étaient un bon moyen d'empêcher les enfants de trop s'éloigner de la maison. Même aujourd'hui, en entendant Ajean prononcer le nom, Joan crut que sa vessie allait exploser. Les enfants du coin réagissaient peut-être tous de la même façon à ces récits, mais sa terreur à elle était encore plus palpable. On reconnaissait bien là le style inimitable d'Ajean : lui flanquer la trouille au beau milieu de son chagrin… Au moins ça lui changeait les idées.

« Un rougarou ? Personne a vu de chien géant dans les parages.

– Fais pas ton ignorante, dit Ajean d'un ton solennel. Y a pas si longtemps, t'es entrée ici dedans en criant que t'en avais vu un. »

Joan rougit. Il est vrai qu'elle avait sa propre histoire de rougarou. « J'étais encore une enfant », dit-elle. Mais elle se souvenait toujours de l'odeur de la bête, de cette puanteur qui, tel un aimant, avait attiré ses nerfs jusqu'à la surface de sa peau. Cette odeur, elle l'avait sentie dernièrement. Elle en eut la chair de poule.

« Le rougarou, ça existe seulement chez les Métis, Ajean ?

– On en a plusieurs. Comme y a plusieurs façons de devenir rougarou. » Elle compta sur ses doigts. « Être attaqué par un rougarou, maltraiter les femmes, trahir les siens… C'est comme ça par ici, en tout cas.

– Mais ça existe seulement chez nous ? » insista Joan.

À l'aide d'une cuillère, Ajean racla le sirop sucré qui s'était formé au fond de sa tasse pour le déposer sur sa langue. Elle l'avala et la douceur lui fit fermer les yeux. « Quand j'étais à l'école, dit-elle, une sœur grise m'a parlé des histoires de loups-garous de par chez elle. C'est comme Rougarou. Presque. Avec moins de style. Ils devaient pas savoir danser comme lui.

– D'où venait-elle, cette bonne sœur ? »

Ajean rit. « Mon Dieu qu'elle était méchante. Grasse et méchante. Une Allemande. Une fois, elle m'a frappée parce que j'avais ri d'elle. Elle avait un bon crochet du gauche, celle-là. »

Joan plaça ses mains à plat sur la table et se redressa. « Je sais qui c'est.

– Ah bon ? fit Ajean en se penchant vers l'avant.

– Le rougarou. Le satané rougarou.

– Qui ?

– M. Heiser.

– Qui ? répéta Ajean en grimaçant. Y a personne qui porte ce nom-là par ici.

– Non, il est pas d'ici. Il travaille dans la tente. Celle où j'ai trouvé Victor. » Joan se leva, sa tête sur le point d'exploser sous l'afflux d'idées. « C'est pour ça que Victor est paumé, tu penses ? »

Ajean lissa le napperon devant elle. « La tente à Jésus ? Hmm. Je sais pas. Je connais pas les loups venus d'ailleurs. »

Joan, qui se mit à faire les cent pas dans la petite cuisine, renversa les bouteilles vides posées près du réfrigérateur. « Mais pourquoi ? Pourquoi il serait venu chercher Mere ? Pourquoi il aurait pris Victor ?

– Qui sait pourquoi ils font ce qu'ils font ? » Ajean fit glisser un doigt sur ses gencives, récupéra un peu de sucre avec le bout mouillé et le remit dans sa bouche. « T'es sûre de ton affaire ? »

Joan hocha la tête. Elle était certaine. « C'est lui. Je la connais, cette odeur-là. Qu'est-ce qui peut sentir ça, à part un rougarou ? »

Ajean réfléchit un moment. « La mort. »

Le mot se faufila dans l'estomac de Joan et lui souleva le cœur. « C'est lui.

– Bon. Tu sais ce qui te reste à faire, dans ce cas-là ?

– Non. »

Ajean la dévisagea, l'air grave. « Va reprendre ton homme au loup. »

*
* *

Avant de s'endormir dans le rayon de lune qui entrait par sa fenêtre, Joan se remémora leur dispute.

Quand son père, Percy Beausoleil, mourut au Commodore devant une Labatt 50 à moitié bue en regardant les Canadiens battre une fois de plus les Leafs à plate couture, il n'avait rien d'un homme riche. Il avait passé sa vie à construire des habitations pour d'autres familles le long de la baie, le plus souvent des maisons à pignons avec un garage pour deux voitures. Avec le temps, il avait réussi à acquérir des parcelles de terre sur son territoire traditionnel. Il voulait en priver les crétins de la ville, certes, mais aussi y construire quatre maisons : une pour sa femme et lui, une pour chacun de ses enfants. Lorsque, terrassé par une rupture d'anévrisme, il tomba de son tabouret et cogna sa joue rougie sur le repose-pieds, il avait réuni environ trente-cinq hectares, dont vingt-quatre à plus ou moins soixante-cinq kilomètres au nord de la baie, passé Honey Harbour. Un minuscule ruisseau traversait le lot en diagonale et terminait sa course dans un étang petit et profond juste avant le chemin de concession du sud-est. Attirés par la solitude et l'eau, un grand nombre de cerfs, de dindes sauvages, de canards et même de castors y vivaient. Les frères de Joan, George et Junior, s'adjugèrent cette parcelle en se promettant d'y construire un jour un énorme chalet. En attendant, ils se contentaient d'y chasser.

Pour sa part, Flo était ravie de son petit chalet situé près de la marina : il suffisait d'une heure pour y faire le ménage, et elle pouvait observer le va-et-vient des bateaux entre les îles. Elle était comblée. Joan hérita donc de l'autre parcelle, d'une bonne dizaine d'hectares, passé Lafontaine.

Joan n'était pas très portée sur la chasse. Quand elle avait atteint l'âge de la puberté, ses centres d'intérêt et ceux de son père avaient divergé, et elle avait même pratiquement cessé de pêcher. Mais sa terre la rendait plus heureuse qu'elle aurait pu l'imaginer. Sa parcelle, moins boisée que celle de ses frères, avait en son centre une petite clairière verdie par de la fougère-à-l'autruche. Des bouleaux noirs à l'écorce pelée parfumaient le sous-bois ombragé. Des poules des bois, une espèce de champignon sauvage, grimpaient sur les troncs et les arbres tombés qui servaient d'échafaudages aux écureuils débordants d'énergie. Au printemps, le sol rougeâtre était fissuré par de nouvelles pousses : des crosses de fougère et, plus tard, des morilles, semblables à de petites griffes délicates. Y marcher en été, c'était se retrouver au centre des infimes frottements et battements des insectes dont se gavaient les oiseaux, qui chantaient ensuite dans le doux duvet de leurs nids. Cet endroit lui rappelait qui elle était.

Elle avait cru que Victor s'y plaisait autant qu'elle jusqu'au jour où il avait proposé de vendre la parcelle à des promoteurs. Il avait même apporté des documents.

« Il faut qu'on en parle, mon amour. C'est de l'argent, beaucoup d'argent, de quoi avoir une nouvelle vie ! » Il posa les papiers sur les genoux de Joan. Elle refusa de les prendre, mais le montant lui apparut clairement. Six cent mille dollars. Elle en avait eu le souffle coupé. Le hoquet, cependant, s'était changé en soupir.

« Il n'en est pas question », dit-elle en se calant dans le canapé. Les documents étaient tombés par terre, entre ses chaussettes et la table basse.

Victor se pencha pour les ramasser, puis il lui en fit la lecture à voix haute, comme si elle ne savait pas lire. « Un unique versement de six cent mille dollars, à condition que l'offre soit acceptée dans les quarante jours. À l'expiration de ce délai, l'offre sera considérée comme nulle et non avenue. JT Development Corp. prendra à sa charge tous les frais liés à l'arpentage et aux contrats, ainsi que les honoraires des avocats. Cette offre dépasse de cent quatre-vingt mille dollars la valeur foncière inscrite au rôle d'évaluation. »

Il s'interrompit pour interroger le visage de Joan. Elle souleva un pied et le glissa sous sa cuisse. « Je vais pas vendre la terre de mon père, Victor. »

Il soupira à son tour. « Elle n'est plus à lui, Joan.

Elle est à toi, maintenant. Et je croyais qu'elle était à nous. D'ailleurs, la parcelle de tes frères resterait dans la famille. »

Elle le foudroya du regard. « C'est à nous d'en profiter, de bâtir dessus. Mais ce n'est pas à toi de la vendre. » Elle se tourna de nouveau vers le téléviseur. Elle ne se rappelait pas avoir déjà été aussi déçue par lui. Elle le lui dit : « J'arrive pas à croire que tu me demandes une chose pareille. C'est comme si tu me connaissais pas. Je me sens très seule, Victor. »

Il se leva, lança la télécommande sur le coussin à côté d'elle. Il replia les documents et les rangea dans sa poche arrière, puis il se dirigea vers la porte, où il décrocha son blouson en laine grise.

« Où tu vas ?

– Relever les collets. Puisque tu te sens déjà seule, autant que tu le sois pour de vrai. »

Elle ne l'avait plus revu avant qu'il réapparaisse sous les traits du révérend Wolff de la Sainte Église du Walmart ou quel que soit son foutu nom. Elle s'était dirigée vers la fenêtre, d'où elle l'avait vu s'éloigner, son dos une petite tache grise contre le couchant orange vif, empreint d'urgence et de péril.

6

La route

Joan avait grandi entourée d'histoires. Elles avaient enveloppé son enfance et, à force de s'étirer et de s'entremêler, elles avaient fini par l'emmailloter à la façon d'une courtepointe. Quand elle était toute petite, ces histoires ne la gênaient pas mais, vers sept ans, elle se mit à y voir des angoisses de vieilles femmes qui avaient plus de temps que de dents. Les heures qu'elle avait passées auprès de sa grand-mère et de ses tantes, entre les parties d'euchre et les plongeons du haut du quai en compagnie de ses cousins, n'étaient qu'ennui. À treize ans, elle décida qu'elle était trop grande pour ces légendes.

Deux mois après cet anniversaire décisif, sa mère les emmena, Mere et elle, chez tante Philomène. C'était le premier jour des vacances d'été. Tandis que la Ford Fairmont cahotait sur les petites routes, Joan appuya sa tête sur l'épaule douce de sa grand-mère. Mere sentait le parfum Chantilly, le savon Ivory et la sécurité. Tout de suite après les avoir déposées, Flo repartit en direction du chantier. Pour l'équipe, l'été était une saison chargée.

L'appartement de Philomène était tout en lambris de bois et rempli de tableaux accrochés selon une dizaine de conceptions différentes de l'horizontalité.

La grand-tante de Joan et Mere étaient installées à la table de la cuisine, une tasse de thé et un jeu de cartes devant elles. Sur ces entrefaites, Ajean, la voisine, arriva.

« Sainte bénite, Joan, observa Philomène en la toisant de la tête aux pieds, on peut dire que tu as grandi. » Elle commença à mêler les cartes.

« Beaux tétons et tout et tout, ma fille, renchérit Ajean sans une trace de moquerie.

– Preuve qu'elle tient de sa tante préférée », laissa tomber Philomène.

Les vieilles femmes échangèrent un regard. Cette métamorphose était cause de nouvelles inquiétudes, et elles devraient trouver un moyen de protéger la jeune fille.

Joan se dirigea vers la porte et, sans bruit, remit ses chaussures de sport. Il fallait qu'elle se sauve au plus vite.

« Hé, viens t'asseoir, ordonna Ajean en tapotant la chaise voisine de la sienne. Tu peux distribuer les cartes pour la première partie. »

Joan ne bougea pas d'un iota. Elle n'entendait pas commencer ses vacances d'été, comme chaque année depuis la nuit des temps, en tenant compagnie à de vieilles dames occupées à des affaires de vieilles dames. « Je vais faire un tour chez Tammy. »

Parmi toutes ses cousines, Tammy était celle qui comprendrait qu'à treize ans on vit de nouvelles choses. Autre avantage non négligeable, elle vivait à proximité du village. « Je vais probablement passer la nuit chez elle. Pour qu'on puisse faire de quoi. »

Ses tantes et Mere se consultèrent du regard. « S'amuser », précisa Joan.

« Faut pas que tu traînes toute seule sur la route,

déclara Philomène. Les touristes sont arrivés et on les connaît pas. En plus, Dorothy dit que du monde a vu un rougarou pas loin de chez Pitou. »

Naturellement. Un rougarou. Comme si ça ne suffisait pas d'imaginer un homme transformé en chien méchant, Joan devait aussi se le représenter hantant la route du village. Les autres élèves de sa classe passaient la journée au parc aquatique ou au centre commercial, loin des vieilles femmes et de leurs histoires de monstres.

« Prends ça, dit Ajean en sortant l'as de pique du jeu.

– Petit Jésus, Ajean. On en a besoin pour jouer. » Philomène essaya de récupérer la carte, mais Ajean la garda hors d'atteinte.

« Si tu vas te promener le long de la baie, faut que tu l'aies sur toi », insista-t-elle en la lui lançant.

Joan resta près de la porte. « Qu'est-ce que vous voulez que je fasse d'un as ?

– C'est pas juste un as, c'est l'as de pique. Il affaiblit le rougarou et te donne une chance de le faire revenir comme avant. »

Joan se tourna vers sa grand-mère, qui soutint la version d'Ajean en hochant la tête.

« Non, je pense que ça va aller », dit Joan. Elle poussa la porte moustiquaire, qui se referma avec fracas, et détala en criant : « Et je suis plus une petite fille ! »

*
* *

La route, qui suivait le bord de l'eau en montant, s'incurvait à la hauteur de la petite église où ses parents s'étaient mariés. Par cette chaleur, les arbres semblaient tout flasques. Bientôt, Joan, qui marchait sur l'accotement de gravier, fut trempée de sueur. Telles des demoiselles d'honneur paresseuses, les oiseaux avaient trop chaud pour battre des ailes et se contentaient de pépier mollement à son passage.

Pour la première fois depuis elle n'aurait su dire combien de temps, Joan avait le sentiment d'être complètement seule. Pas de piétons, pas de trottoirs. Pas d'amies, pas de grand-mère, pas de tantes. Sentant cette indépendance imprégner chacun de ses membres, elle s'étira dans la chaleur poussiéreuse. Elle était une femme désormais, une vraie de vraie, et elle était libre de suivre ses envies. Et ce dont elle avait envie, en ce moment, c'était de se rendre chez sa cousine en flânant. Elle fredonnait tout bas cet air de liberté en s'arrêtant, de loin en loin, pour décapiter un pissenlit avec un petit bâton.

Un nuage voila le soleil et aussitôt la brise fraîchit. Tout aussi brusquement, Joan eut le sentiment de ne plus être seule. Elle pressa le pas. Pourquoi n'avait-elle pas téléphoné à Tammy pour lui proposer de la rencontrer à mi-chemin ? Elle arriva à l'embranchement au milieu des arbres, où un chemin de terre conduisait au hangar à bateau du vieux Pitou. Sur un poteau griffé, une boîte aux lettres penchait dangereusement. Et, à côté, un chien noir aux poils courts la regardait de ses yeux grands comme des billes.

Seigneur ! Joan recula d'un pas. La bête resta immobile. La fixa. Une statue peut-être ? Un de ces drôles d'animaux en ciment qui ornent certains parterres de fleurs ? Il était d'une couleur vive et brillante, sans traces d'usure. S'avançant, elle tendit une main hésitante. « Bon chien. » Au fond de son crâne, un cri retentit : *Il y a des années que plus personne ne vit chez Pitou. Qu'est-ce qu'il fait là, ce chien ?*

Puis la bête baissa la tête, ramena son mince museau contre sa poitrine. Ses pattes, couvertes d'un pelage sombre et anormalement longues, se déplièrent. Elle se dressa sur celles de derrière, grosses comme la main ouverte d'un adulte, révélant un torse lustré et poilu, mais dépourvu des côtes saillantes et arrondies des canidés. Ce torse-là était plat et large, musclé comme celui d'un homme. Le visage, moite, étincelait : des yeux jaune vif, cerclés d'une troisième paupière rose, et une gueule hérissée de crocs ébréchés dont le nombre dépassait l'entendement.

Joan nota tous ces détails en une nanoseconde avant de détaler comme si le diable lui-même était à ses trousses. Ses bras la brûlaient, de la poussière se logeait dans ses poumons, de la glace se formait sur sa nuque. Elle ne s'arrêta que devant le garage de Dusome, fermé parce que c'était dimanche, jour que le vieux consacrait à la pêche. Joan se blottit contre la porte cadenassée et tenta de reprendre son souffle, épiant la route d'où elle craignait de voir surgir le chien impossible.

Au moindre bruissement de branches, elle se tournait d'un côté, puis de l'autre. Elle se mit à faire les cent pas dans l'allée. Tammy habitait trop loin pour que Joan aille jusque-là toute seule. La bête la rattraperait sans mal. Mais comment rentrerait-elle à la maison ? Elle songea à retourner chez sa tante, mais alors elle devrait repasser devant chez Pitou. Un rougarou n'avait aucun mal à vous tailler en pièces. Elle avait entendu d'innombrables histoires à propos de cette créature avide de voyageurs solitaires – sombre urgence née d'une multitude de transgressions. Tant d'histoires. Et c'est vers elles qu'elle se tourna pour trouver une solution.

Quand Joan était encore toute petite, Ajean lui avait révélé un moyen de désarmer Rougarou. « Rappelle-lui que, sous tout ça, il est encore un homme. En le faisant saigner, par exemple. Force-le à s'en souvenir. »

Derrière le garage, Joan trouva une des vieilles clés à molette de Dusome, la soupesa, en assena quelques coups à un ennemi imaginaire. Persuadée d'avoir mis la main sur une arme redoutable, elle rebroussa chemin. Elle fut certaine de voir l'ombre du rougarou s'étirer sur l'asphalte, son pelage raide malgré la brise.

« Bon, lança-t-elle à voix haute. Voyons voir si je peux te rafraîchir la mémoire. »

Derrière elle s'éleva le bruit d'une voiture. Elle la regarda passer en se demandant si elle aurait dû prévenir ses occupants ou, mieux encore, les supplier de la ramener. La voiture ralentit, puis s'immobilisa presque. Joan accéléra le pas, s'approcha de la portière noire luisante. Un homme passa la tête par la fenêtre ouverte, du côté du passager. En voyant son regard sur elle, ses lèvres retroussées en un rictus cruel, elle s'arrêta et carra les épaules en brandissant la clé à molette. Après l'avoir fixée un long moment, l'homme rentra la tête, et la voiture redémarra.

Lorsque le véhicule s'engagea dans le chemin de la marina, Joan se mit à courir sans prendre le temps de jeter un coup d'œil à la boîte aux lettres tordue de Pitou, seule et inoffensive au bord de la route. Elle tomba deux fois parce que la lourde clé à molette la gênait, mais elle se releva et poursuivit, refusant de se séparer de son arme.

Lorsqu'elle fit irruption dans la cuisine, hors d'haleine, les vieilles femmes étaient toujours assises autour de la table. Elles ne lui demandèrent pas pourquoi elle était de retour. Elles ne lui posèrent pas de questions sur la clé à molette qu'elle déposa près du support à chaussures. Elles se contentèrent de l'intégrer au jeu et de commencer une nouvelle histoire. Après avoir bu un peu de thé, Joan sentit son cœur s'apaiser et elle put tout leur dire.

Depuis, elle s'était raconté à elle-même de multiples versions de cet après-midi : c'était un simple chien, son imagination lui avait joué des tours, elle n'avait vu que des ombres. Avec le temps, ses heures de marche le long de la baie et sa rencontre avec le rougarou s'étaient embrumées au point de s'effacer de sa conscience.

Sauf que, comme tant d'images oubliées de l'enfance, elles persistaient dans ses habitudes. Elle ne marchait jamais seule. S'étant fait dire que la propriété de Pitou était hantée, elle évitait cette petite route autant que possible. Elle craignait les hommes à bord de véhicules inconnus.

Mais voilà que le rougarou était de retour et tout ce qu'il y avait de plus réel. Et, comme toute créature réelle, il pouvait être tué.

*

* *

Le coup de fil qui mit tout en branle lui parvint deux semaines plus tard.

« À quelle heure ils sont arrivés, les bigots ? » demanda Joan, qui tenait son téléphone d'une main tremblante. Ses orteils s'enroulèrent autour du travers métallique du tabouret de la cuisine, ses genoux en proie à de brusques sautillements nerveux.

« D'après Rocky, ils sont entrés dans Hook River vers deux heures de l'après-midi, répondit Bee. Il était en train de dîner. Je lui ai interdit de s'arrêter manger dans des fast-foods. Au pire, il s'arrête dans un Denny's et commande une salade plutôt que des frites. C'est pour ça que tant de camionneurs sont gros, t'sais – à force de manger sur le pouce. » En arrière-plan, la télé de Bee jouait à plein volume. « Hé, Wendy Williams a une nouvelle permanente. Tu devrais voir ça. Des bouclettes et de la laque, en veux-tu, en voilà. Comme sur ta photo de huitième année. Mon Dieu que c'était laid. Tu te souviens ? »

Joan ne releva pas. Pour ses efforts, Bee pouvait bien s'offrir cette petite vengeance. Prétextant être à la recherche d'un ami perdu de vue depuis longtemps, Joan avait demandé à toutes ses connaissances de la prévenir s'ils avaient vent de la présence d'évangélistes dans la région. C'était la vérité, en un sens. Quand Rocky avait entendu ses voisins de table parler d'un *revival,* il avait donc téléphoné à Bee.

Hook River se trouvait à trois heures de route.

« À quelle heure tu peux passer prendre Zeus ? » demanda Joan. Depuis que Mere avait été tuée, le garçon, qui était déjà collant auparavant, ne la lâchait plus d'une semelle. « Je suis pressée de me mettre en route. »

Bee ne répondit pas. Joan entendait ses trois autres enfants se disputer. Quelqu'un venait de recevoir un Lego dans l'œil, crut-elle comprendre. « Qu'est-ce qui te prend de t'intéresser à la religion comme ça, tout d'un coup ? demanda-t-elle.

– Je cherche quelque chose.

– *Vos gueules, les enfants ! Hermès, si tu lances encore un... Je te jure que...* Comme quoi, Joan ?

Jésus ? Tout ce que tu vas trouver dans cette tente, c'est des malades mentaux qui ont de l'argent à jeter par les fenêtres. Maintenant que j'y pense, je devrais y aller, moi aussi. Ça pourrait même être utile, un petit vieux riche comme Crésus. »

Bee aurait beau insister, Joan ne dirait rien à propos de Victor avant d'être absolument certaine. Elle jeta un coup d'œil à Zeus dans le salon, ses écouteurs sur les oreilles et un livre à la main. « Je rentrerai pas avant demain. Il vaudrait mieux que tu viennes le chercher.

– Ouais, sauf qu'avec Rocky sur la route, j'ai personne pour s'occuper des p'tits. Et je peux pas conduire, t'sais. Permis suspendu et blablabla. Je pourrais passer quelques coups de fil…

– Non, laisse tomber, dit Joan avec lassitude. Je le dépose avant de me mettre en chemin.

– Merci, Joan. T'es la meilleure. » Les enfants se mirent à réclamer leur mère à cor et à cri. « Sans blague, je pourrais venir avec toi. Et sauver quelqu'un, pour changer. »

Joan raccrocha et resta un moment sous les lumières jaunes de la cuisine. Elles bourdonnaient et vacillaient juste assez pour faire vibrer le linoléum noir et blanc. Par habitude, elle compta les dés à coudre de Mere, alignés sur les étagères en bois. Pourquoi posséder vingt-deux dés à coudre quand on n'a que dix doigts ? Se penchant au-dessus du comptoir, elle s'empara de l'étagère en forme de grange ; elle était composée de douze compartiments pour que chaque dé ait son espace à lui, comme un enfant unique. Dans le douzième, il n'y avait plus qu'un cercle entouré de poussière. Depuis les funérailles de Mere, le dé à coudre qui s'y trouvait normalement n'y était plus, et l'étagère semblait incomplète. Joan l'avait cherché sous le réfrigérateur et derrière la plinthe ébréchée, mais il s'était bel et bien volatilisé. Joan se remémora ce que Mere lui avait dit à propos du perlage.

« Le secret, c'est des lignes droites et des points serrés. Mais place toujours un intrus, une bille d'une autre couleur – une perle rouge dans une mer de blanc, une bleue en verre taillé dans une rangée de rocailles turquoise. C'est ta perle-totem. Ta façon de prier pour t'améliorer. »

Onze dés à coudre. Elle était seule depuis onze mois et vingt-huit jours, se rappela-t-elle, comme si sa solitude était un enfant dont il fallait mesurer la croissance. Son chagrin pouvait s'organiser ainsi : un dé à coudre pour chaque mois passé en solitaire, un petit étui en étain dans lequel ranger ses instants de solitude, tels de petits bouts de pâte à modeler.

Elle alla dans le salon taper sur l'épaule de Zeus. Il poussa un soupir théâtral avant de refermer son livre de poche écorné et de retirer ses écouteurs.

« Oui ? fit-il en roulant les yeux jusqu'à ce que son regard croise celui de sa tante. Qu'est-ce que je peux faire pour toi ? » Il pinça exagérément les lèvres et la gratifia d'un sourire narquois que trahissait la rondeur de ses joues.

« Écoute, mon vieux, j'apprécie tes minauderies de fille de quinze ans, je t'assure, mais tu peux ramasser tes affaires ? Je te ramène chez toi et je prends la route. »

Il haussa les épaules. « Paaas de streeess. » Il rouvrit son livre après avoir replacé les écouteurs sur ses oreilles. « Mais, à mon avis, Flo serait pas enchantée à l'idée de te savoir toute seule, surtout sur la route. Pas en ce moment. Je l'appelle pour lui poser la question ? Elle va peut-être vouloir t'accompagner.

– Petit con. »

Zeus mit le Discman couvert de ruban adhésif sur ses genoux et augmenta le volume de trois crans. Il trimballait ce pauvre appareil depuis que son père lui en avait fait cadeau, et Joan écumait les magasins d'occasion à la recherche de disques susceptibles de lui plaire. Jusque-là, Johnny Cash et Willie Nelson étaient ses favoris, *Folsom Prison Blues* et *Whiskey River* se disputant la première place de son palmarès personnel. Il les chantait d'une voix haut perchée de soprano en lavant la vaisselle ou en tricotant une de ses fameuses écharpes extralongues.

Elle posa un baiser sur sa tignasse brune avant de lui ôter ses écouteurs. Puis elle donna un coup de pied dans le panier débordant de linge oublié sur le meuble télé. « Fouille là-dedans. Il y a des choses à toi. Prends de quoi tenir deux jours, au cas où on resterait une nuit de plus ou que tu te chierais dessus.

– Ha ! Ha ! Tordant, ma tante. » Il sourit malgré lui et se mit à passer en revue les vêtements pliés.

« Et téléphone à Bee pour lui dire que tu m'accompagnes. Je reviens tout de suite. »

Elle sortit par la porte de derrière et, à la vue des bouleaux, sentit dans sa poitrine l'afflux d'adrénaline désormais familier. Elle descendit la colline en regardant ses pieds fouler les hautes herbes. Depuis quelque temps, descendre était pour elle la seule façon d'avancer. Une brise venue du ruisseau souleva ses cheveux et un frisson lui parcourut l'échine. En passant devant le brasero, elle jeta un coup d'œil aux pierres propres.

La porte de la caravane était déverrouillée. Elle l'ouvrit d'un coup d'épaule et entendit le tintement des petites cuillères souvenirs. À l'intérieur, elle fut accueillie par le parfum de l'herbe aux bisons et un vide accablant.

Mere y avait passé son temps à faire des casse-tête et à préparer des petits plats ou des remèdes. Le lendemain de la fameuse chicane, le premier jour de l'absence de Victor, Joan s'était assise à table, tandis que Mere s'activait dans la cuisine.

« Tiens, ma fille, passe la corde autour de la base. » Mere tenait un bouquet de petites tiges feuillues au-dessus de l'évier.

Joan déroula un bout de fil rouge et s'en servit pour serrer les tiges à l'endroit indiqué, pas trop fort pour éviter de les abîmer, mais assez pour qu'elles tiennent.

« Je comprends même pas ce qui lui a pris de parler de ça. C'est ma terre. » Victor n'était pas rentré. Joan était morte d'inquiétude et folle de rage. Elle était encore en pyjama : un vieux t-shirt avec le logo d'une Pabst Blue Ribbon, trois tailles trop grand, et un short de vélo noir.

« Victor, il vient de l'Ouest, non ? Il a pas grandi dans une communauté, hein ?

– Quand il était petit, oui. Avec sa mère. Mais ensuite il est parti vivre avec son père à Winnipeg. » Joan coupa la ficelle à l'aide de petits ciseaux de couture et fit un nœud.

« Des fois, on perd de vue ce qui est réel. Pour lui, la sécurité veut pas dire la même chose, j'imagine. » Pensive, Mere toucha les plus petites feuilles de son ongle pointu, admira l'architecture de la plante. « C'est pas mal, mais c'est pas correct non plus. »

Joan soupira en se calant sur le banc construit autour de la table. « Je suppose. Mais pourquoi il est pas rentré, hier soir ? » Elle éprouva un pincement d'embarras. Même pas capable de convaincre son homme de coucher à la maison. Voilà ce que dirait Bec. Joan l'avait entendue affirmer la même chose à propos d'autres couples. Mais elle était plus inquiète que honteuse. Victor n'avait encore jamais découché. Et s'il avait fait une grosse bêtise ? S'il avait trop bu, qu'il avait fini dans le lit d'une autre et que, maintenant qu'il avait dessoûlé, il avait trop honte pour rentrer ?

Pourvu que ce soit pas ça.

Mere gardait le silence. Après avoir écarté les rideaux, elle accrocha le bouquet à la fine tringle blanche au-dessus de l'évier. C'était une tringle bon marché, mais assez solide pour supporter un remède. Comme presque tout.

Joan poursuivit. « Comment a-t-il pu penser que moi, sa femme, j'accepterais une affaire pareille ? Vendre la terre de mon père ? Jésus-Christ. Si j'avais de l'argent, c'est la seule chose que j'achèterais. Des terres. » Elle tritura son téléphone, alluma et éteignit l'écran, s'assura que le volume était au maximum. Ce n'était pas la terre qui occupait son esprit en ce moment, mais elle refusait d'attiser l'autre problème. De lui donner vie en le verbalisant. Victor était-il parti pour de bon ? Ils ne se disputaient jamais. Se pouvait-il qu'il ait décidé de lever le camp après une seule chicane ? Si oui, le connaissait-elle aussi bien qu'elle le pensait ?

« Tu pourrais pas le localiser ? demanda Mere en versant de l'eau sur des sachets de thé posés au fond des tasses ébréchées.

– Dans le bois, tu veux dire ? Il est tout de même pas parti à la chasse. Et puis c'est pas comme si j'étais de l'ancien temps. Seigneur. »

Mere s'arrêta, la théière en suspension dans les airs. « Non, crétine. Je veux parler de ton téléphone, là.

– Mais oui ! s'écria Joan en s'éjectant du banc. T'es géniale ! J'y avais même pas pensé.

– C'est pas comme si j'étais de l'ancien temps. Seigneur. » Mere versa du sucre dans les tasses. « Je plaisante », ajouta-t-elle.

Quelques instants plus tard, Joan posa son appareil sur la table d'un coup sec. « Il a éteint le sien, merde. Ça m'apprend rien du tout. » Elle enfouit sa tête entre ses mains. *Oh Victor, qu'est-ce que t'as fait ?*

Mere posa une tasse devant Joan et s'assit en face d'elle. « T'en fais pas trop, *chère**. Il t'aime, cet homme-là. Il est pas fou. Bon, pour cette histoire de terre, je dis pas. Mais avec toi… Y a pas une seule femme sur cette terre que tu devrais craindre. »

*
* *

Dans la cuisine, Joan vit, accroché à la tringle, le même bouquet de feuilles de framboisier liées par de la ficelle rouge, sèches comme de l'os désormais, cassantes comme de la craie. Elle sentit des élans de mélancolie se nouer entre ses muscles, autour de son échine. *J'ai tellement besoin de toi en ce moment, Mere.*

Elle se rendit dans le bureau de sa grand-mère, au fond de la caravane, et y prit trois objets : un jeu de cartes retenues par un ruban rouge, une petite gerbe de sauge et le couteau suisse que Mere s'était acheté en ligne. Ce qu'elle pouvait en être fière ! Elle avait attendu pendant des jours que le livreur d'Amazon se pointe au bout de la route. Puis Joan rentra terminer ses préparatifs.

Elle jeta un coup d'œil au radio-réveil posé sur la table de chevet. Il était presque six heures. Trop tard, sans doute, pour le service à Hook River. Mais peut-être réussirait-elle à assister à la sortie des groupies et des solitaires qui s'attarderaient dans le parking de fortune, suivis des grenouilles de bénitier qui se portaient toujours volontaires pour ramasser les mouchoirs pleins de morve et nettoyer les croûtes de boue laissées par les bottes, et à coincer le révérend tout seul. Elle serait alors fixée.

Elle glissa les trois articles empruntés à Mere dans son sac et se dirigea vers le salon, où elle tapa sur l'épaule du garçon. « Viens-t'en, Zeus. Faut y aller. »

7

La mémoire du manque

En route vers Hook River, Zeus connecta le téléphone de Joan à l'autoradio de la voiture et joua les DJ. Il présentait les chansons, les mettait sur pause le temps de lui fournir des informations. « Trent Reznor voulait pas laisser Johnny Cash enregistrer *Hurt*. Il trouvait l'idée trop commerciale. Après, il a admis que la chanson appartenait à Cash désormais, que lui-même pouvait pas faire aussi bien.

– C'est bon à savoir, Zeus.

– C'est capital, tu veux dire. Il a sacrifié une de ses chansons les plus célèbres, genre, parce que Cash l'avait fait mariner.

– Mariner ?

– Ouais, il l'a trempée dans la Cashitude et se l'est appropriée.

– Beurk.

– C'est vrai. On peut pas ravoir les œufs une fois que le gâteau est cuit. Pareil, ici. Pas moyen de dé-Casher une chanson qui a été Cashée.

– Passe-la, espèce de groupie. Sinon, je mets la radio. » Elle tendit la main et feignit de vouloir lui arracher le téléphone.

« Bon, bon. » Il appuya sur une touche et se cala

dans son siège. Une heure avant d'arriver à destination, il s'endormit.

La respiration de Zeus était paisible et, dans le silence réconfortant, Joan se rappela combien elle aimait faire de la route. Il y avait beaucoup de choses à voir, mais on n'avait pas le temps de les suranalyser. Devant un bar délabré, surmonté d'un sanglier difforme peint à la main, elle aperçut du coin de l'œil deux femmes en robe d'été qui dansaient un slow entre des cordes de bois de chauffage et une camionnette rouillée. Au moment où le ciel se parait d'un bleu profond et velouté, une étoile filante passa tranquillement, comme en pâmoison, au-dessus de l'horizon sombre formé par les arbres. Au bord de l'autoroute, une famille de cerfs regardait passer les voitures de leurs yeux réfléchissants.

Sur la route, cependant, Victor lui manquait encore plus que d'habitude. Au fil des ans, les déplacements en voiture leur avaient permis de n'être ni ici ni là, affranchis de leur quotidien. S'envoyer en l'air sur la banquette arrière dans le parking d'un Tim Hortons, renverser les lampes des tables de chevet dans des motels où il y avait encore des chambres pour fumeurs, sentir leurs odeurs mêlées sur leurs visages et sur leurs mains en commandant un déjeuner à quatre heures de l'après-midi dans un Denny's. Une fois, ils s'étaient garés sur le bas-côté pour aller courir dans un champ labouré dont les sillons faisaient penser à du velours côtelé. Ils buvaient du vin rouge dans des verres en carton sur le capot de la jeep en admirant les profils qu'une cascade taillait dans le roc. Et ils s'arrêtaient dès qu'ils tombaient sur une attraction touristique, qu'il s'agisse d'un mystérieux trou dans les montagnes de la Virginie-Occidentale ou de silhouettes en bois illustrant une gigantesque fusillade le long d'une route poussiéreuse du Nouveau-Mexique.

Elle appuya la base de son pouce contre la couture de son jean coupé, mais ce n'était pas là qu'elle avait mal.

*
* *

Hook River n'était pas une rivière. C'était une petite localité, entourée de bois clairsemés et de collines vallonnées recouvertes d'herbes et d'arbustes, qui avait grossi à côté de la réserve, à la façon d'une tumeur. Ils arrivèrent peu après neuf heures, et Joan suivit les panneaux d'affichage jusqu'au rassemblement. Zeus ne se réveilla pas lorsqu'elle gara la jeep. Elle sortit donc seule en refermant la portière sans bruit. Elle alluma une cigarette et fit le point.

Dans la paume ouverte de la vallée se dressait la tente qu'elle avait vue dans le parking du Walmart. On avait accroché des lumières de Noël autour de la porte et le long des coutures. L'ensemble brillait d'une douce lueur sous l'effet des projecteurs qui illuminaient l'intérieur – de sa position, Joan entendait le bourdonnement de la génératrice qui les alimentait. Des véhicules de la réserve étaient garés à l'extérieur. La portière côté passager d'un F-150 était restée ouverte, et le plafonnier vacillait à mesure que la batterie faiblissait. Ayant fini sa cigarette, Joan jeta le mégot dans le fossé, puis remonta dans la jeep pour se changer. Elle en sortit vêtue d'une jupe serrée, de chaussures à talons hauts et d'un chandail échancré, un long manteau rouge drapé sur le bras. En cherchant le couteau dans son sac, elle trouva le petit bouquet de sauge. À l'abri de sa voiture, elle l'alluma. Les flammes dénudèrent les tiges, les changèrent en fumée épaisse qu'elle promena sur son visage et sa tête en priant pour que sa mission réussisse, coûte que coûte. Elle referma la portière avec délicatesse et la verrouilla pour que personne ne s'approche de Zeus, enfila le manteau et alluma une autre cigarette.

Elle entendait la congrégation chanter : on aurait dit un cercle de loups hurlant à la lune. Joan expira en tendant l'oreille dans l'espoir de distinguer la voix de Victor parmi les autres.

Alléluia...

Le chant prit fin, suivi d'une salve d'applaudissements. Le chapiteau commença à se vider. Joan inspira, laissa la fumée envelopper sa langue et envahir sa poitrine, puis la relâcha dans la nuit bleu marine. Penchant la tête, elle jeta un coup d'œil à Zeus. Il dormait toujours à poings fermés. Elle traversa le champ tandis que les fidèles regagnaient leurs véhicules et sortaient du parking improvisé dans une traînée de lumières. Les voitures s'engagèrent sur la route, à la gauche de Joan, leurs phares balayant le champ, puis le concert des grillons succéda à celui des moteurs. Elle entendit une voix crier : « Laissez les chaises empilées au fond pour demain. » Et une autre : « Rangez ces bibles dans les bacs. »

En s'approchant, Joan vit deux hommes en chemise bleue tirer jusqu'à une clairière voisine le fauteuil en velours vert qu'elle avait remarqué sur l'estrade près du Walmart. Ils le posèrent et ajustèrent sa position jusqu'à le stabiliser.

Le révérend émergea alors de derrière le chapiteau et s'avança dans l'étendue paisible devant lui. Il se dirigea vers le fauteuil et y prit place en croisant les jambes à la hauteur du genou. Il portait un costume blanc et une chemise blanche dont le col rigide était fermé par le nœud irréprochable d'une cravate noire. Il appuya sa tête sombre sur le velours élimé et sembla se perdre dans la contemplation de la pleine lune, occupée à souffler sur les nuages pour les éloigner d'elle. Il alluma une cigarette et la laissa se consumer dans le cendrier de cristal posé sur le large accoudoir du fauteuil, où son petit bout incandescent clignotait comme une bouée. Sous le clair de lune, dans son costume immaculé, il était parfaitement visible, et Joan faisait de son mieux pour empêcher son estomac de chavirer.

S'il la vit venir, il n'en laissa rien paraître. Elle espérait arriver à se dominer. Elle n'allait pas tenter de convaincre le révérend qu'il était son mari. Du moins pas tout de suite. S'il était Victor et non le fruit de sa folie à elle, Joan devait surtout éviter de l'effaroucher. Elle étudia les environs à la recherche d'animaux et notamment d'une créature qui puisse passer pour un homme. Le révérend était seul.

Ce fut lui qui rompit le silence. « Il y a des sociétés tout entières qui fondent leur science sur les étoiles. » Il gesticula au-dessus de sa tête. « Comme si ces points constituaient une sorte de manuel. »

Les mots et les intonations détonnaient, mais la voix…

Joan était si proche qu'elle pouvait sentir la bonne odeur de la sueur de Victor, à laquelle s'ajoutait quelque chose d'artificiel, comme de l'eau de Cologne provenant d'un distributeur de toilettes publiques. Ses cheveux foncés étaient coiffés, séparés et gominés avec soin. Pas de boucles à ses oreilles ni de croix à son cou. Seulement une chaine de montre en argent devant son gilet taillé sur mesure.

« Et vous aimez mieux la version du Blanc assis sur un trône au milieu des chérubins et des nuages ? » demanda-t-elle.

Les narines de l'homme laissèrent entendre une sorte de rire, puis il fit tomber la cendre de sa cigarette, qu'il ne toucha plus, et regarda Joan dans la lueur émanant de la tente.

Sous les yeux de l'homme, elle tenta de rester immobile, puis elle fit passer son poids d'une jambe à l'autre en se déhanchant. *C'est ça,* pensa-t-elle. *Profite bien du spectacle.* Mais elle n'aurait su dire s'il appréciait ou non.

« Content de vous revoir. Joan, n'est-ce pas ? » Il faisait la conversation. Joan était à la torture. « C'était quand, la dernière fois ? Il y a un mois ? Deux ? Depuis ce jour-là, j'ai souvent pensé à vous. »

Le cœur rebelle de Joan bondit et elle porta la main à sa poitrine dans l'espoir de le contenir. « Vraiment ?

– Il faut dire que ce n'est pas tous les jours qu'une femme surgit dans la tente et affirme que je suis son mari depuis longtemps disparu. Mais n'ayez pas honte, Joan. La dépendance est un démon sournois, même sans canicule ni manque de sommeil. J'espère que vous vous sentez mieux, maintenant.

– Je suis pas une ivrogne. » Dans la poche de son manteau, elle tâta son porte-cigarettes en métal et les bords assouplis des cartes à jouer usées. Dans l'autre, il y avait son briquet. Et son couteau. Elle sentait le poids de ces deux objets, mais elle ne s'en saisit pas. D'un geste du menton, elle désigna le cendrier. « Tu fumes, maintenant ? »

Baissant les yeux, il sembla presque surpris d'apercevoir la cigarette. « J'aime l'odeur de la fumée. Je me passe volontiers de l'aspirer, mais l'odeur… »

Elle scruta les mains de l'homme, dont les doigts paraissaient calleux, malgré les ongles taillés avec soin. Elle aurait eu envie d'agripper ces mains et de les glisser dans son corsage. Elle reprit plutôt la parole en faisant de gros efforts pour garder son calme.

« Elle te rappelle peut-être quelque chose. Ou quelqu'un. »

Il ne lui répondit pas tout de suite. Il écrasa plutôt la cigarette et posa le cendrier à ses pieds.

« Possible. » Il sourit pour lui-même, puis son regard croisa celui de Joan. « Vous avez assisté au service ? Un franc succès.

– Non. J'ai tendance à me tenir loin de tout ce qui me pousse au désespoir.

– Au désespoir ? Comment un lieu d'espoir peut-il vous pousser au désespoir ? »

Joan rit à son tour. « Un lieu d'espoir ? Comment éprouver le moindre soupçon d'espoir pour l'humanité en présence d'un troupeau de moutons ? »

Tout doux, Joan. Tout doux. Il risque de se lever et de partir.

« De moutons ? » Il montra le ciel de ses deux index. « Il n'y a rien de tragique à être un mouton quand un excellent berger veille sur le troupeau.

– Vous voulez parler de Jésus, révérend, ou de vous-même ?

– Je ne suis qu'un simple instrument. J'ai beaucoup de chance. Jésus s'occupe toujours de tout. »

Joan promena son regard dans l'obscurité, la faible lumière du chapiteau éclairant l'espace entre eux. « Il y a un endroit où s'asseoir, ici, à part votre fauteuil chic ?

– J'ai bien peur que non. Je reçois peu de visiteurs, si tard le soir.

– Ça vaudrait peut-être la peine de sortir deux ou trois chaises. » Elle chercha un angle d'approche. « Moi, par exemple… Je suis un peu intimidée par les foules. Mais je suis séduite par l'idée de passer un moment en tête à tête avec… Dieu. »

Il chercha des traces d'humour sur le visage de Joan et n'en trouva pas. « Si vous continuez à surgir de la nuit, je pourrais demander qu'on apporte une chaise pliante, je suppose. » Quand il agita la main, elle constata que son alliance en or avait été remplacée par un anneau en argent plus large, sur lequel était gravée la silhouette d'une colombe. Elle sentit le sang lui monter aux joues. Il contemplait de nouveau les étoiles, ses lèvres esquissant un léger sourire. Elle décida de lui raconter une histoire. Elle devait le décontenancer, lui rappeler qu'il avait une queue ou le faire saigner, comme Ajean le lui avait recommandé avec insistance.

« Lors de notre première année ensemble, mon mari et moi, on a passé l'été à parcourir le Sud en voiture. »

Il se recentra sur elle. Elle frissonna : elle avait oublié à quel point on se sentait figé sous ce regard intense. Elle s'attendait à des reproches, peut-être à ce qu'il lui serve une citation biblique pour l'empêcher d'aller plus loin, mais rien ne vint. Elle poursuivit donc, déploya le souvenir dans la nuit, tel le chant d'une sirène.

« C'était un été chaud, même par ici. Le genre de chaleur qui vous donne envie de vous arracher la peau. En Alabama, ça a failli nous rendre complètement fous. J'ai enlevé mon pantalon et je suis restée dans la voiture avec ma culotte et un petit haut, mes pieds nus sortis par la fenêtre. Mon Dieu, ma culotte me serrait tellement… Rien qu'une minuscule bande de coton pour contenir un gonflement douloureux. » Elle laissa entendre un rire guttural. « Victor était si distrait qu'on a failli finir dans le fossé. Moi, je mourais d'envie de me hisser sur ses genoux pour l'embrasser. »

Le révérend se tortilla dans son fauteuil. Elle décida de mettre la pédale douce. S'il refusait de l'écouter, elle ne réussirait pas à le tirer de l'oubli.

« En descendant dans le Sud, on avait acheté une tente ridicule dans un magasin d'articles de seconde main, une vieille affaire de l'armée. » Elle rit de nouveau à l'évocation de ce souvenir. Il y avait à peine assez de place pour eux deux et les pieds de Victor dépassaient. « Nous avions douze canettes de Pabst et deux sacs de chips, de quoi passer une bonne nuit à la belle étoile. »

Ils se dirigeaient vers le plateau abandonné d'un film de Tim Burton dont elle avait vaguement entendu parler, aménagé sur une île au milieu d'un lac brun, quelque part au fin fond de l'Alabama. Deux fois, le GPS les avait induits en erreur, mais ils étaient parvenus à destination juste avant le coucher du soleil. Un vieillard assis sur une chaise en rotin leur réclama cinq dollars en échange d'un permis de camping, puis il souleva la barrière à l'aide d'une manivelle.

Ils avaient déniché un endroit isolé derrière l'église de conte de fées qui servait désormais d'enclos de nuit aux chèvres qui parcouraient l'île en liberté. Ils montèrent leur majestueux abri et ouvrirent deux canettes. Il devait faire dans les quarante degrés.

Joan alluma une autre cigarette en observant les lèvres du révérend. Elle se rapprocha un peu plus.

« Après cette longue balade en voiture, on était en sueur. On est donc allés patauger dans le lac en sous-vêtements. Victor était nerveux à cause des arbres morts qui se dressaient comme des squelettes. Il avait peur que leurs racines abritent des alligators, des tortues serpentines, n'importe quoi. On était dans le Sud, après tout. J'ai nagé jusqu'aux arbres et j'ai grimpé sur l'un d'eux. Hors de l'eau, le bois semblait rôti, sec et crayeux.

« J'ai jeté un coup d'œil à Victor. Visiblement, il n'avait aucune intention de me rejoindre, alors je me suis dirigée vers lui. Il était dans l'eau jusqu'à la poitrine. J'ai serré mes jambes autour de sa taille et je me suis collée contre lui, sous l'eau. »

Joan franchit la distance qui la séparait de l'homme et se percha sur l'accoudoir du fauteuil. Il ne la quittait pas des yeux, la regardait fumer. Quand elle écrasa sa cigarette dans le cendrier, il suivit sa main.

Elle avait toute son attention, désormais, mais elle ne devait rien précipiter. Elle posa la main sur sa jupe, en lissa le tissu sur sa cuisse. Elle entendit la respiration de l'homme changer.

« J'avais l'impression qu'on nous épiait, là-bas », dit-elle. Elle baissa la voix pour l'obliger à tendre l'oreille. « Je sentais des regards sur nous, mais je voyais personne. Que les arbres squelettiques et le lac brun. Victor avait de grandes mains, vous comprenez ? Il me tenait et mon visage était blotti contre son cou, dans le creux de l'omoplate. Selon ma tante Dorothy, cet endroit a été spécialement conçu pour accueillir la tête d'une femme. D'où sa conviction que le Créateur est en fait une Créatrice. »

Elle se risqua à toucher la clavicule du révérend pour lui montrer l'endroit exact. Il ne recula pas, et elle posa la main à plat sur sa poitrine.

« On était là à se caresser au milieu du lac d'un

cimetière dans la chaleur et dans la paix absolues de juillet, en Alabama, quand j'ai vu un gros bouc, bien réel et bien gras. Derrière, il y avait quatre chèvres, ses femmes probablement, même si je sais pas grand-chose de la vie romantique des chèvres. Ils bougeaient pas, broutaient même pas. Ils se contentaient de nous regarder. »

Sans retirer sa main, elle plongea son regard dans celui de l'homme, à la recherche de son mari. À tâtons, ses doigts s'approchèrent des boutons de sa chemise. Pour être absolument sûre, elle devait en défaire un ou deux, dénuder sa peau afin de voir les contours familiers des tatouages de Victor.

« Ce qu'il y a de particulier, chez les boucs et les chèvres, ce sont les yeux. Ils sont géométriques. On dirait des caméras ou des écrans. C'est bizarre, je sais, mais ce petit auditoire, hmm, m'a poussée à l'embrasser encore plus fort, à me frotter contre lui encore un peu plus. » Elle chuchotait, à présent, et il tourna la tête vers sa bouche pour mieux entendre. Elle se mordit la lèvre inférieure. « Encore un peu p…

– Révérend ? » La femme, Cecile, sortit de la tente. En les voyant tous deux dans le fauteuil, elle prit un ton de désapprobation. « Je vous croyais seul. »

Sous l'effet de la frustration, la poitrine de Joan se contracta douloureusement. Elle dut faire un effort délibéré pour contenir l'émotion et la remballer en une petite boule qui ne risquait pas de jaillir de son corps. Elle ne voulait pas effaroucher l'homme. Wolff, cependant, se releva d'un geste rapide et souple. La main de Joan tomba sur son propre genou, tel un oiseau abattu en plein vol.

« Cecile, dit-il en s'avançant vers la femme, qui s'efforça d'effacer la douleur que trahissait son visage.

Je renouais avec Joan, notre visiteuse du rassemblement d'Orillia... Tu te souviens ?

– Comment oublier ? » Cecile dévisageait Joan. Elle jeta un coup d'œil au révérend et adoucit le ton. « Après votre départ pour l'hôpital, nous nous sommes fait du souci pour vous, à cause du délire dont vous souffriez. Comment vous sentez-vous maintenant ?

– Pas délirante du tout. » Oh, quelle torture ! « Moins délirante que la plupart, dirais-je même. »

Joan se leva en ayant soin de laisser s'ouvrir les pans de son manteau pour montrer l'effet de ses seins lourds sur son haut le plus chic.

Le visage arrogant de Cecile s'affaissa. « C'est terminé pour ce soir, dit-elle. Laissez-moi vous raccompagner au motel, révérend. Vous avez besoin de repos. Nous en sommes seulement à notre première journée ici. » Plaquant une main sur son large dos, elle l'entraîna vers la tente. « M. Heiser ne veut pas que nous vous fassions veiller trop tard. »

À la mention de ce nom, la gorge de Joan se serra. Elle les regarda s'éloigner en se retenant de courir derrière eux. Par-dessus son épaule, l'homme lança : « Joignez-vous à nous demain soir, Joan. J'aimerais beaucoup vous voir au service. Nous commençons à six heures. »

Vive, Cecile s'immobilisa et se tourna vers Joan. « Oui, nous serions ravis de vous compter parmi nous. Nous sommes toujours heureux d'accueillir de nouveaux fidèles. »

Joan se fendit d'un large sourire. « Je viendrai peut-être vous voir, révérend. Gardez-moi une petite place. » Sous les yeux de Cecile, Joan se rassit sur l'accoudoir du fauteuil rembourré en balançant sa jambe de façon qu'une bonne partie de sa cuisse se voie dans la lueur de la tente.

*

* *

Dans la jeep, elle trouva Zeus occupé à jouer à des jeux sur son téléphone.

« Seigneur, t'en as mis du temps. » Il soupira. Il était toujours grincheux, après une sieste. « La prochaine fois, réveille-moi pour que je vienne avec toi. J'ai raté quelque chose ? »

Joan se contenta de secouer la tête. Elle roula pendant une demi-heure et prit une chambre pour deux au New Star Motel. Elle tendit au réceptionniste cent dollars en argent comptant et se gara devant la chambre sept. Elle ouvrit la porte et Zeus entra. Elle revint prendre ses affaires dans la jeep et verrouiller les portières. À l'intérieur, elle entendit le bruit de la douche. Elle était épuisée. Elle se déshabilla, ne gardant que sa culotte, et enfila une des vieilles chemises de Victor, grise avec un aigle écaillé sur le devant et les manches coupées. Elle se connecta sur son téléphone jusqu'à ce que Zeus ait terminé dans la salle de bains et se soit couché dans son lit à deux places, puis elle alla faire sa toilette. C'est seulement après s'être lavé le visage qu'elle se rendit compte qu'elle souriait, avec férocité. Tellement qu'elle eut du mal à enlever son maquillage des rides autour de ses yeux.

Demain. Demain elle tenterait de le libérer. Inutile d'inspecter ses tatouages. Elle avait vu les yeux de son mari derrière la façade du révérend. Elle ne savait ni ce qui lui était arrivé ni ce qu'un Blanc possédé par un rougarou avait à voir dans cette histoire, mais elle se croyait désormais capable de le récupérer.

Suspectant la présence de punaises, elle jeta un coup d'œil derrière la tête du lit de même qu'entre le matelas et le sommier. Elle se coucha après n'avoir trouvé que des toiles d'araignées et un vieux numéro de *Penthouse*. Les draps étaient froids et elle dut aplatir les minces oreillers pour être à son aise, mais, quand même, elle était contente, plus en tout cas qu'elle ne l'avait été depuis le départ de Victor.

Sous le plafond en stuc, entourée du bruit de ferraille des véhicules qui passaient sur la grand-route en crachant de la fumée, elle s'efforça de deviner à quoi pensait Victor en ce moment. Était-il avec Cecile ? Les souvenirs qu'elle avait évoqués devant lui commençaient-ils à prendre vie ? Se masturbait-il en pensant à elle ? Ou lisait-il sa stupide bible, assis dans ce fauteuil ridicule ?

Repoussant les couvertures rêches, elle se retourna. Du tiroir de la table de chevet, elle tira la bible King James en format poche, avec son papier pelure et sa couverture neuve, rigide. Elle se leva, marcha pieds nus sur la moquette, d'une moiteur douteuse, et ouvrit brusquement la porte. Le parking était éclairé par des lampadaires poussifs accrochés au mur du motel qui luisaient comme des pièces de monnaie ternies dans de l'eau grise. Elle resta là un moment, la bible dont elle n'avait pas lu une ligne à la main. La lune, nimbant d'argent les confins de la nuit, formait un trou parfait dans le ciel.

Ensuite, Joan, d'un grand geste du bras, lança les maudites écritures le plus loin possible. La couverture se souleva et les pages battirent comme pour applaudir à tout rompre avant d'atterrir avec un son mat sur la couverture au lettrage doré. Un livre, rien de plus. Elle verrouilla la porte derrière elle.

Elle dormit d'un sommeil qu'elle n'avait plus connu depuis près d'un an, plus précisément depuis onze mois et vingt-huit jours.

Victor et un son nouveau dans les bois

Victor songeait à son oncle. Étienne Boucher était un colosse tranquille qui se mouvait comme un navire en eaux profondes. Il portait deux paires de chaussettes, même en été, en particulier lorsqu'il allait en mocassins. L'hiver, ses bottes laissaient dans la neige des empreintes grandes comme des raquettes. Pour le suivre, le jeune Victor était obligé de sauter de l'une à l'autre. L'année où il parvint à tenir le rythme imposé par son oncle fut celle où il se dit qu'il était un homme.

À ce souvenir, Victor s'efforça de marcher d'un pas silencieux et régulier. Car il était traqué. Il en était sûr. Dans les bois, il détectait une nouvelle odeur, à la fois sauvage et raffinée, celle qu'un corps laisse sur de la soie. Il se sentait épié.

Et puis il entendit la voix d'une femme, venue de très loin. Reconnaissable entre toutes.

« Joan ! » cria-t-il.

La voix se tut, mais elle s'éleva de nouveau, étouffée, cadencée, quelque part au-dessus de lui, ou peut-être en dessous. Victor tendit l'oreille et perçut un air de musique, trop lointain pour qu'il puisse le reconnaître. Exaspéré, il courut autour de l'espace qu'il savait être la clairière du côté est, ralentissant de temps à autre pour voir s'il s'était rapproché. Puis il trébucha et atterrit sur le menton, si violemment qu'il sentit sa mâchoire glisser.

« Joan ! »

Se mettant à quatre pattes, il se pencha et posa l'oreille sur le sol. La voix ne lui semblait pas plus proche. Il creusa la terre et enfonça la tête dans le trou. Joan n'était pas sous ses pieds.

Il se releva pour consulter le ciel. La voix restait ténue et distante, mais il la devinait en colère. Il avait vécu avec elle assez longtemps pour savoir qu'il valait mieux ne rien dire quand elle était dans cet état. Mais, cette fois, il aurait volontiers accepté une prise de bec afin de sentir les jurons de sa femme sur sa peau, d'interrompre ses mots avec sa propre bouche. Il les avalerait tous.

Adossé à un pin géant, il soupira. Quand l'avait-il vue pour la dernière fois ? Depuis combien de temps parcourait-il les mêmes dix hectares ? Il avait beau marcher, marcher encore, il ne trouvait jamais la route. Ne tombait jamais sur son quatre-roues, ni sur l'érablière voisine, ni sur les vestiges du garage du vieux Dusome. Il ne trouvait qu'une lumière grise et une obscurité impénétrable.

Merde.

Depuis quand n'avait-il pas dormi ? Pourquoi n'était-il pas fatigué ? Songeant qu'il était peut-être temps de se coucher malgré tout, il se laissa glisser sur le sol. Essuyant son menton endolori, il sentit un liquide qui s'épaississait. Du sang coagulé. Signe, sans doute, qu'il était encore vivant.

Joan.

Il n'entendait plus la voix. Et la musique, après quelques hoquets, s'était tue. Il se sentit à moitié oblitéré. Hormis son désir de revoir Joan, seule la peur perçait le nuage de confusion qui l'entourait. De la même façon qu'il était sûr d'avoir entendu la voix de Joan, de la même façon qu'il était sûr, sans le voir, que le sang sur son visage était rouge, il savait qu'une créature rôdait dans les bois. Tout près. Il s'efforça de calmer sa respiration. Au pied du pin, il se recroquevilla pour se faire tout petit. Pour réduire la cible qu'il représentait. Se fondre dans l'arbre. Disparaître.

Sur sa gauche, des brindilles craquèrent dans le noir, effrayant les petits animaux réfugiés dans les branches hautes. Et voilà qu'on cognait sur un tronc voisin, comme à une porte.

Les yeux écarquillés, il tenta de percer la soupe noire. S'il tendait les bras, que toucheraient ses doigts ? Serrant plutôt les poings, il les plongea dans les poches de son manteau et enfouit son visage dans son col.

Il valait mieux que Joan le trouve bientôt. Avant que quelque créature le fasse.

8

Remise en marche

Joan se réveilla quand Zeus alluma la télé.

« Ils annoncent de la pluie, aujourd'hui », annonça-t-il.

Elle se retourna. Les légers rideaux laissaient entrer une lumière grise. « Surtout, reste à l'intérieur. Tu risques de fondre, vu que t'es fait en chocolat », lança-t-elle d'une voix aiguë. Un oreiller lui heurta le dos et elle rit.

« Il est dix heures et demie, dit-il. On va déjeuner ? »

Elle bâilla et se redressa contre la tête du lit en s'efforçant de mettre de l'ordre dans ses idées. Ils avaient des heures à tuer avant le prochain *revival* sous la tente. « OK. Pourquoi pas ? »

Elle repoussa les couvertures. « T'as besoin de la salle de bains ? Je vais prendre une douche. » Il secoua la tête.

Elle emporta sa trousse de maquillage et disposa les produits sur une serviette pliée sur le comptoir. Elle fit couler l'eau de la douche jusqu'à ce qu'elle soit bien chaude. Ce qu'elle aimait par-dessus tout dans les motels, c'était l'abondance d'eau chaude. Rien à voir avec la maison. Elle utilisa le shampooing merdique offert par l'établissement, mais son propre revitalisant parfumé à la pêche. Puis, ses cheveux encore pleins de mousse, elle se rasa les jambes.

Elle ferma le robinet, s'essuya et s'enveloppa dans une mince serviette. Elle se sécha les cheveux, puis brancha le fer à défriser et les lissa jusqu'à ce qu'ils luisent. Avec un peu de chance, elle ramènerait Victor ici dans la soirée, puis ils rentreraient ensemble. Il faudrait qu'elle songe à prendre une chambre pour Zeus : son mari et elle avaient beaucoup de temps à rattraper. « Prépare-toi selon ton objectif », dit-elle à son reflet.

S'habiller pour faire l'amour, c'est tout autre chose que s'habiller pour une journée ordinaire. Joan lissa contre ses hanches la dentelle élastique de sa culotte pour chasser les faux plis. Elle serra son soutien-gorge au maximum, puis glissa sa main dans chacun des bonnets pour remonter ses seins et les aligner afin qu'ils forment une raie bien nette entre ses clavicules. Elle s'admira dans le miroir, puis se maquilla. Après une année de deuil et de regrets, se faire belle, avec culotte sexy et rouge à lèvres, c'était déjà excitant en soi.

Elle enfila son jean noir serré et un tricot à larges mailles échancré, couleur avoine. Voyant un peu trop de peau exposée, elle mit un collier, celui avec une breloque en forme de pistolet, cadeau de Noël de Victor. Elle le tint un moment dans sa main pour le réchauffer et consulta son téléphone. Onze heures quarante-sept.

Il y avait un Denny's au bout de la route. Elle y emmènerait Zeus, puis elle repasserait à la chambre pour s'examiner une dernière fois. Ensuite, elle se dirigerait vers la tente, où elle comptait arriver tôt pour trouver une place dans la première rangée. Elle entendait maintenir avec le révérend le genre de contact visuel qu'il est impossible de rompre. Elle jeta un dernier coup d'œil dans le miroir et sortit de la salle de bains, attrapa son sac, son manteau et la clé de la chambre avec sa plaquette de plastique bleu.

« Prêt ?

– Ouais. » Zeus éteignit le téléviseur et descendit lourdement du lit. Il mettait ses chaussures lorsqu'elle ouvrit la porte.

Avec un son mat, un livre lourd de condensation tomba à ses pieds. C'était la bible qu'elle avait lancée ; quelqu'un l'avait sans doute appuyée contre la porte. Elle sentit un afflux d'adrénaline, rapide et glacé. Elle balaya le parking des yeux. La plupart des véhicules de la veille étaient partis. Seules s'y trouvaient encore la jeep et une voiture à hayon décrépite qui s'affaissait d'un côté.

Zeus la suivait. « En route, ma tante. »

Elle ne broncha pas.

« Ma tante ? »

Du bout de sa chaussure de sport, elle repoussa le livre. Elle s'écarta pour laisser passer Zeus, ferma la porte et s'assura qu'elle était bien verrouillée. La femme de ménage, peut-être. Mais le motel comptait une quarantaine de chambres, réparties sur deux étages. Comment aurait-elle su d'où venait la bible ? La seule explication possible, c'est qu'on l'avait vue la lancer.

Elle posa une main sur l'épaule de Zeus et scruta les environs en marchant jusqu'à la voiture. Elle regarda à l'intérieur avant de déverrouiller la portière du côté passager. Rien sur les sièges, hormis le kangourou noir de Zeus. « Boucle ta ceinture », ordonna-t-elle en claquant la portière derrière lui. En faisant le tour de la jeep, elle examina les balcons de l'étage et l'escalier métallique. Une fois à bord, elle verrouilla sa portière. Dans l'espace réduit de l'habitacle, elle se sentit davantage en sécurité.

Zeus avait remarqué les mouvements nerveux de Joan. « Ça va ?

– Oui, bien sûr. » Elle posa son sac à ses pieds et jeta un coup d'œil à leur chambre. Le livre noir détrempé gisait à plat, sous la fenêtre.

Elle mit la clé dans le contact. Rien.

Nouvelle tentative. *Clic.*

« Zut. » Empoignant le volant à deux mains, elle le secoua.

« Qu'est-ce qu'elle a, la voiture ?

– Aucune idée. Elle sort du garage. »

La jeep était vieille mais fiable. Le mois dernier, on avait remplacé les plaquettes des freins, fait la vidange d'huile et réparé une petite fissure dans le pare-brise. C'était quoi, le problème ?

Elle vit le vent ouvrir la bible, dont les pages défilèrent en claquant.

Et si quelqu'un avait saboté la voiture ? L'habitacle était trop silencieux. Comme un souffle retenu. Et si le coupable était toujours à bord ? Sous le regard curieux de Zeus, Joan desserra sa ceinture et se tourna vers la banquette arrière. Rien.

« C'est ridicule, dit-elle.

– Quoi ? »

Elle haussa les épaules et prit son téléphone pour appeler un dépanneur.

*
* *

« Bon, il est là, votre problème. »

Barry, le type de la CAA qui s'était pointé au volant

d'une remorqueuse décorée de flammes, brandit les bouts de deux câbles. « La connexion de votre batterie a été coupée.

– Coupée ? Comment c'est possible ? »

Il gratta sa tête rousse. « Aucune idée, madame. Vous avez mis quelqu'un en colère ? » Il laissa entendre une sorte de grognement et lâcha les fils.

Heureusement, Zeus était de retour dans la chambre, affalé sur le lit, obnubilé par un jeu vidéo sur son téléphone. C'était déjà ça. Il était presque deux heures – Barry avait beaucoup tardé.

« Vous pouvez les remplacer ? »

Il se pencha au-dessus du pare-chocs, comme s'ils avaient tout le temps du monde. « Non, mais je peux vous remorquer jusqu'à un garage, au village. » En parlant, il montait et baissait la visière sale de sa casquette, comme pour ventiler son cerveau surchauffé. « Votre chevalier est là pour ça. »

Mais bien sûr, un chevalier vêtu d'un pantalon de jogging et d'un coupe-vent trop court qui se relevait chaque fois qu'il bougeait les bras, révélant quelques centimètres d'un ventre rond et dur… Pour autant, avait-elle le choix ? Elle hocha la tête et Barry ferma le capot de la jeep avant de retourner vers son camion. Elle alla chercher son sac et son neveu dans la chambre.

Le moment venu de partir, Barry poussa sa glacière et une pile de planchettes à pince, de journaux et de sacs de chips vides, puis tapota la banquette. « Y a de la place en masse pour vous, dit-il. Le garçon peut s'asseoir à côté. Mince comme vous êtes, vous aurez qu'à vous serrer contre moi. » Faisant abstraction de la tentative de flirt, Joan s'employa à ne pas renverser la boîte de jus de fruits posée par terre et à ignorer l'hebdomadaire ouvert à la page des escorts. Dans le vent, la bible les salua au passage. La jeep de Joan pendait à l'arrière de la remorqueuse à la façon d'un cerf éviscéré.

Le village, un de ces horribles ramassis de stations-service et de restaurants rapides qui surgissent le long de la route, se trouvait à une dizaine de minutes. Ils s'engagèrent dans une rue résidentielle bordée de maisons en apparence abandonnées, avec des cours jonchées de glissoires et de petites voitures en plastique, jusqu'au garage appartenant à un certain Sunny.

« J'arrive pas à croire que des gens habitent ici. » Elle n'avait pas eu l'intention de parler à voix haute.

« Ouais. Seulement deux cents, à c't'heure, mais tout ça va changer. On va prolonger le gazoduc. Ça veut dire de nouveaux emplois.

– Ah bon ? » Il était deux heures vingt-six. Elle se mit à se ronger la peau autour des ongles.

« Ouais. Les gens de la compagnie sont venus le mois passé. Pour une assemblée publique, vous voyez le genre. Quelques permissions à obtenir et ça y est. Je vais peut-être laisser tomber le remorquage pour un de ces emplois-là. Bon salaire, très bon fonds de pension. Je suis un homme libre. Je peux me permettre des changements pareils. Y a pas de Mme Barry, vous voyez ? »

Il quitta la route des yeux pour se tourner vers Joan et la regarder par-dessus ses verres miroir cerclés d'une monture rouge feu. Le genre de truc que portent les pilotes de course et les trous du cul. Elle fit semblant de ne pas saisir l'allusion.

Dans le ciel, les nuages s'amoncelaient et se morcelaient tel un poing qui s'ouvre et se referme. L'estomac de Joan imitait ces mouvements. Il fallait qu'elle se rende au chapiteau. Elle refusait de penser à l'identité de la personne qui avait sectionné les câbles de la batterie. Elle s'en préoccuperait plus tard, lorsqu'elle serait en route vers son mari.

Le garage, une bâtisse aux bardeaux en partie arrachés que dominait une enseigne jaune brisée, pouvait accueillir deux voitures. Sunny, le propriétaire, était un homme de petite taille arborant une salopette assombrie par l'huile et la sueur. Une des jambes remontées du pantalon laissait voir le mollet marbré d'un célibataire sous-alimenté.

« Écoute, ma belle. La batterie, c'est le moindre de tes problèmes. » Juché sur la pointe des pieds, il avait la tête enfoncée dans le compartiment moteur.

« Quoi ?

– Ben, tout le système est mort. »

En proie à une hystérie croissante, Joan imagina le moteur de la jeep criblé de balles. « Mort ?

– Bon, pas vraiment mort, concéda Sunny en riant. C'est ce qu'on appelle un style de figure.

– Une figure de style, vous voulez dire ?

– Non. Un style de figure. » Il grogna, sidéré par l'ignorance de sa cliente. « On dirait que quelqu'un a pris des fusibles. Qu'il est juste parti avec. »

Elle secoua la tête. « Des fusibles ? En quoi ça peut tuer le système ? Remplacez-les, c'est tout. C'est pas sorcier… et ça ne coûte pas une fortune.

– Ho ! Ho ! fit Sunny en la jaugeant du regard. Moi, y a rien que j'aime plus qu'une petite dame calée en mécanique. »

Elle fronça les sourcils. « Simple question de bon sens…

– Écoute, je suis pas du genre à juger les gens, déclara-t-il en agitant un mouchoir sale, mais j'ai comme qui dirait l'impression que tu t'es fait une ennemie. En t'envoyant en l'air avec son mari, peut-être ? »

Il rit de nouveau en essuyant ses mains minuscules avec le mouchoir.

Joan s'adossa à la portière du côté du conducteur et soupira. « Je suis même pas d'ici. Et hier soir, ma voiture roulait sans problème.

– Les fusibles, je peux les remplacer, mais va peut-être falloir que je commande les câbles. Et j'ai d'autres clients avant toi. »

Joan balaya le parking du regard. À côté de la remorqueuse et de la jeep, il y avait une vieille coccinelle et un énorme 4 × 4 dont la portière était ornée du logo du garage.

« Demain après-midi, au plus tôt. »

Les nuages, comme tirés par un fil, voilèrent le soleil. Le vent fraîchit et souleva des débris. Joan retourna quelques cailloux du bout du pied en songeant que quelqu'un souhaitait la coincer ici. Mais qui ?

« Pas moyen de faire plus vite ? »

Sunny secoua la tête, la brise soulevant les fines mèches qui échouaient à cacher sa calvitie.

Barry s'attardait, comme si le moment était idéal pour faire un brin de ménage dans la cabine et s'occuper de sa paperasse. Zeus était resté près de lui, supportant on ne sait trop comment le heavy metal que crachait l'autoradio de la remorqueuse, proche du son d'une cornemuse avalée par une moissonneuse-batteuse. Joan comprit ce qu'il fallait faire. Elle donna le feu vert au mécanicien et se dirigea vers la remorqueuse en traînant les pieds.

« Hé, Barry, qu'est-ce que tu fais, là, tout de suite ? »

*

* *

Elle paya en conversation le trajet jusqu'à la tente. Elle apprit ainsi que Barry était Sagittaire, qu'il était allergique à l'ail et qu'il préférait la télévision à Netflix. (« J'aime pas l'idée qu'un robot me dise ce que j'ai des chances d'aimer. La télé me dit pas quoi aimer, elle. ») Joan l'écouta sans parler. Barry lui raconta qu'il n'avait rien contre les Indiens, même qu'il appréciait leur tabac et leurs casinos. Sa mère l'avait élevé toute seule, et c'était ce qui le poussait à rester dans les parages jusqu'à ce qu'elle crève, comme il le dit si bien.

Il parlait, parlait, sa voix servant de trame musicale au paysage qui défilait : la ligne jaune brouillée de la chaussée, le flou du fossé, les champs brunissants. La terre n'était pas encore gelée, mais les os de Mere avaient sans doute commencé à jouer leur lancinante petite musique de la morsure du froid malgré le faux été. Aucune partie de Mere n'était dupe, même pas ses maudits os, qui reposaient au cimetière St. Anne's sous les motifs floraux d'une robe bon marché aux bleus impossibles, le genre de bleus qui ne fleurissent que sous des climats où le froid n'a pas de prise.

Ils arrivèrent dans le parking improvisé à cinq heures vingt-six.

« Merci beaucoup de nous avoir emmenés, Barry », dit Joan en se tournant vers lui. Sans ôter ses écouteurs, Zeus le gratifia d'un geste de la tête avant de descendre.

« Salut, mon vieux », dit Barry en se penchant pour mieux voir la tente à travers le pare-brise. Il laissa entendre un sifflement par le trou entre ses incisives, puis il se tourna vers Joan. « Je t'aurais pas prise pour une grenouille de bénitier.

– J'en suis pas une. J'ai rendez-vous avec mon mari.

– Ton mari ? »

L'attitude de Barry changea, une épaule à la fois. Il laissa tomber sur le sol couvert de miettes de chips la carte de visite sur laquelle il avait griffonné son numéro de téléphone.

« Ouais. Bon, merci encore ! » Joan glissa sur la banquette et se laissa descendre, puis referma la portière derrière elle. Elle lui accorda un sourire en le saluant de la main. C'est seulement en le voyant s'engager sur la route qu'elle se rendit compte que Zeus et elle n'auraient aucun moyen de retourner au motel.

Merde.

Elle verrait ça plus tard.

9

Parmi les ouailles

Il y avait déjà des fidèles à l'intérieur. En fait, la moitié des rangées étaient occupées. Les fidèles portaient des t-shirts noirs au dos desquels des lettres tarabiscotées énuméraient les dates de tournées d'artistes country. Ils portaient des jeans ou des robes à manches longues achetées chez Reitmans vers 1986. Ils revêtaient sans une once d'ironie des lunettes surdimensionnées qui agrandissaient démesurément leurs yeux sombres, et tapaient sur le sol temporaire de la tente avec leurs Reebok munies de semelles orthopédiques ou leurs sandales en plastique du Dollar Tree. Ils arboraient leurs inconfortables habits du dimanche et s'étaient lavés de frais, soutenus par une chose invisible aux yeux de Joan, leurs joues brunes prenant une teinte dorée sous les guirlandes lumineuses. Ils lui semblèrent magnifiques.

Les chaises blanches, le plafond et les murs de toile blanche, les lumières blanches, les responsables blancs, tous se liguaient pour exposer votre vernis à ongles écaillé et vos favoris inégaux en même temps qu'ils pardonnaient votre offense. Leur supériorité était tellement éclatante qu'ils n'avaient que faire de vos lacunes.

« Excusez-moi, mademoiselle, dit un homme coiffé

d'un chapeau de cow-boy qui sourit en bousculant Zeus et Joan pour passer.

– Désolée », fit-elle en poussant Zeus vers une rangée de chaises.

Il ôta ses écouteurs et mit son téléphone dans sa poche.

« C'est débile, cet endroit », dit-il. L'inquiétude se lisait sur son visage.

D'adorables jeunes gens propres comme des sous neufs, semblables à ceux que Joan avait vus au Walmart, distribuaient dépliants et câlins à parts égales – une véritable armée de pantalons à plis kaki, de chemises bleues et de bonnes manières. Se pouvait-il qu'un de ces trous du cul bien-pensants ait trafiqué son moteur ? Difficile d'imaginer qu'ils sachent faire une chose pareille. Mais qui, sinon, avait pu faire le coup ?

Joan avait beau plisser les yeux, le révérend n'était nulle part en vue. Cecile non plus. Étaient-ils ensemble, en ce moment ? En coulisse, était-elle penchée sur la table des offrandes, sa jupe kaki remontée sur ses hanches, sa culotte kaki baissée sur ses Keds blancs, Victor campé derrière elle ?

« Je peux vous apporter de bonnes nouvelles, ma sœur ? »

Un assistant fonçait vers eux en brandissant un dépliant. Joan ne le reconnut pas, mais il souriait de toutes ses dents et portait une chemise bleue avec une petite croix blanche à la place de l'alligator ou du joueur de polo. Il était si manifestement inoffensif qu'elle se surprit à lui rendre son sourire.

Zeus accepta le dépliant en disant : « Pourquoi pas ? J'ai justement besoin de bonnes nouvelles. » Il se tourna vers une rangée de chaises, où Joan le suivit.

« Bon service », lança l'assistant à leur suite.

Zeus prit place et Joan s'installa à côté de lui. « Ça sent bizarre, ici. Le pet et les chaussures de sport », dit-il en lui tendant le dépliant. D'un coup de coude, Joan lui intima le silence.

Elle jeta un œil au document où, sur un fond bleu orné d'une croix blanche éblouissante, on lisait : *Le Ministère de la Nouvelle Rédemption.*

À l'intérieur se trouvaient des photos de personnes qui semblaient tout droit sorties d'une recherche dans une banque d'images : « Indiens, sourire, rire ». Des bébés habillés de vêtements froufroutants, des jumeaux, des vieillards en gilet de camouflage. Les femmes prenaient le thé, les grands-mères avaient un fichu noué sous leur menton bulbeux et les enfants couraient librement dans les hautes herbes ou se faisaient pincer la joue. Un panneau complet montrait des professionnels qui mesuraient des liquides de couleur vive dans des béchers, tenaient une planchette à pince ou prenaient la parole devant d'autres professionnels avec, en arrière-plan, un écran où figurait le mot PROGRÈS en caractères gras.

Elle lut le texte en entier.

PROFESSION DE FOI DU MNR

> Nous croyons que la Bible représente la seule incarnation incontestable et indéniable de la Vraie Parole de Dieu à l'intention de tous les habitants de la Terre.
> Nous croyons que les rachetés ressusciteront et jouiront de la vie éternelle au Paradis et que les non-rachetés ressusciteront et croupiront en Enfer jusqu'à la fin des temps.
> Nous croyons que l'Église a pour mission

d'aller de par le vaste monde et de faire connaître la bonne nouvelle de Jésus-Christ à tous les êtres.
Nous vénérons Jésus-Christ, à l'exclusion de tout autre esprit, de tout totem ou animal.
Nous ne cautionnons aucune autre forme de spiritualité ou de croyance.

« Je me demande bien qui vénère les animaux dans le coin », chuchota-t-elle à l'intention de Zeus. Il pouffa de rire et une femme aux fins cheveux auburn se tourna pour les foudroyer du regard. Souriant faiblement, Joan se mit à replier le document avec un soin exagéré.

La salle était presque pleine, à présent, ce qui n'était pas un mince exploit compte tenu de la population clairsemée de la région. Entendant une vague de chuchotements s'élever, Joan se retourna.

Heiser faisait son entrée, l'air sûr de lui dans son costume gris. Voilà donc ce qui se passait. Il fit descendre sa lourde montre en or sur son poignet pour la consulter brièvement. (Résultats d'une recherche dans une banque de photos pour « homme d'affaires blanc ».) Tels d'obéissants écoliers, les assistants s'alignèrent devant lui pour recevoir une chaleureuse poignée de main, laquelle faisait trembler leurs épaules et leurs sourires pleins de dents.

« C'est le maudit Heiser », murmura Joan à l'oreille de Zeus.

Haussant les sourcils, celui-ci vit l'homme administrer des claques dans le dos, serrer des filles dans ses bras, puis se signer.

Cecile surgit de l'ombre à côté de l'estrade et fonça dans l'allée, où elle prit place au bout de la queue qui s'était formée devant Heiser. Quand elle s'immobilisa enfin, elle porta la main à sa poitrine, comme pour apaiser son cœur, puis lissa sa longue natte blonde. Joan plissa les yeux. Elle détestait Cecile. La jeune, la serviable Cecile avec ses cheveux fournis et ses cuisses fines. Ensemble, Heiser et elle descendirent l'allée en serrant encore des mains et en assenant des claques dans de nombreux dos avant de s'installer quelques rangées derrière Joan et Zeus.

Une note d'orgue aiguë monta en ondulant vers les fronces du plafond, puis explosa en un déluge de notes plus graves. La foule se tut : la musique coupa court aux conversations, comme si quelqu'un avait appuyé sur un interrupteur. Les fidèles qui s'attardaient près de la porte s'assirent et l'orgue, en brillante suspension, persista pendant quelques minutes de plus. Même le cœur non croyant de Joan vibrait au moindre accord.

Et puis, comme en réponse à un joyeux et soudain crescendo d'alléluias instrumentaux, le magnifique révérend Wolff monta sur l'estrade.

« Merde ! s'écria Zeus. C'est vraiment Victor ! »

La femme au halo auburn se tourna et les regarda d'un air mauvais, un doigt boudiné contre ses lèvres roses. En fait, il ne servait à rien de demander au garçon de se taire dans la mesure où l'auditoire, déchaîné, applaudissait à tout rompre, criait, tapait du pied. Pendant une fraction de seconde, Joan éprouva un élan de fierté à la pensée que cet homme était à elle. Puis elle se rappela qu'il ne l'était pas, qu'il ne l'était plus.

D'un geste de la main, le révérend réclama le silence. Lorsque le calme fut rétabli, il récita la profession de foi, telle qu'elle figurait dans le dépliant. Quelques dizaines de voix s'unirent à la sienne.

Joan se sentait tiraillée entre le désir et le dégoût.

Il était toujours grand, élancé et fort, c'était évident, même sous son beau costume, mais ses gestes étaient ceux d'un homme qui vient tout juste d'apprendre à bouger et non ceux de Victor. Victor, lui, plastronnait.

Après avoir souligné le travail des bénévoles, le révérend se planta à l'avant de l'estrade et s'adressa aux fidèles comme s'il s'entretenait avec chacun d'eux en privé.

« Mes amis, les Autochtones que nous sommes sont dans une position unique. En tant que gardiens de notre terre, nous sommes accablés par le mal enfoui en elle, mais bénis par le bien qu'elle représente. »

Les fidèles hochèrent la tête.

« Ce mal sournois est né des décisions qu'ont prises nos ancêtres en se détournant du Seigneur, en rejetant Sa parole, en renonçant à Lui et à tout ce qu'Il incarne. »

Oh, les inepties qui jaillissaient de cette bouche magnifique.

La foule oscillait au gré des mouvements qu'esquissaient les mains du révérend pour ponctuer son message. Les fidèles se penchaient vers l'avant quand il parlait à voix basse, tapaient du pied quand il vociférait, comme s'il les tirait de la confusion pour les entraîner vers la certitude, prononçant chaque note sans retenue, arrachant des sons à la plus discrète des cordes.

« Nous nous sommes égarés. Certains d'entre nous ont suivi de faux enseignements, ont adoré de faux dieux. » Il sourit, les paumes tournées vers le ciel. « Je ne vous en fais pas reproche. Je sais qu'on vous a dit de suivre le bon chemin et de communiquer avec ces esprits plus faibles qu'on appelle totems. On nous répète que des animaux sont là pour nous venir en aide, que les fantômes des demi-dieux et des ancêtres habitent nos maisons, que nous appartenons à des clans portant le nom de créatures terrestres. Comme vous, je me suis égaré. J'étais perdu. Et, mes bien chers amis, ce sont justement ces fausses croyances et ce mode de vie païen qui m'ont entraîné sur la voie de la perdition, qui ont entraîné notre peuple, notre bon peuple, sur la voie de la perdition. Ainsi, nous avons sombré dans la déchéance et dans la misère. Pourquoi avons-nous tant souffert, nous qui sommes pourtant des enfants de Dieu ? Pourquoi ne pouvons-nous profiter des richesses de Sa munificence ? Pourquoi nos jeunes meurent-ils, pourquoi nos hommes sont-ils si nombreux à croupir en prison, pourquoi nos femmes disparaissent-elles ou sont-elles assassinées ? Nous payons le prix des péchés de nos pères. »

Il marchait au bord de l'estrade en s'arrêtant parfois pour s'assurer que ses mots faisaient mouche. Ils se propageaient dans chaque rangée, s'enfouissaient dans le terreau fertile, effritaient la moindre résistance. Jugeant la réaction des fidèles un peu tiède, le révérend redoubla d'efforts, et son front lisse se couvrit de sueur.

« Vos prétendus leaders communautaires ont été des agents à la solde d'un pouvoir beaucoup plus sombre. Ils vous ont éloignés de la lumière en recourant à des distractions puériles. Comme des enfants, nous nous sommes laissé distraire. Un tambour n'est pas un cœur qui bat. Seul le cœur dont Dieu vous a fait don bat comme il faut. Une hutte de sudation ne purifie pas. La seule façon de se purifier consiste à se confesser à Dieu.

« On nous a donné des outils inadéquats et des plans erronés, puis on nous a ordonné de nous reconstruire.

Pour quelle raison ? Parce que Satan s'en réjouit. Quel meilleur divertissement pour la bête que de voir des gens brisés se démener avec des outils défectueux ? D'autant que Dieu, en nous promettant de nous nourrir, de nous aimer et de nous protéger, nous a déjà fourni une maison. Quelle blague ! »

Le révérend observa longuement la foule en s'avançant jusqu'au bord de l'estrade, les bras grands ouverts.

« Mais c'est une blague que je ne trouve pas très drôle. Pas en tant qu'homme de Dieu issu des Premières Nations. Pas drôle du tout, en fait. Au nom de quoi, mes bien chers frères et sœurs, devriez-vous adorer un animal ou placer votre foi dans une plume alors que Jésus vous montre la voie qui mène au seul vrai Dieu, Créateur de tous les animaux ? »

La foule cria : « Oui ! » et « Amen ! »

« *Avant,* nous étions brisés. *Avant,* nous étions en morceaux. Disloqués et éloignés de la vérité. Et maintenant ? Maintenant, nous avons atteint la plénitude et la béatitude. » Dans l'air, le révérend traça un cercle. Quand ses mains se touchèrent, il noua ses doigts en prière.

« Ces terres nous ont été données par le Seigneur Lui-même, insista-t-il. Elles nous appartiennent, et c'est ici qu'il nous faut vivre et prospérer. Cette nature sauvage nous a été donnée pour célébrer et honorer la gloire de Dieu. C'est en Lui que réside la réponse à notre pauvreté : nous ne saurions être pauvres puisqu'Il nous aime. En contrepartie, notre réussite et notre bien-être doivent servir Sa sainte lumière. »

Les fidèles tournèrent leurs paumes vers le ciel en les agitant comme de lourds bourgeons soutenus par de fines tiges.

« Cet empire sauvage nous est donné pour que nous célébrions Son nom. »

Tous les fidèles se levèrent et louèrent Dieu, et les assistants s'avancèrent pour aider les infirmes et les vieillards à se dresser eux aussi, les bras en l'air, le cœur ouvert.

« Nous devons construire des églises, des maisons, de meilleures écoles, des entreprises prospères – tout cela en Son nom. C'est ainsi que nous avancerons. C'est ainsi que nous guérirons.

– Guérir de quoi ? » demanda Zeus, le seul, avec Joan, à être resté assis.

Joan avait le sentiment qu'une abeille bourdonnait autour de son oreille. Elle glissa les doigts dans ses cheveux et se pinça le lobe. La sensation persistait. Elle se retourna sur sa chaise.

Heiser était là, deux rangées plus loin, debout comme les autres. Cecile se tenait à côté de lui. Ils la gratifièrent de sourires que démentaient leurs yeux pâles. Tandis que des centaines de voix s'unissaient dans un chant de plus en plus puissant, Joan regarda Cecile, qui se tourna vers l'estrade, puis ferma les yeux et ouvrit la bouche pour chanter.

Heiser ne se joignit pas au chœur. Il fixait Joan, comme s'ils étaient seuls à bord d'un bateau en bois au pont inégal et aux chaises pliantes inconfortables, entourés de vagues rythmiques.

L'homme savait pourquoi elle était venue. Malgré la peur que ce constat fit naître dans son ventre, Joan se dit qu'il devait la considérer comme une menace. Sinon, il ne la scruterait pas d'aussi près. Sous le mince manteau rouge, elle bomba la poitrine. On ne pouvait pas l'ignorer. On la craignait. Lorsque le chant prit fin dans une apothéose, c'est elle qui lui sourit. En silence, elle articula les mots *Je sais.* Il la dévisagea en plissant les yeux, et elle se détourna, satisfaite de l'avoir au moins décontenancé. Elle imagina les poils noirs des bras de l'homme se hérisser.

Rayonnants de ferveur, les fidèles qui les entouraient, Zeus et elle, regardaient fixement le révérend, le menton levé, le visage incliné vers la croix, comme s'il s'agissait du soleil dans le ciel.

Satisfait, le révérend s'assit dans son fauteuil rembourré et ouvrit la bible cornée avec les longs doigts de Victor. Les fidèles se rassirent à leur tour en faisant grincer les chaises sur le sol. Il resta un moment silencieux, le temps que tout le monde reprenne place. Posant sur eux le regard d'un éducateur en garderie à l'heure du conte, d'un éducateur d'un charme incomparable, il ouvrit le livre et lut :

> Ah ! vous tous qui avez soif, venez vers l'eau, même si vous n'avez pas d'argent, venez, achetez et mangez ; venez, achetez sans argent, sans payer, du vin et du lait. Pourquoi dépenser de l'argent pour autre chose que du pain, et ce que vous avez gagné, pour ce qui ne rassasie pas ? Écoutez, écoutez-moi et mangez ce qui est bon ; vous vous délecterez de mets succulents. Prêtez l'oreille et venez vers moi, écoutez et vous vivrez…

En lisant, il posait à peine les yeux sur la page, semait les mots de rangée en rangée, tantôt en les martelant, tantôt en les murmurant presque. Il tourna la page et poursuivit :

> Je conclurai avec vous une alliance éternelle, réalisant les faveurs promises à David. Voici que j'ai fait de lui un témoin pour des peuples, un chef et un législateur de peuples. Voici que tu appelleras une nation que tu ne connais pas, une nation qui ne te connaît pas viendra vers toi, à cause de Yahvé, ton Dieu, et pour le Saint d'Israël, car il t'a glorifié.

Joan était tendue. Elle haïssait cette version minable de Victor, qui n'était que mensonges. Impossible pour elle de rester les bras croisés. Elle repoussa sa chaise et les pieds grincèrent horriblement. Levant les yeux, le révérend l'aperçut. Elle le dévisagea à son tour, soutint son regard pour l'empêcher de se détourner.

Il hésita, comme s'il se demandait si *Christ* venait après *Jésus*. Revenant au livre ouvert devant lui, il parcourut les lignes à la recherche de l'endroit où il s'était arrêté. Joan fut tentée de se tourner de nouveau vers Heiser, mais elle n'osa pas quitter des yeux l'homme sur l'estrade, au cas où il la regarderait encore.

D'une voix entrecoupée, il reprit sa lecture à partir d'un autre passage. Il redressa la tête, les yeux affolés, en quête de quelque chose ou de quelqu'un. Joan était toujours debout. Il ne pouvait donc pas l'ignorer. Le révérend laissa échapper la bible et se leva. La foule commença à murmurer, tandis qu'il posait une main sur le dossier du fauteuil pour se stabiliser.

Il se racla la gorge, puis déclara : « Excusez-moi. Je… euh… J'ai besoin… d'une gorgée… d'eau. » Il descendit de l'estrade et disparut derrière les rideaux.

Après son départ, la foule sembla se réveiller lentement, à l'unisson. Certains fidèles s'étirèrent, d'autres bâillèrent. Quelques-uns gagnèrent l'allée et se dirigèrent vers les toilettes mobiles en se faisant tout petits pour ne pas manquer de respect. Le charme créé par le révérend était rompu.

« Qu'est-ce qu'on fait, maintenant ? » demanda Zeus.

Joan se retourna. Cecile était sortie, mais Heiser n'avait pas bougé. Joan lui sourit de nouveau en prenant son air de chieuse, celui qui, dans son enfance, provoquait chaque fois une bagarre avec ses frères. Heiser se contenta de soupirer. Puis, sortant un téléphone de sa poche, il se mit à taper frénétiquement.

Mais alors Cecile, de retour, se pencha pour parler à l'oreille de l'homme. Se levant, il la suivit dans l'allée. D'un pas rapide, ils marchèrent vers l'avant et disparurent à leur tour derrière les rideaux à gauche de l'estrade. Une minute plus tard, un bénévole blond du ministère monta sur la scène, un micro à la main.

« Mesdames et messieurs, nous allons faire une pause de dix minutes, annonça-t-il. Ne craignez rien : le révérend se porte bien. N'hésitez pas à sortir respirer un peu d'air frais et à discuter avec les autres fidèles jusqu'à son retour. Soyez tous bénis. »

On entendit quelques applaudissements polis. Puis les fidèles se levèrent et se dirigèrent docilement vers la sortie.

« Il faut qu'on le tire de là, dit Joan.

– OK, répondit Zeus. On va derrière ?

– Essayons. »

Joan s'engagea dans l'allée, Zeus sur ses talons. D'une voix légèrement tremblante, il demanda : « Dis donc, ma tante, tu penses vraiment que c'est une bonne idée d'enlever Victor au milieu de tout ce monde-là ?

– On doit juste lui rappeler qui il est. Avec de la chance, il va nous suivre et on sera pas obligés de l'enlever. »

Devant les rideaux, une bénévole aux cheveux roux leur bloqua le passage. « Je peux vous aider ? Les toilettes sont à l'autre bout du parking, ma chérie, dit-elle à Joan avec un clin d'œil.

– On vient voir le révérend.

– Comme nous tous, répondit la jeune femme en rigolant, comme nous tous. Il n'en a pas pour longtemps. D'ici là, servez-vous. Il y a du café et des biscuits. » Elle désigna la table des rafraîchissements, près de l'entrée.

« C'est mon oncle, dit Zeus en contournant Joan. Il m'attend.

– Ah ! Je vois, fit la rousse en posant la main sur le bras du garçon pour le retenir. Laisse-moi t'annoncer.

– Mon oncle ? Hou ! Hou ! C'est moi, Zeus ! »

Les joues de la jeune femme rosirent. « Un instant, s'il te plaît. » Elle disparut derrière les rideaux.

« Merci », lança-t-il dans le dos de la femme. D'un geste de la tête, il repoussa son toupet et remonta sur son nez ses grosses lunettes.

Les rideaux s'écartèrent. Au lieu de la rousse, Cecile apparut. Joan serra la nuque de Zeus.

« Ah ! C'est toi, Joan. Je me disais, aussi. » Elle ne se donna pas la peine de sourire.

« Salut, Cecile.

– Le révérend Wolff est indisposé. Vous allez devoir attendre la fin du service pour bavarder avec lui. » Elle jeta un coup d'œil à Zeus. « Comme tout le monde.

– Je veux voir mon oncle, madame. Tout de suite. » Zeus fit un autre pas en avant. Dressé bien droit, il faisait seulement deux ou trois centimètres de moins qu'elle.

Les yeux de Cecile passèrent de Joan au garçon. « Oh, c'est mignon… Mais tu dois attendre comme les autres. » Le regard de la femme était d'une telle dureté que Zeus se réfugia derrière sa tante. En esquissant un petit sourire suffisant, Cecile lança par-dessus son épaule : « Marvin ? »

Un jeune homme aux cheveux coupés en brosse traversa les rideaux. Il les dépassait tous d'au moins une tête et était presque aussi large que grand. « Tu t'assures qu'ils ne dérangent pas le révérend ? lui dit Cecile. Il a besoin d'un peu d'intimité, en ce moment.

– Oui, madame. »

Cecile cueillit un bout de peluche sur la chemise bleu vif de Marvin. « Merci beaucoup. Nous te sommes reconnaissants de ta vigilance. » Elle fit ensuite face à Joan et à Zeus en croisant les bras sur sa poitrine.

« Suis-moi, Zeus, dit Joan en remontant l'allée.

– J'aurais pu l'assommer, ce gars-là, grommela Zeus, pourtant caché derrière sa tante. Qu'est-ce qu'on fait, maintenant ? On attend ? »

Par la porte principale, ils débouchèrent dans le champ, où il faisait sombre et frais. « C'est rien qu'une tente, bon sang ! dit Joan. Ça devrait pas être bien difficile de s'y glisser sans se faire remarquer. »

Ils s'éloignèrent des fidèles, agglutinés çà et là, par petits groupes, et longèrent le chapiteau à la recherche d'entrées. Le vrombissement de la génératrice était assourdissant. La toile, éclairée de l'intérieur, luisait. Sur leur droite, quelques arbres sombres se changeaient en forêt, paisible comme seuls peuvent l'être les bois la nuit.

« T'as entendu ? siffla Zeus derrière elle.

– Quoi ?
– Attends ! » Il semblait effrayé.

Joan se tourna vers lui. « Qu'est-ce qu'il y a ? »

Puis elle entendit le bruit. Une sorte de grognement surgissant des ténèbres.

Zeus écarquilla les yeux.

Le bruit était de retour : un grondement long et grave amplifié par une poitrine caverneuse. Joan montra les bois. Est-ce que ça venait des arbres ? Zeus secoua la tête et indiqua un endroit du bout d'un index tremblant.

Lentement, Joan se retourna en obligeant Zeus à se ranger derrière elle. À l'endroit précis où la tente cédait la place aux ténèbres, elle vit une silhouette accroupie, sa tête hérissée de nœuds et de touffes de poils en bataille. La poitrine de la créature se souleva et un autre grognement résonna.

Zeus détala.

Joan s'attarda un instant pour tenter de distinguer les traits de la créature dans l'obscurité. « C'est vous, M. Heiser ? » parvint-elle à articuler.

En guise de réponse, elle eut droit à un grognement si strident et si violent qu'elle crut sentir de la bave sur sa joue. À son tour, elle prit ses jambes à son cou. Elle entendait la chose galoper derrière elle, sentait sa chaleur se rapprocher. Elle rattrapa Zeus et ils émergèrent dans la lumière du parking, évitant de justesse un groupe de vieilles femmes réunies sous une guirlande de lumières blanches.

« Merde ! » cria Joan, qui s'arrêta en dérapant avant de sonder frénétiquement les alentours du regard. Quelqu'un réprouva son langage. Deux ou trois grands-mères prirent le parti d'en rire. Zeus tremblait si fort qu'elle le saisit par la main et l'entraîna rapidement au-delà des voitures et des camionnettes. Ils haletaient tous les deux.

De l'autre côté du parking, ils foncèrent jusqu'à la route, Zeus cramponné à la main de sa tante.

« Qu'est-ce qu'on fait ? demanda alors Zeus, à bout de souffle.

– Je sais pas. Je sais pas. » Joan avait complètement oublié la jeep. « Merde, la voiture ! »

Plié en deux, Zeus appuya ses mains sur ses genoux. « Peut-être… Peut-être qu'on pourrait faire du stop ? »

Elle hocha la tête tout en massant un point de côté. « Bonne idée. On va vers le village. » Ils marchèrent jusqu'à un véhicule blanc garé sur l'accotement en gravier.

Joan était si proche qu'elle aurait pu lire la plaque lorsqu'elle se rendit enfin compte qu'il s'agissait de sa jeep. Les portières étaient déverrouillées, les clés reposaient sur le siège du conducteur.

« Comment… ? fit Zeus.

– Je sais pas et je m'en fiche. »

Ils montèrent dans la jeep et parcoururent les environs des yeux, à la recherche de mouvements. Ils ne virent pas tout de suite la petite carte couleur crème calée sous un essuie-glace. Joan sortit et s'en empara. Elle attendit d'être de retour à l'intérieur, les portières verrouillées, pour l'examiner.

D'un côté, en lettres gaufrées, les mots *Thomas Heiser, P.-D. G., Resource Development Specialists*. De l'autre, d'une écriture soignée à l'encre bleue : *Rentrez chez vous, Joan.*

*

* *

Ils roulèrent en silence et entrèrent dans le parking du New Star Motel sans s'être adressé un seul mot. Joan coupa le moteur et ils restèrent là un moment. Puis un texto fit sonner le téléphone de Zeus. Détachant sa ceinture, il sortit l'appareil de sa poche. Il lut en bougeant les lèvres, l'écran baignant son visage d'une lueur bleutée.

« Ajean dit qu'on doit rentrer. Tout de suite. »

Joan appuya son front sur le plastique moulé du volant, frais contre sa peau. Ils n'obtiendraient rien en restant ici. Manifestement, ils étaient loin d'être prêts à secourir Victor.

« Elle a quelque chose qui va nous aider.

– Un remède contre l'amnésie ? » Joan sentit des larmes s'accumuler derrière ses yeux.

« Je te lis ce qu'elle a écrit. *Rentrez tout de suite. Y a des choses pour vous aider. On va aller en chercher. Pour vous permettre d'attraper le chien.*

– Super, dit Joan. Génial. » Elle sortit et claqua la portière, tandis que Zeus se hâtait de descendre à son tour. « C'est exactement ce que j'ai envie de faire… Attraper un maudit rougarou. On prend nos affaires et on s'en va d'ici. »

Victor et un brusque virage vers l'ouest

Pour la première fois depuis Dieu sait combien de temps, Victor vit le soleil. Il se dit qu'il s'agissait non pas du vrai soleil, mais d'une simple évocation, tout juste suffisante pour vous faire croire qu'il est là.

Sous ce ciel nouvellement éclairé, Victor brandit les mains devant lui. Il trouvait rassurant de voir où il commençait et où il se terminait. De constater qu'il ne se résumait pas à un souffle, un pouls, un manque, une perte.

Il examina ses doigts, leur teinte d'ocre brûlé dans la faible lumière, les demi-cercles marron sous les ongles. Du sang ? Avait-il saigné ? Était-il allongé sur un lit d'hôpital, victime d'un chasseur insouciant ? La prison des bois n'était-elle en réalité que moniteurs et morphine ?

Il palpa sa poitrine à la recherche d'une blessure. Rien. Puis il se souvint d'être tombé, d'avoir saigné du menton. Pourtant, il ne détectait aucune coupure, aucune ecchymose préoccupante. Avait-il rêvé ?

Mais alors, d'où venait le sang sur ses mains ? Et où se trouvait sa carabine ? Il balaya les environs des yeux. Que de la terre, des buissons et de vieilles racines semblables à des varices. Il jeta un coup d'œil aux troncs, au cas où la carabine serait appuyée à l'un d'eux. Rien.

Si le soleil se couche quelque part, songea-t-il, ce quelque part est forcément à l'ouest. L'ouest. Il tenait une direction. En suivant sans faillir la source lumineuse, il éviterait de tourner en rond comme il l'avait fait jusque-là. Il trouverait peut-être une issue.

Il se mit à courir vers la lumière, qui commença à fléchir en accéléré, comme dans une scène de film truquée. Il augmenta la cadence. Sauta par-dessus des arbres tombés, piétina des fougères. Le bruit de ses pas semblait lui parvenir de très loin. Derrière lui, l'obscurité, celle dans laquelle il vivait depuis le début de sa captivité, depuis il n'aurait su dire combien de temps, était absolue. Il la sentait sur ses talons, pareille au museau de velours d'un grand chien.

Devant lui, la tache du soleil descendit avec grâce, au-delà des arbres. Victor continua de la pourchasser, écartant de ses mains maculées de sang les branches basses qui s'accrochaient à son blouson et à sa tresse.

Malgré la panique, une sensation de brûlure et sa course effrénée, une bouffée d'euphorie l'envahissait. Il sentait devant lui, ou peut-être derrière, un parfum familier. Fumée, lotion, baume pour les lèvres à la rose, pêche et coton. Et l'image du galbe de ses seins.

Joan.

Maille après maille, boucle après boucle, Victor avait été fait sur mesure pour Joan. Il l'avait compris le jour où il l'avait vue pour la première fois, dans ce bar de Montréal. Joan et sa grande gueule, le visage rougi par l'alcool qu'elle avait ingurgité, debout, une hanche en avant. Ses yeux, qu'elle frottait sans arrêt, n'étaient plus qu'un nuage charbonneux de mascara et de bourbon. Elle lui apparaissait en ce moment telle qu'elle s'était imposée à lui ce soir-là : inévitable, nécessaire. Le travail de Victor consistait à continuer d'exister pour que cette bouche ne cesse jamais de parler, pour qu'elle le couvre de mille petits baisers aux endroits les plus incongrus : à la saignée du coude, sur la nuque, au-dessus du nombril, là où partait la fermeture éclair de son jean. Il n'avait pas d'autre raison d'exister. Et c'était largement suffisant.

Où était-elle passée ? Qu'avait-elle fait pendant que lui était enfermé dans ce lieu ? Depuis combien de temps était-il là ?

Il courait.

Enfin, à bout de forces, il émergea des arbres.

Non. Non ! NON !

Il pivota sur lui-même. Mouvement désespéré, futile.

Qu'est-ce qui m'arrive, merde ?

Il était de retour dans la clairière d'où il était parti.

Il cria dans le vide, les poings ballants, penché vers l'avant pour mieux projeter sa voix, désigner un coupable ou vider son cœur. Et là, au milieu de la clairière, juste avant que l'obscurité devienne totale, il l'aperçut. Un fauteuil à oreilles, velours vert mousse sur cadre de bois sombre.

Puis les ténèbres les avalèrent, le fauteuil et lui.

10

« Rentrez chez vous »

Ils arrivèrent au plus profond de la nuit. Joan secoua Zeus. À moitié endormi, il tituba jusqu'au salon, où il se laissa tomber sur le canapé. Prenant sur le fauteuil la couverture informe qu'il lui avait tricotée pour Noël, elle le borda. Puis elle se traîna péniblement jusqu'à sa chambre.

Elle ne dormait toujours pas lorsque les oiseaux se mirent à chanter dans la douce obscurité, leur chœur de plus en plus sonore à mesure que le ciel s'éclaircissait. Elle vit une coccinelle traverser lentement la moustiquaire. Les coccinelles adorent le bois. Il y en avait donc toujours quand Joan et sa famille étaient au travail. Jeune encore, Joan avait appris qu'elles aimaient aussi mordre. Elles se posaient sur son père, qui les prenait en coupe dans ses mains calleuses et les lançait dans le vent ou du haut d'un toit. Ses frères, eux, s'amusaient à les écraser pour libérer leur puanteur métallique. « Laissez-les donc tranquilles ! » criait-elle chaque fois.

Ils riaient et écrabouillaient les petits corps rouges sous son nez.

Un été, elle décida de construire une colonie de coccinelles près de la remise de la cour, où elles pourraient se multiplier en sécurité. Elle en recueillit le plus grand nombre possible et les déposa dans un pot Mason chipé dans la réserve que sa mere avait constituée pour les conserves. Elle avait percé des trous dans le couvercle à l'aide d'un tournevis et rempli le pot de feuilles croûtées de pucerons. Les coccinelles, qui tombaient en escaladant les tiges, roulaient comme de grosses perles.

Dans la dernière semaine de juillet, toute la famille se rendit dans l'île de son oncle, à Honey Harbour. Avant de partir, Joan veilla à ce que ses insectes disposent d'une quantité suffisante de feuilles et laissa le bocal dans l'ombre projetée par le toit de la remise.

À leur retour, le dimanche, elle traversa la maison en courant et fonça dans le jardin. À mi-chemin, une ombre de panique la poussa à accélérer le pas. Au coin de la remise, elle fut soulagée de constater que le bocal était toujours dans les herbes hautes, sous le surplomb, exactement là où elle l'avait laissé. Elle s'assit à côté, déjà décidée à libérer les captives.

Elle saisit le pot. Il lui sembla plus lourd qu'avant. Le portant à la hauteur de ses yeux, elle constata qu'il contenait plusieurs centimètres d'eau trouble. Il avait plu pendant leur absence et les trous d'aération s'étaient changés en robinets. Les insectes n'avaient eu aucune chance. Deux douzaines de corps ronds flottaient, agglutinés et immobiles. Elle les avait tués.

*
* *

Joan finit par s'endormir, les yeux pleins de larmes. C'était toujours ainsi dans cette chambre dernièrement.

*
* *

« Réveille-toi, ma tante. » Zeus la secouait par l'épaule.

Elle poussa un soupir dans l'oreiller et, en se retournant, le trouva penché sur elle, les bras croisés, tel un père dépité.

« Qu'est-ce qu'il y a, pour l'amour du ciel ?

– Il est presque midi. T'as dit que tu voulais commencer ta journée de bonne heure. » Il s'assit au bord du lit, les cheveux hérissés par sa nuit de sommeil. Voyant l'air éberlué de Joan, il précisa : « Tu te souviens ? Le texto qu'on a reçu à Hook River ? D'Ajean ? »

Elle bâilla. « Midi, c'est de bonne heure, pour toi ?

– J'y peux rien. Quelqu'un m'a bordé avec une couverture géniale qui fait dormir à tous les coups. J'ai eu du mal à me réveiller. »

Elle ne put s'empêcher de lui sourire.

« Bon, je m'inocule au café et on file chez la vieille. »

*

* *

Ils trouvèrent Ajean assise à la table de pique-nique, au bord de l'eau, en train de manger une tranche de saucisson prise à même le paquet, tandis que trois de ses petits-enfants s'amusaient à lancer des cailloux du bout du quai.

En les entendant s'avancer dans le sentier, elle se retourna et dit : « Seigneur, vous venez tout juste d'arriver ? »

Se laissant tomber sur la table de pique-nique, Zeus prit une tranche de saucisson dans l'emballage. Joan alluma une cigarette et s'installa de l'autre côté de la table. « Désolée. On est rentrés tard, et on a fait la grasse matinée. »

Ajean pinça la joue de Zeus avec affection et regarda Joan d'un œil torve.

« T'as une tête affreuse.

– Merci. Et toi, t'es vieille. »

Ajean gloussa. « Vous l'avez retrouvé, Victor ?

– Oui et non, répondit Zeus.

– Hmm. Et le rougarou ? Vous l'avez trouvé ? »

Une fois de plus, ce fut Zeus qui répondit. « Oui et non. »

Ajean remit le paquet de saucisson dans le sac d'épicerie. « Kendall, Kylie et, euh, l'autre, on rentre, cria-t-elle aux enfants. Tu t'occupes d'eux cet après-midi, Zeus ? Ta tante et moi, on part en mission. Sans enfant.

– Je suis pas un enfant », protesta Zeus, mais, d'un regard, Ajean le fit plier, et il hocha la tête.

*
* *

Ajean enfila une longue jupe sur son pantalon de jogging et laça ses mocassins. « Je connais pas grand-chose à la magie de par là-bas, fit-elle en avançant les lèvres pour indiquer l'est et donc ce que Joan prit pour l'Europe. Elle m'inspire pas confiance. J'y crois, mais je me méfie. » Pour se protéger du froid, la vieille femme avait accumulé les couches de chandails. Ce drôle d'accoutrement se terminait par un ras-du-cou pour enfant sur lequel un Daffy Duck délavé, poing en l'air et bec grand ouvert, semblait crier : *Fffantastique !* La tresse d'Ajean, pourtant rentrée sous ses vêtements, était si longue que le bout en dépassait et ressemblait à une fine queue grise.

« Je me demande si les vieux Blancs du village savent quelque chose, réfléchit-elle pour ensuite répondre à sa propre question. Non, c'est justement ça, le problème… Pas de liens… Pas de vie dans leurs vieilles légendes. »

Elle faisait les cent pas dans la cuisine en se mordant les lèvres. Elle serrait et desserrait les poings. Joan était assise à la table. Dans le salon, Zeus était affalé sur le canapé, tandis que les trois petites dansaient frénétiquement devant la télé, où passait le top 10 des clips vidéo les plus populaires.

« T'as entendu parler des os à sel ? demanda enfin Ajean.

– Des os à sel ? Pour faire du bouillon ?

– Quoi ? Non. Petit Jésus. Tu sais vraiment pas cuisiner, toi, hein ? Ta mère aurait dû faire ton éducation à la maison au lieu de passer ses journées sur ses maudits toits.

– Les os salés, donc ?

– Les os *à sel*, idiote. Les os à sel. Angélique t'a jamais parlé de ça ? »

Joan secoua la tête.

« Et t'as jamais rien fait pousser ? » Ajean baissa la voix en caressant son propre bras. « Dans ton corps, je veux dire. »

Joan soupira. « Des fois, je te jure… D'abord, ma façon de cuisiner. Maintenant, les enfants que je n'ai pas. Ça va, j'ai compris : je suis une mauvaise femme.

– Mon Dieu, non. Je te parle pas de ça. Petit Jésus, n'importe qui peut pondre des enfants. » D'un geste, Ajean désigna ses petites-filles, occupées à imiter de façon très approximative les dandinements de Nicki Minaj. « Je te parle de nouvelles parties du corps, des os, tu vois le genre.

– Hein ? Non, je suis pas mal sûre que j'ai le même nombre d'os que tout le monde. »

En réfléchissant, Ajean triturait le long poil qui poussait sur son menton, comme un mauvais génie ayant grand besoin d'une meilleure barbichette. « Je pense pas que ta mère en ait eu, elle non plus. »

Enfin, elle tendit à Joan son fourre-tout, dans lequel des objets s'entrechoquèrent, et ouvrit la porte moustiquaire. « Soyez sages, les filles ! » lança-t-elle.

Elles avaient dépassé l'église St. Anne's et parcouru la moitié de la distance qui les séparait du garage de Dusome quand Ajean reprit la parole. Comme Joan peinait à suivre le rythme de la vieille femme, elle s'était bien accommodée du silence.

« Angélique, elle m'a emmenée enterrer le sien. C'est là qu'on s'en va. Tu vas le prendre, puisque toi t'en as pas. »

Joan était trop essoufflée pour réclamer des explications.

Elles marchaient entre la route pavée et l'herbe poussiéreuse. Elles ne virent qu'une seule voiture, conduite par Sven, le Suédois qui avait acheté le magasin Jug City, à côté de l'école élémentaire, non loin de la dernière plage. Au-delà commençait le quartier privé, là où avaient vécu les Métis avant que le prix des terres monte en flèche. Il klaxonna deux fois en agitant la main par la fenêtre ouverte.

Ajean le gratifia d'un doigt d'honneur. « Maudits capitalistes, lança-t-elle en faisant claquer sa langue. Pourvu que ces trous du cul aient rien construit dessus. Sinon, j'espère que c'est vrai, ce qu'on voit dans les films d'horreur : quand on construit sur des cimetières indiens, les enfants sont aspirés par les télévisions. »

Elles gravirent la colline et ne s'arrêtèrent qu'une

fois devant le garage de Dusome. C'est là que Joan avait couru, l'après-midi où elle était tombée sur le rougarou, mais c'est aussi là qu'elle et ses cousins achetaient des popsicles pendant leurs grandes balades à vélo le long de la baie. Ils lançaient des vingt-cinq cents dans le pot en plastique que Dusome laissait à côté du congélateur blanc. Il ne se souciait pas des enfants, tout occupé aux moteurs qui avaient besoin de lui. Plus ils étaient vieux, plus Dusome était heureux. Après sa mort, le garage avait été barricadé. Il était inutilisé depuis si longtemps qu'on aurait dit une boîte en carton abandonnée sous la pluie, presque fondue sur l'asphalte fissuré. Ajean se dirigea vers l'arrière, où l'herbe poussait entre les plaques de gravier.

« Seigneur, où est-ce que..., commença Joan.

– Chut, siffla Ajean. On est sur des terres sacrées, là.

– Le garage de Dusome ? s'étonna Joan en baissant le ton.

– Non, idiote. Mais on a laissé quelque chose derrière. Une chose incapable de s'oublier elle-même. »

Lorsque les vieux se mettaient à parler tout bas en se faisant mystérieux, Joan savait qu'il valait mieux fermer sa grande gueule. Ce qu'elle fit.

Elles remontèrent l'allée, passèrent devant une chaise et un cendrier, tous deux changés en sculptures par la rouille, jusqu'à l'orée d'un petit bois épargné grâce au hibou rare qui y nichait. Penchée, Ajean scrutait le sol. Elle s'immobilisa entre un grand saule et un bouleau grisonnant, puis elle s'agenouilla là où l'enchevêtrement des racines peu profondes avait laissé un creux. « Passe-moi la pelle. »

Joan plongea la main dans le sac d'Ajean et en sortit une pelle de jardinage au manche en bois.

« Cette chose, il faut les bonnes mains pour la libérer. Il faut les bons mots, le bon chant pour la remettre en place. La magie est patiente. »

Les yeux clos, Ajean fit le signe de croix avec le petit outil. Elle se pencha et tendit le bras en laissant pendre la pelle par le bout du manche. Sur le sol rocailleux, la brise dispersa de vieux détritus : des canettes en métal ornées du logo d'anciennes marques de boissons gazeuses, des papiers friables, des mégots blanchis semblables à de minuscules rouleaux de parchemin.

« Amen », dit Ajean quand elle eut terminé. Elle laissa tomber la pelle et la pointe de l'outil s'enfonça dans la terre. Après s'être relevée, elle s'essuya les mains sur sa longue jupe.

« Bon, fit-elle. Creuse. »

Joan soupira. Elle aurait dû se douter que du travail manuel l'attendait.

« Qu'est-ce que je cherche ?

– Tais-toi et creuse. »

Elle creusa. Le sol était dur et elle dut l'entamer lentement, en détacher de petites mottes. Elle prenait le temps d'examiner chaque roche. Devant le silence d'Ajean, elle poursuivit.

Elle sectionna deux racines plus petites, libérant une odeur viandeuse qui, pour un peu, lui aurait donné des envies de meurtre. Puis, à environ trente centimètres de profondeur, elle heurta quelque chose. Après avoir retiré encore un peu de terre, elle aperçut un vieux bout de tissu. Elle s'arrêta et Ajean jeta un coup d'œil.

« C'est ça. Doucement, là. Faut pas le tirer n'importe comment, faut pas le renverser. »

Le renverser ?

Avec maintes précautions, Joan dégagea le tissu

roulé en boule, juste assez pour pouvoir sortir le paquet. Un torchon à vaisselle, indiscutablement, bien que croûté, raidi et, par endroits, presque fossilisé par les eaux souterraines et la pression. Il avait appartenu à la famille de la mère de Joan : elle reconnut l'anneau au crochet qui permettait de suspendre le linge à la poignée de la cuisinière. Le bouton était cassé.

« Tu savais que les barbus, ceux qui avaient de grands bateaux et des cornes… Comment ils s'appellent, déjà ? fit Ajean tandis que Joan posait le torchon à vaisselle sur le sol.

– Les Vikings ?

– Les Vikings, oui. Exactement. Certains portaient des peaux de loups. Ceux qu'on considérait comme les meilleurs chasseurs, les plus courageux… Ceux qui pouvaient pas être tués. » Elle fit claquer sa langue. « Il a beaucoup de pouvoir, ce loup. Peut-être parce qu'il est partout.

– Qu'est-ce que tu veux dire ? »

Avec précaution, Joan retirait la terre qui avait transformé le linge en motte compacte.

« Les Vikings. Les Allemands. Nous autres ici. Et y a une tribu dans la Bible, une des douze tribus d'Israël, tu sais ? L'une d'elles avait aussi le loup comme symbole. Elle a disparu depuis. Une tribu perdue. Mais les loups, eux, ils sont partout dans le monde.

– T'as encore passé du temps sur Internet avec ton club de l'âge d'or ? » De ses aventures sur la Toile, Ajean rentrait toujours avec des histoires rocambolesques, sans se douter que les informations qu'on trouve en ligne sont parfois douteuses. Joan s'essuya le front du revers de la main et s'assit en tailleur. « Tiens, je peux pas faire mieux. Je l'ouvre ?

– Pas ici. Prends la boîte en métal. Dans mon sac. »

Joan en sortit une boîte ronde et bleue autrefois remplie de sablés au beurre. Elle l'ouvrit, retira l'unique bouton qui rebondissait au fond et plaça délicatement le paquet à l'intérieur. Puis elle remit la boîte dans le sac et se leva.

« Non, non, dit Ajean en lui donnant une tape sur le bras. Mets un peu de tabac dans le trou et bouche-le. »

Joan obéit. Lorsque le trou fut comblé et la terre aplanie, elle ramassa le sac et elles rebroussèrent chemin.

« Tu penses que j'ai été débile d'emmener Zeus à Hook River, Ajean ? J'arrête pas de me dire que j'aurais dû le laisser à la maison.

– Vaut toujours mieux avoir des enfants autour, t'sais. Ils voient des choses qu'on voit pas, nous autres.

– Ouais, mais le rougarou… Il nous a couru après, tu sais. »

Ajean s'immobilisa. « Il vous a couru après ? Jésus-Christ. Avec du monde autour ?

– Avec du monde pas loin.

– Il a pas froid aux yeux, ce trou du cul là. » Elle posa sur le bras de Joan une main qui se voulait rassurante, puis elle se remit en route.

Joan lui emboîta le pas. « Comment on aurait pu savoir ce qu'il allait faire ? Mais maintenant, on a le paquet d'Angélique. » Elle tapota le côté du fourre-tout.

À la maison, elles trouvèrent les enfants endormis, y compris Zeus, qui ronflait sur le canapé. Les fillettes étaient recroquevillées, une sous son bras, une autre à ses pieds, la troisième emmaillotée dans une couverture, sur le fauteuil. Joan contempla les joues replètes du garçon en se demandant pourquoi il dormait autant, dernièrement. Une poussée de croissance, peut-être ?

« Laissons-les tranquilles », dit Ajean en étalant un drap sur la table avant d'y déposer la boîte. Dans l'armoire, elle trouva une râpe à fromage munie d'un manche en plastique rouge et la posa à côté de la boîte.

« C'est pour quoi faire ?

– Ton frère, il en a fait pousser un, sur son avant-bras.

– Mais de quoi tu parles ? » Joan s'assit, exaspérée par toutes ces bêtises indiennes.

« D'un os, voyons. D'un os à sel. »

Ajean ouvrit la boîte et en sortit précautionneusement le paquet. « Les gens de la rivière Rouge, du côté de ta grand-mère, font pousser des os à sel depuis des générations. » Elle déplia le torchon, révélant une sphère asymétrique, semblable à une balle de baseball dépouillée de sa peau en cuir. Jaune foncé, presque brune par endroits.

« Celui de ton frère a commencé par une bosse sous la peau de son avant-bras. C'était enflé comme ça se peut pas. Les docteurs ont dit que c'était un éclat de quelque chose qui s'était infecté ou je sais pas quoi, puis un kyste, ils pouvaient pas être sûrs, les docteurs sont jamais sûrs de rien. Angélique savait, elle. Elle a essayé d'en parler à ton frère, mais ça l'intéressait pas. Il voulait juste qu'on lui enlève ça au plus vite, mais l'hôpital était pas pressé. Sa vie était pas en danger, alors il avait qu'à attendre. Je gage que c'est pour ça que l'os a grandi si vite : il savait qu'il allait être enlevé. »

Joan n'y tint plus.

« Tu veux me faire croire que cette bosse pensait ?

– Tais-toi, ordonna Ajean en braquant la râpe à fromage sur le visage de Joan. Arrête avec tes bêtises.

– C'est drôle. J'allais justement te dire la même chose.

– Demande à George d'où vient la cicatrice sur son bras. Tu penses qu'elle est juste apparue comme ça ? »

Joan se souvint alors d'être rentrée de Toronto, où, vers ses vingt ans, elle avait vainement tenté de mener une existence libre, et d'avoir constaté que George avait sur son avant-bras gauche une nouvelle cicatrice qui allait du poignet jusqu'au coude. Elle n'était pas rouge comme une plaie refermée. On aurait plutôt dit un pli de peau. Quand Joan l'avait interrogé à ce sujet, il avait haussé les épaules. « Y a rien là. » Elle n'avait pas insisté.

« En tout cas, une nuit, l'os a crevé la peau. Ta grand-mère l'a sorti en un seul morceau et a recousu ton frère. Je sais pas ce qu'il en a fait. J'espère qu'Angélique l'a mis de côté pour lui.

– Alors il est à qui, celui-là ? »

Ajean soupira. « T'es dure de comprenure, toi. C'est celui de ta grand-mère, celui d'Angélique, pour l'amour du petit Jésus.

– Les os poussent pas sur le monde, Ajean. Pas comme ça, dit Joan en montrant la boule calcifiée sur la table.

– Tu penses que t'es née avec tous tes os, toi ? Les bébés ont de nouveaux os qui leur poussent une fois qu'ils sont sortis du ventre de leur mère. Les membres de ta famille en ont plus que les autres, c'est tout.

– OK, bon. Alors où il a poussé, celui-là ? Sur le bras de Mere, comme celui de George ? »

Ajean pouffa. « Non, Angélique a jamais rien fait comme les autres. Celui-là, il a poussé sur sa tête.

– Quoi !

– Ouais. Imagine. Pendant un mois, elle a porté deux fichus. Jusqu'à ce que l'os tombe. » Ajean positionna la râpe sur la surface poreuse, concentrée, la langue sortie.

Joan fit courir ses mains sur ses épaules, puis sur ses bras. Et s'il y avait plus d'os qu'elle croyait là-dedans ? Elle imagina de tout petits membres, semblables à ceux d'un mille-pattes, ou de petites ailes osseuses sortant de ses omoplates, trop raides pour lui permettre de voler. « À quoi ils servent, ces os ? »

Ajean haussa les épaules. « Quelqu'un a compris qu'ils donnent du sel quand on les râpe. Et qu'on peut s'en servir pour se protéger.

– Avec le sel provenant des os. » Joan se vit lancer du sel d'os dans les yeux du rougarou et s'enfuir, tandis qu'il hurlait et se griffait le visage. Il suffirait donc d'une bouteille de Visine pour contrer les effets de son arme secrète ?

Ajean se mit à gratter. Le bruit était si strident que Joan en eut mal aux dents. « Comment on fait pour empêcher des intrus d'entrer dans sa maison ?

– On ferme la porte à clé ? »

Pas de réponse.

« Un fusil ?

– Non, idiote. Avec ce sel. Tu en saupoudres autour de ta maison et aucun esprit, aucun rougarou peut entrer. »

Ajean produisit un petit tas de granules, large de deux à trois centimètres et haut d'un peu plus d'un centimètre. L'intérieur de l'os de Mere était plein, d'un beige plus pâle. N'y avait-il donc pas de moelle dans les os à sel ?

D'un geste, Ajean désigna sa table de couture. « Apporte-moi un bout de tissu. » À la chaise était accroché un sac rempli de chutes dont la vieille femme se servait pour les courtepointes. Joan choisit un carré rouge. Ajean en déchira une fine bandelette. Avec soin, elle plaça les granules au milieu du bout de tissu, dont elle remonta les bords avant de nouer le tout avec la bandelette. Ensuite, elle remballa l'os dans le torchon tout sale et le déposa dans la boîte en métal. « Quand tout va être fini, tu vas enterrer ça à la même place. Pour la prochaine fois.

– Petit Jésus. Y aura pas de prochaine fois, j'espère. »

Ajean rit. « Tu crois quoi ? Qu'y a seulement des hommes bons et des femmes aussi belles que moi, par ici ? Y a au moins autant de méchants que de bons. Faut juste garder l'équilibre. » Se retournant sur sa chaise, elle lança la râpe dans l'évier derrière elle. « Faut ben que quelqu'un s'en occupe. »

Ajean se leva et posa la boîte en métal sur le réfrigérateur, où elle conservait tous ses objets précieux. Elle tendit le petit sachet rouge de poudre d'os, et Joan l'accepta à contrecœur en s'efforçant d'oublier que l'os en question avait poussé sur la tête de sa grand-mère.

« Alors qu'est-ce que j'en fais ? » Elle tenait le sachet par le cordon. Il ne pesait presque rien.

« Tu le gardes sur toi. Pour emprisonner le rougarou, t'en répands autour de lui. Pour protéger ta maison, t'en saupoudres tout autour. Si c'est toi qui as besoin d'être protégée, ben, c'est pareil. C'est l'Alarm Guard des Indiens. » Ajean se mit à fredonner la ritournelle d'une publicité qui passait à la télé, mais, pour une fois, Joan ne trouva pas amusante la désinvolture de la vieille femme.

Elle glissa le sachet dans la poche de son chandail et croisa les doigts sur la table. « C'est très dangereux, Ajean ? »

La vieille femme se mordit les lèvres en regardant par la porte moustiquaire, les sourcils froncés. « T'as besoin du garçon. »

Le garçon ? Joan avait le sentiment d'avoir besoin d'un tas de choses : d'un revolver, d'un plan, d'une destination, d'un miracle… Mais du garçon ?

« Et pourquoi j'aurais besoin de Zeus ? »

Ajean sortit sa tresse de son chandail, la fit passer par-dessus son épaule et se mit à jouer avec le bout. « Un enfant va t'obliger à réfléchir comme il faut avant de commencer à faire toutes sortes de bêtises. Le garçon va te rappeler de revenir vivante. »

Repoussant sa chaise, Ajean se dirigea vers la cuisinière et mit la bouilloire sur le feu. Penchée au-dessus du comptoir, elle regarda par la fenêtre au moment où un petit renard apparaissait au coin de l'église, en face. Il traversa le parking avant de disparaître dans les bois.

Si le révérend Wolff était effectivement Victor, comme le pensait Joan, elle devrait déjouer un rougarou, enlever Victor à son ministère et rentrer avec lui à Arcand. Dans son camp, elle n'avait qu'un garçon de douze ans à l'humeur changeante, une vieille femme et un sac de poudre provenant d'un os qui avait peut-être poussé sur la tête de sa grand-mère, comme sur celle d'une fichue licorne.

« Qu'est-ce que je fais, maintenant ? »

Ajean haussa les épaules, enfouies sous ses couches de vêtements. « Je sais pas trop. Du thé ? »

*
* *

Joan avait convaincu Zeus que le moment était venu de faire acte de présence chez lui. Elle rentra donc seule après l'avoir déposé. Elle se gara devant sa maison, mais resta assise dans la jeep. Mere lui manquait. Mere aurait su quoi faire. À défaut, elle l'aurait au moins attendue avec la bouilloire sur le feu.

Qu'est-ce qui se passe ? demanda-t-elle au vide de l'habitacle. Qu'était devenue sa vie, celle où elle travaillait sur les toits avec ses frères, buvait de la Labatt 50 avec sa mère, allait au village, une fois par saison, s'acheter des vêtements avec sa cousine préférée ? Celle où elle était mariée à un homme bon et attentionné qui n'avait qu'à lui toucher la main pour que ses jambes faiblissent ?

Sa maison était une tombe froide et muette. Les lumières du vestibule étaient éteintes, comme à son départ. Pas de musique comme autrefois, pas de Victor chantant sous la douche, pas de bruits de pas s'avançant vers elle après une dure journée de travail. « Laisse-moi t'enlever ta ceinture », disait-il.

C'était un des rituels favoris de Victor : lui ouvrir la porte moustiquaire et défaire sa ceinture porte-outils. La vérité, c'est qu'elle la remettait en sortant de la voiture – pas moyen de conduire avec un marteau sur la hanche –, parce qu'il aimait tellement la lui ôter, la savoir en sueur et encombrée d'outils.

« Hmm, mon pauvre bébé, faisait-il. T'as l'air crevée. Tiens, laisse-moi te débarrasser de ces vêtements crasseux. » Docilement, elle levait les bras et il faisait passer son t-shirt au-dessus de sa tête.

« Oh, mais regarde-moi ça. Tu as besoin d'une bonne douche », ajoutait-il, son doigt courant sur la peau poisseuse de Joan, le long de sa clavicule.

Elle hochait la tête. Oui, bien sûr qu'elle avait besoin d'une douche. « Toi aussi. » Encore vêtu de ses habits de travail, il sentait le bois coupé bien net et les lames de métal chaudes. Elle l'aidait à faire descendre sa chemise de ses épaules brûlées par le soleil, comprenait que, ce jour-là, il avait travaillé torse nu. Elle se sentait un peu jalouse – un pincement au creux de l'estomac à la pensée des regards approbateurs des femmes qui s'étaient approchées du chantier. Son magnifique Victor, torse nu, dressait seul des murs là où, normalement, deux hommes auraient été nécessaires.

Il se penchait pour délacer les bottes de Joan. Ainsi accroupi, il levait le visage vers elle, si proche de son entrejambe qu'elle sentait son souffle. Il les retirait l'une après l'autre, puis c'était au tour des chaussettes. Ensuite, il soulevait Joan, les mains sous ses fesses, et la transportait jusqu'à la salle de bains. Les seins de Joan plaqués sous le menton, il avait le choix : y enfouir son visage à chaque bond ou admirer celui de Joan, bruni par le soleil. Quel dilemme, pour un homme.

Ils laissaient la porte de la salle de bains ouverte. Il n'y avait personne pour les déranger.

Ce soir-là, elle enleva seule ses chaussures et se dirigea vers le canapé. Le vide de sa vie l'oppressait, tel un poids dont elle était incapable de se délester, un poids qui l'écrasait toujours davantage. Elle s'assit et remonta la couverture bleue de Zeus jusqu'à couvrir son menton.

*

* *

Se réveillant avant l'aube, elle se laissa descendre du canapé et se rendit dans la cuisine en massant son cou endolori. Elle prit un verre sur l'égouttoir, le remplit d'eau froide et le vida d'un trait. Elle le remplissait de nouveau lorsqu'il s'adressa à elle.

« Salut, bébé. »

Elle laissa tomber le verre dans l'évier, où il heurta le couteau à pain. Un éclat rond de la taille et de la forme d'une lèvre inférieure s'en détacha.

En se retournant, elle trouva Victor assis sur un tabouret, son visage sale fendu d'un large sourire. Elle se cramponna au bord de l'évier, le souffle coupé.

« Victor, parvint-elle à bredouiller.

– Je suis vraiment désolé pour l'autre soir, dit-il. Je pensais pas ce que j'ai dit. Tu répètes toujours que tu veux t'en aller d'ici, alors j'ai pensé… Prendre la route à bord d'une vieille fourgonnette, tu te souviens ? Un de ces modèles des années 1980 avec des rideaux aux fenêtres et des fauteuils inclinables à l'arrière ? Mais c'était juste une idée. Je suis heureux d'être avec toi, n'importe où. »

Les genoux de Joan menaçaient de céder, et elle les raidit, l'os contre l'articulation. « Où t'étais, Victor ? »

Il frotta son menton rugueux et regarda par la fenêtre, ses yeux soudain assombris.

Joan s'agrippait à l'évier, sentait l'aluminium froid mordre la chair de ses paumes. Le t-shirt de Victor était déchiré. C'était son préféré, celui sur lequel une pin-up s'appuyait contre une vieille bicyclette. Il l'avait acheté dans une friperie d'Abita Springs parce qu'ils n'avaient plus de vêtements propres et qu'ils étaient beaucoup trop occupés à baiser pour faire la lessive. *Il va être fou de rage,* songea-t-elle.

Il se leva et le t-shirt s'entrouvrit. Par l'accroc, elle vit le blanc éblouissant de l'os.

« Qu'est-ce qui est arrivé à ton t-shirt ? demanda-t-elle, comme si c'était le tissu qui la préoccupait.

– Écoute-moi, dit Victor.

– Je t'écoute. Je suis là. » Elle s'approcha. « Tu sais quoi, bébé ? On a eu toutes sortes d'idées complètement folles. On a imaginé qu'un rougarou t'avait ensorcelé ou kidnappé, je sais pas. Mais c'est impossible. »

Il s'avança sans quitter des yeux la fenêtre derrière le dos de Joan. Ses mains se posèrent sur les bras de Joan et se resserrèrent fermement. Il la regarda droit dans les yeux. Elle vit la couleur des iris se transformer, passer du noir au brun clair, puis au jaune, un jaune comme on n'en voyait que sous les nuages d'orage.

Il leva les yeux et regarda de nouveau par la fenêtre, puis il cria : « COURS, BÉBÉ ! COURS MAINTENANT ! IL ARRIVE ! MON DIEU, NON, IL EST PRESQUE LÀ ! »

Les bras de Joan, à l'endroit où il les tenait, étaient glacés. Elle essaya de se retourner pour voir ce qu'il voyait, mais il ne la lâchait pas.

Puis le vent se leva en tourbillonnant et forma un poing lisse qui monta du linoléum. Des casseroles tombèrent de leurs crochets. Des assiettes laissées sur l'égouttoir s'envolèrent comme des frisbees et se fracassèrent contre le mur. Les dés à coudre tombèrent de leurs tablettes dans une cacophonie de fer-blanc, d'argent et de porcelaine. Les cheveux de Victor – oh, ils étaient de nouveau longs – s'agitaient autour de son visage terrifié, et Joan tendit la main pour les écarter de son visage, mais ce qu'elle vit sous les mèches emmêlées l'arrêta dans son élan.

La mâchoire de Victor semblait cassée, et ses yeux étaient de plus en plus affolés. Sa peau se décollait autour des orbites, comme des cicatrices chirurgicales mal suturées. Sur ses mains, des taches rouges de sang séché.

« Cours ! » hurla-t-il de nouveau. Son cri venait de très loin.

Elle luttait contre lui, à présent, mais elle était sans voix – le vent l'avait arrachée de ses poumons. La panique monta dans sa poitrine tel un liquide. Elle repoussa Victor, essaya de se dégager. Puis, sentant la couverture de Zeus dans ses mains, elle tira dessus, à bout de souffle.

Elle était sur le canapé, seule. Elle ferma les yeux pendant une seconde et les rouvrit. Dans la lueur d'avant l'aube, la pièce était vide. Elle s'assit et constata que la cuisine était déserte. Oui, elle était seule, comme toujours.

Elle passa une main sur sa tête, puis la plaqua sur ses yeux pour se plonger un instant dans l'obscurité. « Oh mon Dieu. Mon Dieu. »

Elle se leva en jetant la couverture sur le canapé. « Foutue couverture. Jésus-Christ ! »

Elle alla dans la cuisine. Personne. L'horloge était bruyante – l'avait-elle toujours été ? Joan y jeta un coup d'œil et vit qu'il était près de cinq heures et demie. Elle voulut prendre un verre sur l'égouttoir, mais il n'y avait que des assiettes. Elle aperçut alors un verre dans l'évier, un rose avec, sur le rebord, un éclat de la taille et de la forme d'une lèvre inférieure.

« Va chier », lança-t-elle à la cantonade, au-dessus du tic-tac de l'horloge. Puis, s'adressant cette fois à une personne en particulier, elle ajouta : « J'arrive. Je suis déjà en route. »

Victor dans les bois : une voix venue de loin

Je suis déjà en route.

11

Suivre les signes

Depuis Hook River, Cecile avait le révérend Wolff à l'œil. À vrai dire, elle ne le perdait jamais de vue mais, désormais, sa vigilance se justifiait. Personne n'aurait pu lui reprocher d'être soucieuse. Personne n'aurait osé critiquer son dévouement et propager des ragots dans son dos. Migraine, leur avait-il dit. Ce soir-là, il avait une fois de plus été incapable de monter sur l'estrade. Deux jours plus tard, le révérend, qui n'était toujours pas dans son assiette, avait longuement hésité avant de répondre à une question. Il s'était mis à fumer. M. Heiser était inquiet, savait Cecile.

Ils se dirigeaient vers le nord, où les attendait leur prochain week-end sous la tente, quand M. Heiser avait décrété une pause de quelques nuits dans un Motel 8 déprimant coincé derrière une station-service Pilot. Il lui arrivait parfois de changer leur destination ou de leur imposer un arrêt imprévu, le temps de régler certains détails logistiques.

Depuis la fenêtre de sa chambre à l'étage du motel, Cecile vit le révérend disparaître au milieu des arbres, derrière le parking. Il trimballait un sac de couchage brun et un sac à dos militaire de couleur verte. Il portait une tunique grise et un pantalon noir – sans blouson ni chapeau.

Il dormait dans les bois à la moindre occasion. Sous le ciel étoilé, il se sentait plus près de Dieu, disait-il. Pour cette raison, Cecile s'efforçait toujours de réserver des chambres dans un motel près d'un coin un peu sauvage. Ce soir-là, cependant, il marchait comme un homme ayant deux fois son âge. Elle craignait qu'il souffre d'une forme de dépression. Selon Ivy, il était distrait par la voix de Dieu, qui s'adressait directement à lui. Ivy était une idiote, et Cecile avait maintes fois envisagé de l'inviter à quitter le groupe de bénévoles mais, depuis quelque temps, M. Heiser manifestait un intérêt particulier pour elle. Cecile se demandait ce que la jeune femme avait à offrir, hormis son visage couvert de taches de son et ses énormes seins.

Wolff avait disparu au milieu des arbres et il ne regagnerait sa chambre que le lendemain matin. Cecile décida qu'elle ne pouvait plus attendre. Elle s'était montrée patiente. Elle le côtoyait depuis des mois. Depuis des mois, elle passait ses soirées à lire les Saintes Écritures avec lui. Elle s'était rapprochée, semaine après semaine. S'était assise à côté de lui lors des assemblées hebdomadaires, avait, comme par le plus grand des hasards, pris ses repas en même temps que lui, s'était souvent retrouvée dans le même ascenseur que lui. Elle se considérait comme une bonne chrétienne. Une femme patiente. Mais une femme quand même. Et elle se dit que cette nuit serait enfin la bonne, même si elle devait pour cela le pourchasser jusque dans les bois.

Elle chanta des hymnes enlevants sous la douche, puis elle s'enduisit le corps de la lotion du Motel 8 qu'elle avait trouvée sur la tablette de la salle de bains et se sécha les cheveux avec le bruyant appareil fixé au mur. En faisant son choix parmi ses dessous, elle s'efforça de retrouver un peu de l'ancienne Cecile, la femme d'avant le Ministère de la Nouvelle Rédemption, d'avant sa cure de désintoxication, du temps de sa liberté sexuelle.

À vingt ans, elle avait le sentiment de suffoquer à Hamilton, sa ville natale. Sa mère était partie, sa relation avec son père était au mieux compliquée, et sa grand-mère – la seule personne qui s'était vraiment occupée d'elle – était morte quand elle avait quinze ans. Enfermée dans sa chambre, Cecile passait des heures à regarder des émissions spéciales sur Ken Kesey et son *road trip* avec les Merry Pranksters, sur la Beat Generation, sur Timothy Leary et la mouvance psychédélique. Tous ces gens qui comprenaient qu'il fallait vivre pleinement et ne pas se contenter d'exister.

Elle lut *Siddhartha* une bonne demi-douzaine de fois et pouvait réciter par cœur les trois premières pages de « Howl ». Son père lui avait dit qu'elle était en retard sur son époque, mais elle avait au contraire le sentiment d'être toute neuve, d'appartenir à un mouvement de renouveau porté par une génération en proie à l'ennui et lasse des excès des années 1980, du kitsch des années 1990 et de la débâcle du nouveau millénaire. Son salut, lui semblait-il, passait par la Californie. Elle économisa l'argent qu'elle gagnait comme caissière dans un No Frills, termina une année au Mohawk College, comme elle l'avait promis à son père, et acheta un billet d'avion pour Los Angeles.

Elle aurait dû être terrifiée, ou à tout le moins nerveuse, étant donné qu'elle ne connaissait personne et que tout ce qu'elle possédait – dans cette nouvelle incarnation d'elle-même – était entassé dans le sac Ikea bleu casé au fond du compartiment à bagages.

Mais elle ne l'était pas. Elle était tout excitée. Elle portait des sandales, deux jupes chatoyantes, l'une sur l'autre, et un haut court, datant du début du secondaire, où était écrit *Beat It* en lettres ballons à la hauteur des seins. Elle avait enroulé des colliers autour de ses chevilles et cousu leurs mailles métalliques ensemble pour les faire tenir, puis elle avait fait passer deux tresses en chanvre autour de chaque gros orteil et les avait reliées. Elle avait pris l'avion avec les cheveux vraiment crasseux : comme elle s'était promis de se faire faire des dreadlocks en arrivant, elle ne s'était pas fait de shampooing depuis trois semaines.

Dès sa première journée à L.A., installée dans un café qui, d'après les réseaux sociaux, accueillait les punks à chien et les adeptes du New Age, elle rencontra Sage, un homme dont les splendides dreads blondes blanchies par le soleil lui arrivaient à la taille. Elle n'avait aucune idée de son âge. Quelque part entre vingt et un et quarante-neuf ans. Son visage tout en pommettes et en taches de son encadrait une bouche au sourire facile et des dents chouchoutées dans l'enfance mais négligées depuis. Son ventre dénudé, qui disparaissait dans un short de surf, formait un V impressionnant qui attirait le regard vers le bas. Il commanda à la fille chauve derrière le comptoir un verre de kombucha avec un supplément de culture bactérienne et s'assit sur le banc à côté de Cecile.

Sage lui dit qu'elle était comme une vision. Qu'il avait littéralement pressenti son apparition, d'où l'aisance avec laquelle il l'avait abordée. Comme ils se connaissaient déjà, il n'hésita pas à poser sur l'avant-bras de Cecile une main refroidie par son verre, qui glissa vers le creux de ses reins au fil de la conversation. Il mit peu de temps à la persuader de s'installer avec lui et ses épouses. Ils vivaient dans une caravane au milieu de ce qui, soutint-il, était la dernière véritable communauté libre au monde : Slab City.

« Des terres publiques. Pas de frais, pas de loyer, pas de souci. Pas d'eau courante, d'électricité ou de système d'égouts, d'accord, mais pas de complications non plus. C'est une ville complètement autonome, comme il se doit.

– On dirait le paradis.

– Et toi, c'est quoi, ton truc ? »

Elle se pencha vers lui. « Ram Dass, la polygamie et le psychédélisme organique.

– Il faut absolument que tu viennes avec moi, ma vieille. Reste à L.A. et, bientôt, tu vas quêter et vendre ton corps. »

Sa camionnette puait la pisse de chat. À chaque virage, des bouteilles de Red Bull et de Listerine roulaient sur le sol. Cecile paya un plein d'essence pour leur permettre de quitter la ville puis, dans le désert, Sage lui fit un sermon sur la chute du capitalisme. Lorsqu'elle le suça dans les toilettes d'une station-service, non loin de Joshua Tree, elle se rendit compte qu'il n'avait pas menti au sujet de l'eau courante. Ils quittèrent enfin l'autoroute pour s'engager sur une route de terre. Devant une caravane rouillée, ils croisèrent un homme installé sur un scooter électrique qui fumait un énorme joint. Sage klaxonna deux fois et, par la vitre baissée, cria : « Salut, Jetson ! » L'homme agita la main. Plus loin, ils virent des poulaillers, un âne galeux attaché à une remise faite de cageots avec un auvent vert en guise de toit. Le premier jour, Sage lui fit faire le tour de la colonie, où des magiciens et des artistes, installés dans des cabanes faites de déchets recyclés, passaient leurs journées à prendre de l'acide et à écrire de la poésie. Il l'emmena aux sources chaudes, où ils se lavèrent à poil devant tout le monde.

Trop grasses ou trop maigres, les femmes de Sage étaient surtout occupées à se gratter un peu partout et à rouler des cigarettes qu'elles fumaient jusqu'au bout. Bientôt, Cecile comprit que les magiciens souffraient de maladies mentales et que les artistes étaient plus intéressés par le fentanyl que par la peinture.

Au bout de deux semaines dans la caravane, elle fumait du crystal meth pour les occasions spéciales : les concerts et les récitals de poésie organisés dans la cour, sur une scène délimitée par des chandelles achetées au magasin à un dollar. Au bout d'un mois, elle était accro, fumait même les jours où la chaleur refoulait les résidents dans les pièces communes, avec leurs meubles décatis et leur sol en contreplaqué, au vu et au su de tous. Elle devint moins sélective. Juchée sur le scooter de Jetson, dont le siège avait été remplacé par une glacière pleine de bière, elle se faisait conduire jusqu'aux caravanes où elle savait qu'une dose l'attendait. Elle effectuait de petites tâches, comme laver la vaisselle, faire les courses pour les diabétiques amputés d'un membre ou deux et masturber les vieux contre rémunération.

Après une fausse couche qu'avaient provoquée les épouses en lui administrant de la tisane aux feuilles de framboisier et en lui faisant une sorte de massage ventral jusqu'à toucher son échine, Cecile décida que le moment était venu de partir. Elle téléphona à son père, qui lui envoya un billet d'avion. Dès son retour au Canada, elle fut admise dans un centre de désintoxication. Elle dut subir plusieurs traitements à la pénicilline pour se débarrasser des cadeaux qu'elle avait reçus pendant son séjour à Slab City. Sans parler des morsures de morpions et de chiens ou de l'œil au beurre noir que Sage lui avait fait parce que, selon lui, elle avait puisé trop généreusement dans le petit sac en plastique.

Certains soutiennent qu'ils ne savaient pas ce qu'ils cherchaient, que c'est Jésus qui les a trouvés. Cecile, elle, savait. Le jour où elle avait pris une bible sur la tablette de la bibliothèque du centre de désintoxication, elle avait tout de suite su que c'était de Jésus qu'elle avait besoin. Elle jeta les colliers de billes de verre et les châles à motifs de mandalas, qu'elle remplaça par des jupes longues et des blouses toutes simples, sans oublier le chapelet qu'elle avait découvert dans un magasin d'aubaines pendant une permission d'un jour. Lorsque sa conseillère laissa entendre qu'elle troquait une dépendance contre une autre, Cecile s'insurgea. À sa sortie du centre, elle se chamailla avec son père, qui avait prévu un rendez-vous hebdomadaire chez une psychologue, puis elle se disputa avec la psychologue elle-même, cette dernière ayant affirmé que la conversion éclair de Cecile s'expliquait peut-être par un trouble de la personnalité limite. Personne ne comprenait qu'il s'agissait d'un appel et non d'une maladie mentale.

Elle était rentrée chez son père, mais elle ne pouvait pas réintégrer l'existence qu'elle avait menée avant la Californie, la désintoxication et la découverte du Christ. Pour elle, il n'y aurait plus d'université, plus de films et plus de livres, sauf ceux qu'avait écrits le Seigneur Lui-même. Elle butina d'église en église à la recherche d'un signe, de la preuve qu'elle avait trouvé sa place, qu'on avait besoin d'elle. C'est à ce moment que le ministère arriva en ville.

L'organisation était petite, à l'époque. Pas de tente. On tenait des rencontres dans le sous-sol de salles communautaires et on distribuait de la documentation dans les bazars d'église. Cecile s'était proposée comme bénévole et avait pris l'habitude d'assister à toutes les assemblées. Elle n'avait pas ménagé ses efforts pour se rendre indispensable : coordonner le travail des bénévoles, concevoir et faire imprimer des affiches et des dépliants pour répandre la bonne nouvelle aux Premières Nations de la région. M. Heiser était aussi impressionnant qu'inspirant. Voilà un homme qui portait des costumes à cinq mille dollars, mais qui n'hésitait pas à servir des macaronis au fromage dans les soupes populaires. Il était toujours disponible pour les bénévoles et les fidèles. Un jour, elle lui avait demandé où il trouvait le temps et l'énergie d'accomplir autant de choses. « Dieu a créé le monde en sept jours, avait-il répondu. Après ça, rien ne semble impossible. » Évidemment.

M. Heiser avait fini par reconnaître l'importance de Cecile en la désignant coordonnatrice de la congrégation. Le jour même, elle avait fait ses bagages et quitté la maison pour de bon. Depuis, elle suivait le ministère dans tous ses déplacements.

Une année plus tard, le révérend Wolff était apparu. Il était charismatique et issu du peuple. Bientôt, la congrégation s'élargit, son circuit s'étendit. Du jour au lendemain, le ministère fut invité dans des communautés où, autrefois, il débarquait à l'improviste pour tenter sa chance. Grâce à un prêt consenti par la société de M. Heiser, on acheta des chaises empilables et un chapiteau d'occasion dans un magasin de location d'articles de mariage. Lorsque, le premier jour où on érigea le chapiteau, la douce lumière matinale éclaira ses pics et ses grands airs, Cecile eut la certitude d'avoir trouvé sa vocation.

Et en la personne du séduisant révérend Wolff, Cecile découvrit un deuxième signe – un signe qu'elle n'attendait plus. Désormais, elle savait de qui elle devait être la compagne. Dieu bénisse M. Heiser et l'endroit où il avait déniché Eugene (elle ne se permettait d'appeler le révérend par son petit nom que dans sa tête). Quelle gloire pour elle de devenir l'épouse d'un prêcheur aussi puissant !

Elle enfila donc ses plus beaux dessous et une de ses robes longues, toute simple mais seyante. Détail plus important encore, il était facile d'y glisser la main. Elle accrocha à ses oreilles des cœurs de cristal montés sur des crochets en argent et se maquilla de manière à mettre en valeur ses principaux atouts. Elle brossa ses cheveux et les fit bouffer sur le dessus avec un peu de fixatif, puis elle laissa le reste tomber librement. Ensuite, elle revêtit sa longue cape beige, glissa la carte d'accès de sa chambre dans sa poche et se précipita dans le couloir, la porte se refermant avec fracas derrière elle. Elle emprunta l'escalier pour éviter de tomber sur quelqu'un du ministère dans l'ascenseur.

Dans le crépuscule, elle traversa le parking, franchit le fossé jonché de détritus et s'enfonça entre les arbres. Elle n'eut aucun mal à trouver le révérend. Les bois étaient clairsemés et il avait allumé un petit feu.

Il était allongé sur son sac de couchage, la tête sur un coussin, une couverture remontée jusqu'au menton. On aurait dit qu'il dormait déjà. Campée au-dessus de lui, elle observa sur son visage le jeu des ombres projetées par les flammes. Tantôt elles révélaient ses traits, tantôt elles les effaçaient, et son être se transformait : aux cheveux longs, à la barbe naissante et à l'air vaincu et triste succédait la perfection soignée de son révérend. Cette métamorphose fit naître en elle un trouble qui la surprit. Ce n'était qu'un effet de la lumière, après tout.

Enfin, elle prit une profonde inspiration, se déchaussa et s'allongea à sa droite. Le coude posé sur le sol, la tête en appui sur la main, elle se redressa en veillant à bien placer ses cheveux.

« Révérend ? » dit-elle tout bas.

Pas de réponse.

De l'autre main, elle exerça une faible pression sur sa poitrine. « Révérend Wolff ? »

Elle osa ensuite : « Eugene ? »

Rien. Comment pouvait-il dormir si profondément, là, en plein air ? Et si un ours venait ? L'animal aurait le temps de lui dévorer la jambe jusqu'au genou avant qu'il remue. Elle retira sa cape et souleva la couverture pour se glisser dessous. Le corps du révérend dégageait une chaleur alarmante, mais sa respiration était régulière, paisible. Il avait peut-être chaud en dormant, voilà tout. Elle en tiendrait compte, le jour où elle achèterait leur literie.

Se rapprochant encore un peu, elle posa la tête sur la poitrine du dormeur. Comme il ne réagissait toujours pas, elle fit passer sa cuisse sur son ventre, puis la laissa descendre. Ensuite, elle la promena de haut en bas, les yeux clos, les lèvres entrouvertes, séduite par ses propres mouvements sous la couverture de laine.

*

* *

Les souvenirs perdurent non seulement dans le cerveau, mais aussi dans les muscles et les tissus où ils naissent. Recroquevillés sur eux-mêmes dans des cellules et des plaquettes, ils dorment jusqu'au jour où un toucher les tire du sommeil. Ainsi, lorsqu'un homme embrasse sa femme, ce n'est pas nécessairement ce contact qui bouleverse son rythme cardiaque : il peut aussi s'agir du souvenir, vieux de trois décennies, de sa bouche humide dans son cou ou du tintement d'une alliance sur la fermeture éclair de son pantalon. Parfois, il suffit d'une main familière sur votre épaule pour que, dans un frisson, votre échine se mette à chanter et que vous ayez envie de danser.

Et, donc, quand le bon révérend Wolff – qui croyait effectivement que Cecile, en plus d'avoir des cheveux de maïs et une grande piété, ferait une excellente candidate comme épouse et compagne de vie – ouvrit les yeux, trouva le visage ardent de la femme près du sien, entendit son léger gémissement et sentit le poids de sa cuisse sur lui, il ne fut pas ému comme elle l'aurait souhaité. Malgré tout, il la laissa glisser ses mains sur son ventre plat et ne protesta pas quand elles succédèrent à sa lourde cuisse.

Le révérend était moins un homme que la silhouette d'un homme, tracée à la craie sur un trottoir. D'où son besoin de la solitude des bois, de la lumière de la lune et des séances avec M. Heiser : de temps à autre, il fallait redessiner ses contours pour qu'il puisse contenir la parole du Seigneur, agir avec résolution et servir. Sa volonté et ses caprices devaient être au service de l'Église. Il attendit de voir si Dieu permettrait aux mouvements de Cecile de l'exciter. Dieu s'abstint. Le révérend ne s'en formalisa pas. Il savait que c'était là l'expression de Sa volonté.

Il remua et Cecile roula sur le dos, certaine qu'il allait grimper sur elle. Il se contenta de contempler l'architecture du ciel et de secouer la tête.

« Non », dit-il.

Elle tendit la main vers sa fermeture éclair en posant ses lèvres sur son cou.

« Non, Cecile », dit le révérend en repoussant sa main avec douceur avant de lui tourner le dos.

Ce rejet paralysa Cecile pendant un long moment. Puis elle rabattit la couverture et se leva, pieds nus. Le sol était plus froid qu'il n'y paraissait. Elle récupéra ses sandales, drapa sa cape sur ses épaules et sortit des bois à toute vitesse, des roches, des éclats de verre et des branches cassées crevant la peau délicate de ses pieds.

*

* *

De retour dans sa chambre, Cecile régla la douche à la température maximale et, en sous-vêtements, se plaça sous le jet brûlant. Après, elle se sécha avec une mince serviette qui lui écorcha la peau. Elle enfila sa chemise de nuit la plus longue et se glissa sous les couvertures du grand lit. Elle avait oublié d'éteindre le plafonnier. Quand elle se tourna vers la fenêtre, elle fit face à son reflet, seule au lit. Quelle erreur avait-elle commise ? Avait-elle mal interprété les signes ? Elle ferma les yeux, mais ne parvint pas à trouver le sommeil.

*

* *

Le lendemain matin, Cecile, incapable de regarder le révérend en face, feignit d'avoir attrapé une grippe intestinale et resta dans sa chambre. Après tout, l'humiliation est une forme de maladie : un mal aigu qui pousse à l'auto-apitoiement. Ce soir-là, dans la clarté du parking, Cecile vit Ivy marcher avec le révérend jusqu'aux bois.

Bon sang !

Son haleine avait laissé un cercle de buée sur la vitre, et sa main se cramponnait aux rideaux orange brûlé qui encadraient son visage. Ivy, serviable, transportait le sac de couchage du révérend en levant les yeux sur lui pendant qu'il lui parlait. Lorsque, à la hauteur du fossé, il lui prit le sac en plaçant une main sur sa tête, façon de la bénir et de la congédier en même temps, Cecile rit. Elle espéra qu'Ivy, durant le long trajet solitaire qui la ramènerait au motel, lèverait les yeux et la verrait contempler la scène du haut de sa fenêtre. Ivy, cependant, n'en fit rien. Cette nuit-là, au moins, Cecile dormit sur ses deux oreilles.

Au réveil, elle fut convoquée à un déjeuner de travail dans le café du Motel 8, auquel assisteraient M. Heiser, le révérend et les autres cadres du ministère. Ils allaient sans doute discuter de la possibilité de monter encore plus au nord, là où se trouve tout ce qui est perdu : les pins, le roc précambrien, les réserves. Cecile haïssait le Nord : trop froid, trop désert. Lorsqu'elle aurait arraché à M. Heiser une plus grande part de la planification, peut-être réussirait-elle à les ramener au sud, et même, tant qu'à faire, de l'autre côté de la frontière. Tout en se préparant à les affronter, elle imagina un retour triomphal à Slab City, où elle introduirait Jésus dans cette colonie de merde sortie tout droit du monde des Pierrafeu. Et Lui, tel un étalon ailé apportant la destruction et la renaissance, piétinerait les tentes poisseuses et disperserait les feux nourris à l'essence dans les sentiers jonchés de déchets, tandis que la bande de cinglés décharnés poseraient leurs genoux croûteux sur les palettes hérissées d'échardes qui leur servaient de perrons. Même les punaises de lit se métamorphoseraient. En papillons, peut-être, ou au moins en phalènes aux ailes poussiéreuses ornées de motifs d'yeux qui les protégeraient contre les corbeaux de Satan.

Elle traversa le hall avec lenteur, la plante des pieds couverte de pansements. Elle souffrait à chaque pas, mais c'était bien ainsi : la douleur lui rappelait qu'elle marchait seule, seule avec Jésus, autre martyr aux pieds blessés. Quand elle ouvrit la lourde porte vitrée du café, seule la chaîne du haut – et non un joyeux carillon – annonça son arrivée en grinçant. Une rangée de banquettes au rembourrage tout déchiré divisait la salle en deux. D'un côté, le comptoir où les clients ne s'asseyaient plus, occupé par des piles d'assiettes et de serviettes en papier, des journaux, un chandail et une poignée de stylos. De l'autre, les banquettes, aménagées sous les fenêtres qui s'ouvraient sur le parking et la route, jouxtant une demi-douzaine de tables et de chaises en bois. Toutes les surfaces avaient l'air poisseuses.

Les autres occupaient un box, une tasse de café à la main. À l'exception de M. Heiser et de Cecile, qui avait choisi une longue robe blanche, tous portaient le polo aux couleurs du MNR. Ils levèrent les yeux sur elle et elle leur adressa un petit geste de la main. Greg lui rendit son salut. Était-elle en retard ? Elle consulta la fine montre à son poignet. Oui, légèrement. Elle en imputa la faute à ses pieds consacrés.

Puis elle remarqua Ivy, juchée sur le bout d'un banc en vinyle. Que fabriquait-elle là ? Elle ne faisait pas partie des cadres.

« Bonjour, tout le monde. Désolée pour le retard. » Elle attendit qu'Ivy se lève pour lui permettre de s'asseoir à côté de M. Heiser, comme toujours. « La gastro…, fit-elle. Mais je suis là, à présent, et on peut commencer. »

Ivy, cependant, ne céda pas sa place. Elle se rapprocha plutôt du patron, laissant Cecile s'asseoir au bord. Elle regarda sa tasse en souriant, refusant tout contact visuel.

Bon Dieu, que se passait-il ? Cecile s'installa sur la banquette, juste à l'endroit où un morceau de ruban adhésif cachait le vinyle déchiqueté. Quelqu'un allait sûrement ordonner à Ivy de se pousser.

Heiser ne sembla toutefois pas se formaliser de la présence de la jeune femme, qui se collait contre lui. « Content que tu aies pu te joindre à nous, Cecile, dit-il. Nous allons commencer.

– Attendez, fit Ivy. Où est le révérend ? »

Dieu du ciel, de quel droit intervenait-elle dans la discussion ? Elle avait raison, n'empêche. Il n'était ni avec eux ni ailleurs dans le café.

« Ce matin, le révérend a droit à du repos supplémentaire, expliqua Heiser. De toute évidence, il y a des microbes qui traînent. Il a peut-être attrapé la même chose que Cecile. Pas la peine de l'assommer avec des détails. »

Une serveuse corpulente apporta à Cecile un café dans une tasse beige. Même si elle aurait préféré de l'eau chaude avec une tranche de citron, elle remercia poliment la dame.

M. Heiser consulta son téléphone, le rempocha

et leur accorda toute son attention. « Ivy a soulevé une question intéressante, dit-il. Nous devrions en discuter avant d'organiser notre prochaine assemblée et de réviser le budget. » La mine sombre, il vidait de petits godets de crème dans son café. « Pourquoi ne partages-tu pas ton idée avec le groupe, Ivy ? »

Elle s'éclaircit la gorge, les joues rosies. Celles de Cecile viraient au rouge. Une seule journée d'absence, et c'était déjà l'enfer.

« M. Heiser et moi parlions de la fatigue du révérend pendant son dernier sermon, et j'ai proposé qu'on prenne des vacances. Quelques jours seulement. On pourrait même en profiter pour s'amuser un peu.

– S'amuser ? » Cecile n'avait pas eu l'intention de parler à haute voix. Elle prit une gorgée de café âcre pour empêcher les mots de couler de sa bouche. Elle se brûla la langue. Une pénitence de plus.

« Je pense que nous devrions envisager cette possibilité, dit M. Heiser. Parce que, hélas, il y a des problèmes plus graves. Cecile ?

– Oui, M. Heiser ?

– Tu te souviens de la femme qui est entrée dans la tente en titubant le mois dernier, pendant le service à Orillia ? Quand nous avons dû appeler les ambulanciers ?

– Bien sûr, répondit Cecile. Elle a aussi assisté aux deux derniers prêches, à Hook River.

– Exactement. Ivy, tu l'as vue, toi aussi. Elle était avec un garçon et ils ont tenté d'entrer dans les coulisses.

– Oh là là ! s'écria Ivy en se penchant vers Garrison. C'est vrai : ils étaient super agressifs. »

Heiser soupira. « J'ai longuement hésité, mais le moment est venu de vous révéler quelques dures vérités à propos de notre bien-aimé révérend Wolff. Je n'ai pas l'habitude d'évoquer la vie privée des gens. Mais dans ce cas-ci, cela nous aidera à mieux le protéger. Lui et notre ministère aussi. »

Les pieds de Cecile l'élançaient, son cœur s'affolait. Quelles dures vérités ?

Heiser s'accouda sur la table et joignit ses longues mains en forme de clocher. « Quand je l'ai rencontré, Eugene était dans une mauvaise passe. La drogue. Peut-être d'autres choses aussi, je n'en suis pas sûr. Un soir, il est apparu à côté de la tente. Je pense qu'il est tombé sur nous par hasard. Les voies du Seigneur sont impénétrables. »

Autour de la table, on laissa entendre le « amen » de rigueur.

Cecile se remémora le moment où elle avait vu le révérend pour la première fois. Ils avaient déclaré au policier qu'il était avec eux depuis trois ans, mais M. Heiser avait débarqué avec lui un an plus tôt, après s'être absenté de la congrégation pour un voyage d'affaires d'une semaine. Dès le premier jour, Wolff s'était montré charmant et sûr de lui. Cecile se reprocha sa surprise. Nous avons tous un passé. Même les plus saints parmi nous.

« J'ai décelé quelque chose en lui, poursuivit Heiser. Je ne savais pas quoi, mais c'était fort. Cet homme n'avait pas besoin d'être guidé : il était fait pour montrer le chemin. »

Nouvelle ronde de murmures et de hochements de tête.

« Et je me suis dit : "Heiser, ne lâche surtout pas cet homme." Bien conseillé, il va nous entraîner vers de nouveaux territoires, une gloire nouvelle. Je l'ai donc approché avec précaution, comme un animal sauvage. Je lui ai offert du café, de l'eau et une chemise propre.

Il n'a rien voulu accepter. Il s'est assis et il a pleuré. Jésus était passé par là avant moi : son cœur était déjà grand ouvert. »

Wolff aurait dû grandir dans l'estime de Cecile, compte tenu des épreuves qu'il avait traversées et de ce qu'elle-même avait enduré, mais elle eut plutôt l'impression d'avoir été bernée. Elle s'accrocha à ce sentiment.

« Je l'ai donc écouté, dit Heiser. Là, dans la boue, devant la tente. Cet homme fuyait des choses assez sombres. Il avait rencontré au Québec une femme qui l'avait détourné du droit chemin.

– Oh là là, fit Garrison en triturant sa barbe. “Ne nous soumets pas à la tentation…”

– On aurait presque dit un scénario de série télé, ajouta Heiser. Il a fini par la quitter, mais pas avant qu'elle l'ait rendu accro à un tas de cochonneries, dont l'héroïne.

– Oh non ! » s'écria Ivy, le souffle coupé.

Cecile connaissait bien la dépendance. Pour s'en sortir, elle avait fait appel au Christ tout-puissant. Mais le révérend ? Elle commençait à se dire que le Seigneur l'avait sauvée dans les bois, qu'Il n'avait pas voulu l'exposer à un junkie maintenant qu'elle était guérie.

« Choquant, non ? Malgré tout, j'ai compris qu'il nous avait été envoyé. » Heiser montra du doigt le plafond du café, tapissé de taches de graisse et de toiles d'araignées.

Du plat de la main, Garrison et Greg tapèrent à l'unisson sur la table en criant « Oui ! » et « Amen ! ». Des cuillères sautèrent et tintèrent. La serveuse crut qu'ils réclamaient du café. Ils attendirent qu'elle ait terminé de remplir leurs tasses.

Heiser reprit son récit. « À la première occasion, je l'ai donc emmené en ville. Je l'ai fait admettre dans un bon centre de désintoxication, puis je l'ai présenté à un théologien de l'Université de Toronto. Il a reconnu en Eugene un potentiel extraordinaire. C'est là qu'il a reçu une formation tout en menant une vie monastique.

« Il a travaillé d'arrache-pied. Et chaque minute de sacrifice en a valu la peine, parce qu'il est devenu le pasteur le plus pieux et le plus efficace que nous ayons eu.

– Gloire à Dieu ! » lancèrent Cecile et Ivy à l'unisson.

Cecile évita de regarder sa rivale.

« Mais on dirait que son ancienne vie le rattrape. À Orillia, cette femme l'a retrouvé. Elle était ivre et délirait. Le révérend a réagi, à tort ou à raison, en disant qu'elle faisait erreur et qu'il ne la connaissait pas. Après, il était complètement abattu. Pour éviter une rechute, je l'ai ramené en ville avec moi pendant une semaine. Tu te souviens, Cecile ? »

Elle hocha la tête. Aussitôt l'ambulance partie avec la femme, Heiser avait installé un Wolff ébranlé sur la banquette arrière de sa voiture. « Elle m'a vue tenter d'aider le révérend, alors elle ne doit pas me porter dans son cœur, cette obsédée.

– Quoi qu'il en soit, poursuivit Heiser, le révérend m'a fait promettre... non, il m'a supplié de m'arranger pour qu'il n'ait jamais à revoir cette femme. C'est son talon d'Achille et il en est conscient. Elle l'a détourné du droit chemin une fois et il était désespéré à l'idée qu'elle recommence. J'ai donc promis à notre révérend si bon et si pieux que nous le protégerions, coûte que coûte. Que nous mettrions tout en œuvre pour que cette femme, cette Joan, ne s'approche plus jamais de lui.

– Au moins, elle ne sait pas où on va, dit Greg. On n'a qu'à continuer à la prendre de vitesse. Et on ne pourrait pas demander une injonction ou quelque chose du genre ? »

Heiser soupira, déplia ses mains et les posa sur ses genoux. « En fait, mes amis, je suis d'accord avec Ivy. La meilleure solution, dans les circonstances, c'est peut-être de renoncer à installer notre tente pendant un moment. Quand notre mission nous conduira dans les Prairies, ce qui ne devrait d'ailleurs pas tarder, le problème se réglera de lui-même.

– On parle d'une pause de combien de temps ? »

Cecile comprit qu'Ivy n'en demandait pas tant.

« Sept ou huit jours, par mesure de précaution. Dites-vous que ce sont des vacances en famille.

– Qu'est-ce qu'on fait si la femme nous retrouve ? » demanda Greg.

Heiser se pencha vers lui, ses yeux plissés par un sourire tout en dents. « Ne t'en fais pas. Je m'occuperai d'elle personnellement. »

12

Collecte d'âmes

Ivy baissa sa jupe en se tortillant, récupéra sa culotte sous le lit et, tout en glissant le bout de ses orteils dans les trous, dit : « Je pense que Cecile est au courant pour nous deux. »

Heiser n'avait pas encore rentré sa queue que déjà il lisait ses courriels sur son téléphone. « Il faudrait m'en dire un peu plus. » Il posa l'appareil pour fermer son pantalon.

Elle s'assit sur le bord du lit, qu'ils n'avaient pas défait. « Elle est méchante avec moi.

– Seigneur. Je n'ai pas le temps de m'occuper de ces enfantillages. » Il se mordit la lèvre et baissa la tête. « Je regrette d'avoir blasphémé. »

Ivy hocha la tête, comme si les excuses de l'homme s'adressaient à elle. Quelle belle écervelée, celle-là.

« Cecile est une femme très occupée, expliqua Heiser. C'est pour cette raison qu'elle se montre parfois irritable. » Tournant le dos à Ivy, il envoya un bref texto à son chauffeur.

« Si je l'apprécie autant, c'est parce qu'elle est intense, justement. Même s'il lui arrive d'être un peu folle.

– Tu l'apprécies tant que ça ? » fit Ivy en croisant les bras sur sa poitrine.

Heiser soupira. « Je n'ai pas le temps, Ivy. » Posant de nouveau son téléphone, il tendit la main et lui souleva le menton. « Fin de la récréation. »

Prenant congé, il se dirigea vers la salle de bains. « Cherche-nous un bon endroit, loin de tout. » Il s'arrêta devant la porte. « En marge de notre itinéraire actuel, de préférence. » Cecile serait furieuse d'apprendre qu'il avait chargé Ivy de cette mission. Mais il s'en moquait éperdument. Seuls comptaient les résultats.

Il ouvrit le robinet et régla la température de l'eau. Tiède mais pas chaude. Il baissa son pantalon puis s'appuya sur le comptoir, sa queue ballant au-dessus du lavabo. Il rit. Oh, Ivy. Il la trouvait plutôt divertissante, finalement, mais il ne devait pas se laisser distraire en ce moment. Il y avait trop à faire. Entre les contrats pour ses projets et cette merde avec Wolff, il n'avait pas une minute de répit.

Dernièrement, l'Église l'accaparait plus qu'il l'aurait voulu. Malgré tout, c'était encore un de ses meilleurs coups. Agir comme expert-conseil était une entreprise risquée : les creux entre les clients, la réussite du dernier projet garante de l'obtention du suivant, surtout quand il s'agissait des relations avec les Autochtones et du secteur de l'énergie. En introduisant la parole de Jésus dans les territoires où il projetait d'exploiter les ressources naturelles, il avait singulièrement amélioré ses chances. Une fois Dieu dans le décor, en particulier lorsqu'Il s'incarnait dans le magnifique révérend Wolff – un des leurs –, les gens se souciaient moins de la protection de leurs terres ancestrales. Il se sécha, remonta sa fermeture éclair et prit un moment pour se regarder dans la glace.

Jeune, il n'aurait jamais pu imaginer la vie qu'il

menait. Lui, immigrant, athée, fils de concierge, baisait qui il voulait, dirigeait un ministère chrétien et empochait des sommes faramineuses venues des secteurs privé et public. Le révérend attirait des foules. Après son passage, Heiser n'avait aucun mal à faire approuver ses projets. Les gens étaient heureux de voir une copie d'eux-mêmes monter en chaire. Wolff valait son pesant d'or et Heiser n'entendait pas le perdre. Mais il ne se faisait pas de souci : cette Joan n'était pas de taille.

*
* *

Trente ans plus tôt, Thomas Heiser n'avait pas encore compris qui il était. Les chiens l'aimaient. Et alors ? À part un petit boulot de promeneur de chiens l'été, ce don n'avait rien changé à sa vie. Fraîchement diplômé de l'université, il avait accepté un poste de conseiller au sein du gouvernement fédéral. Il avait d'abord été envoyé en Saskatchewan, parmi une équipe juridique chargée d'évaluer les demandes d'adhésion à des traités. Quand il ne se trouvait pas entre les cloisons déprimantes de son bureau, il se déplaçait à bord d'une voiture de location avec deux conseillers occupant des postes plus élevés dans la hiérarchie. Ils tenaient des réunions dans les bureaux du conseil de bande des Premières Nations et descendaient dans des Days Inn.

C'était le début du printemps. Assis à la table de travail branlante de sa petite chambre, Heiser tapait ses notes manuscrites à l'aide d'une énorme machine de traitement de texte. Une partie de son travail consistait à trimballer ce monstre. Il préférait le laisser au motel et, pendant les réunions, prendre en sténo des notes qu'il transcrivait ensuite dans sa chambre.

Le premier soir, il remarqua une drôle d'odeur, une odeur de pourriture s'élevant d'un marécage. Puis il eut le sentiment d'être observé. Il finit sa page, s'arrêta pour se masser la nuque, là où il sentait des yeux rivés sur lui. Il finit par se tourner vers la fenêtre.

De l'autre côté de la vitre, il vit une face poilue au pelage hirsute, couvert de saletés et de bave. Sous un front lourd, les yeux de la créature brillaient d'un éclat trop vif, et son long museau se terminait par une grosse truffe de la couleur et de la texture du sable. Au début, Heiser crut qu'il s'agissait d'un chien, d'un chien énorme qui l'observait, les pattes de devant sur le rebord de la fenêtre.

Il sauvegarda son rapport sur le disque dur, empila les feuilles près de son coude et referma le couvercle de la machine. Ensuite, il prit une profonde inspiration, se leva, repoussa la chaise en bois et se dirigea vers la fenêtre. Méthodiquement. Il avait toujours été calme de nature.

En s'approchant, Heiser remarqua la largeur des épaules de la chose et sa taille immense, malgré son dos voûté et son cou d'une épaisseur grotesque. La chose ouvrit sa gueule et grogna. Le son, à travers la vitre, ressemblait à un lent craquement. Une de ses incisives était cassée et toute brune.

Heiser voulut crier, mais seule de la bile lui monta à la gorge. Il s'étouffa et se plia en deux. Se tournant de nouveau vers la fenêtre, il la trouva vide, à l'exception de la tache quadrillée que la truffe poisseuse avait laissée en poussant sur la moustiquaire.

Les deux jours suivants, Heiser réussit tant bien que mal à travailler, soutenu par des siestes si brèves qu'elles ne semblaient être que de longs clignements d'yeux. Mais il finit par céder : il lui fallait découvrir quelle était cette chose, pourquoi elle lui était apparue et ce qu'elle lui voulait. Ce soir-là, il rentra dans sa chambre avec un sac A&W. Il laissa un hamburger au fromage sur une assiette en carton, juste sous le rebord de la fenêtre. Il verrouilla la porte, éteignit la lumière et, assis dans le fauteuil au tissu taché, mâchouilla lentement une petite portion de frites sans quitter la fenêtre des yeux.

La créature se montra peu après minuit. Heiser l'entendit renifler en arrivant au coin du motel. Il se dirigea vers la vitre et la vit s'avancer sur ses pattes de derrière, qui n'avaient rien de canin. De la tête au bout des orteils, la bête était couverte d'un épais pelage noir. Heiser aperçut un éclat à sa taille : la boucle d'une ceinture argentée. Pas de pantalon, mais une ceinture… La bête examinait l'intérieur des voitures, les flairait en ayant soin d'éviter les pâles halos de lumière que projetaient les néons maculés d'insectes sous l'avancée du toit et la lueur bleue des écrans de télévision derrière les fenêtres sans rideaux. Le souffle court, Heiser la vit s'approcher de sa chambre sans jeter un coup d'œil par la vitre. Il attendit qu'elle attrape le hamburger, curieux de voir si elle se servirait de ses mains, comme un humain, ou l'engloutirait comme un chien. Ni l'un ni l'autre. Elle enjamba l'assiette avec prudence, presque avec grâce. Puis elle marcha jusqu'à la porte rouge et frappa poliment.

Heiser n'ouvrit pas et la créature finit par s'en aller. Chaque jour, après la dernière réunion de la journée, il s'enfermait dans sa chambre. Chaque soir, il épiait le parking par une petite fente dans les rideaux tirés. Et chaque soir, la créature apparaissait, reniflait son chemin jusqu'à sa porte et cognait. Le huitième soir, Heiser la fit entrer.

*
* *

Ivy, comme à son habitude, était sortie sans le déranger. Bonne fille.

Son téléphone tinta. Il le prit sur la commode et ouvrit le courriel. Y étaient jointes cinq ou six photos de Cecile, prises lors de sa petite expédition dans les bois. Heiser n'était pas assez naïf pour laisser Wolff sans surveillance, surtout en ce moment, avec Joan qui rôdait autour de lui. Il choisit une image vers le milieu de la série : Cecile, une jambe sur le révérend, les yeux clos, la bouche ouverte.

« Parfait », dit-il. Il ne lui restait plus qu'à déterrer l'adresse électronique de Joan. La seule personne capable d'empêcher Joan de mener sa mission à bien était Joan elle-même, et il se ferait une joie de l'aider.

On cogna à la porte. Son chauffeur était là, avec les vêtements qu'il était passé prendre chez le nettoyeur.

« Ah, merci, Robe, dit-il en s'écartant pour permettre à l'homme d'accrocher les costumes et les chemises dans le petit garde-robe.

– De rien, monsieur.

– Et merci pour le courriel. » Il brandit son téléphone en le secouant. « C'est pile ce que j'espérais. » Il rit.

Robe se fendit d'un large sourire qui révéla son incisive cassée et s'inclina légèrement en ricanant.

13

Cache-cache

Zeus était assis à une longue table du deuxième étage de la bibliothèque. Quand Joan n'était pas dans les parages, c'est là qu'il allait. Toutes ces histoires racontées en silence l'apaisaient. La maison, elle, était pleine de voix – il y en avait trop, et elles tenaient toutes sortes de propos qu'il n'avait aucune envie d'entendre. Déjà, il caressait des projets d'évasion : étudier à l'université, à Toronto ou peut-être à Vancouver. C'est pour cette raison qu'il bûchait si fort à l'école. Si son père avait eu le moindre intérêt pour lui, il y a longtemps qu'il aurait emménagé chez lui, loin du chaos que Bee incarnait. Mais il n'y avait pas de place pour Zeus sous le toit de son père.

La dernière visite de Jimmy Fine datait de cinq ans. Il s'était pointé un jour au volant de la même Impala, mais, désormais, le vrombissement du moteur tenait davantage de la respiration sifflante que du débordement de testostérone. Ses cheveux se terminaient toujours par une longue tresse, si fine que la bande élastique qui la retenait en faisait six ou sept fois le tour. Deux de ses incisives étaient tombées, et c'était peut-être pour le mieux. Sur le pas de la porte, il avait eu avec Bee une conversation aussi brève qu'enflammée, puis elle avait poussé Zeus dehors avant de refermer, le laissant en compagnie de son père absent depuis belle lurette.

Jimmy serra la main du garçon, qui se laissa faire à contrecœur. « Salut, mon grand. » Zeus vit Bee les espionner entre les rideaux, les yeux plissés.

« On rentre d'un pow-wow, t'sais », commença Jimmy.

Non, songea Zeus. *Comment aurais-je pu le savoir ?*

« Puis je me suis dit que t'aimerais peut-être rencontrer ta sœur. Elle a vraiment envie de te voir. Sa mère lui a beaucoup parlé de toi. »

Sa mère ? Zeus garda le silence en essayant de comprendre. *Pourquoi la mère de cette fille lui aurait-elle parlé de moi ?*

« En tout cas, elle est dans l'auto. » Jimmy se dirigea vers l'Impala. Zeus resta là où il était, chaussettes blanches aux pieds, mains enfoncées dans les poches de son short de basket, sans dire un mot.

Jimmy ne se retourna qu'une fois près de la voiture. « Sois pas timide. C'est ta petite sœur, dit-il en lui faisant signe d'avancer. Viens. »

Zeus s'approcha à pas prudents, la tête baissée. Il observa le mouvement de ses orteils. Il compta les fourmis – six en tout. Il aurait voulu que l'allée s'étire à l'infini. Lorsqu'il fut tout près, la petite fille bondit sur lui et l'enserra dans ses longs bras. Maggie était magnifique : mince, la peau brun foncé, de longs cheveux mal contenus par d'imposantes tresses. Au sommet de son front persistait une ligne de paillettes, vestiges du maquillage qu'elle avait porté au pow-wow. Elle était adorable. Mais au nom de quoi ne l'aurait-elle pas été ?

« Ouah, t'es super gros. » Elle lâcha les mots en riant. Sans le vouloir, elle l'avait profondément blessé, comme les enfants en ont le secret. « J'arrive même pas à faire le tour de ta taille ! » Elle essaya une fois de plus, le nez enfoncé dans le t-shirt du garçon, juste au-dessus du ventre arrondi, sous les seins lourds. Il garda les mains dans ses poches.

« C'est mignon, ça, dit Jimmy. Aujourd'hui, dans l'île, Maggie a remporté la première place. En plus, c'était la plus jeune chez les juniors. Sacrée championne, celle-là. » Il posa la main sur l'épaule de sa fille, au moment où elle se détachait de Zeus. Le visage de la petite rayonnait de fierté. On aurait dit le soleil incarné.

« L'île ? » répéta Zeus. Ses premiers mots. L'île n'était qu'à dix minutes en ferry. Ils avaient passé tout le week-end à dix minutes de chez lui ?

« Ouais, ben, tu sais ce que c'est, une fois sur place. Et les concours finissent tard. En plus, le ferry est pas fiable. En tout cas, l'année prochaine, tu viens avec nous, hein ? »

Zeus hocha faiblement la tête. Il sentit son estomac se retourner violemment. Il posa les mains sur son ventre. Quand il était chamboulé, son ventre était toujours le premier au courant. Il serra les fesses, humilié et penaud devant son père et sa magnifique petite sœur.

« Vaut mieux que j'y aille », dit-il. Il avait à peine murmuré les mots, mais son père sauta sur l'occasion.

« Ouais, ouais, vas-y, mon gars. »

Ce fut pire que tout : pire que les bulles incandescentes qui lui brûlaient les intestins, pire que de savoir qu'ils avaient passé le week-end à deux pas de chez lui, pire que l'absence de son père en soi. Mais le plus grave, c'est que Jimmy Fine sembla soulagé d'entendre ces mots dans la bouche de son fils, comme s'il était d'accord pour dire qu'il valait mieux que Zeus y aille. Que c'était la meilleure solution pour eux tous.

« En tout cas, mon garçon, ta mère m'a rappelé que j'avais oublié ton anniversaire, la semaine passée. Excuse-moi. Mais bon, j'ai quelque chose pour toi. » Jimmy ouvrit la portière arrière et fouilla dans une boîte en carton derrière son siège. Il en extirpa une lampe de poche qu'il remit aussitôt à sa place et en sortit un vieux Discman retenu par un bout de ruban adhésif avec des écouteurs en mousse. « C'est pour toi, mon garçon. La musique, c'est essentiel. Achète-toi des CD de tambour. Comme ça, quand on passera te prendre, l'année prochaine, tu connaîtras tous les airs. »

Zeus accepta le cadeau tout abîmé et regarda un fragment de sa famille remonter dans la voiture. Aussitôt que Jimmy tourna la clé dans le contact, la musique retentit. Puis l'Impala s'engagea dans la rue et quitta la communauté au son d'une danse en rond où des Cris du Nord parlaient de femmes superbes qu'ils ne pouvaient ignorer. *Heya, heya, ho.*

*

* *

Ce soir-là, Joan était venue pour un *potluck* – le genre de repas que Bee privilégiait. Zeus n'était pas dans le salon à son arrivée. Comme c'était avant tout pour lui qu'elle se rendait chez Bee, elle partit à sa recherche. Elle passa devant la salle de bains, où s'entassait une montagne de serviettes sur le sol, et devant la chambre des jumeaux, dont les lits superposés étaient capitonnés pour leur éviter de se tuer ou de s'entretuer. Elle s'apprêtait à frapper à la porte de Zeus, mais elle entendit de faibles sanglots et elle se ravisa. Elle ouvrit doucement, espérant trouver le garçon devant la télévision. Était-il avec quelqu'un ?

En réalité, il serrait un vieux Discman pourri contre sa poitrine, comme s'il s'agissait d'une personne, et pleurait, les yeux fermés.

Se retirant sans bruit, elle retourna à la cuisine, où Bee lui fit le récit de la visite. Joan attendit que Zeus sorte de lui-même. Lorsqu'il émergea enfin, elle l'emmena manger une crème glacée sur les quais et lui promit qu'elle ne laisserait plus personne le mettre dans un tel état. Elle couperait les couilles de Jimmy Fine et les accrocherait à son rétroviseur avec toutes les autres babioles.

*
* *

Depuis leur retour de Hook River, ils étaient sans nouvelles du ministère. Joan était donc retournée au travail, tandis que Zeus, pour se distraire, allait à l'école. Chaque fois qu'ils faisaient une pause pour manger, ils allaient en ligne, à la recherche d'informations. En ce vendredi après-midi, Zeus se terrait à la bibliothèque. Il avait fouillé tous les sites possibles et imaginables, sans succès. Il avait très hâte de reprendre la route.

Son téléphone tinta. Joan.

Dîner chez Ajean ? Je passe te prendre à 6 heures.

Il répondit aussitôt.

OK. Suis à la bibli.

OK.

Il ouvrit Facebook sur son portable et consulta à nouveau la page du ministère, comme chaque jour depuis leur retour. On y voyait les mêmes images que sur le dépliant qu'ils avaient ramassé à Hook River. Et pas grand-chose d'autre : quelques citations, de petits articles consacrés au fondateur, M. Thomas Heiser.

« Merde », fit-il. La plus récente publication indiquait comment se rendre aux assemblées de Hook River. Depuis, plus rien. Il passa à la liste des membres, et une série de profils s'afficha sur l'écran. Qui étaient ces gens ? Il se mit à fouiller.

*
* *

Joan le récupéra une heure plus tard et ils se rendirent chez Ajean, qui leur servit des sandwichs au thon et de la salade de betteraves. Des gouttes de pluie tambourinaient sur les vitres, tels des doigts impatients. Zeus regardait l'eau s'accumuler dans les ornières de l'allée, où des flaques luisaient dans la lumière des lampadaires.

Après le repas, Ajean posa sur la table des tasses de thé sucré et une petite assiette de biscuits à l'avoine du commerce. « Des nouvelles du cirque à Jésus ?

– Non. » Joan se dirigea vers la fenêtre, qu'elle entrouvrit, et alluma une cigarette. « Nada.

– À la bibliothèque, j'ai trouvé leur page Facebook, dit Zeus, la bouche pleine. Aucune rencontre de prévue. Mais j'ai consulté quelques profils.

– C'est-à-dire ? répliqua Joan. Fais voir. » Elle jeta son mégot par la fenêtre et se glissa à côté de lui sur le banc.

Il prit le téléphone dans sa poche et ouvrit Facebook.

« Les membres sont là, tu vois. Y a qu'à cliquer sur celui qui t'intéresse.

– Elle, fit Joan en tapotant le nom de Cecile dans la liste.

– OK. »

Il cliqua. Une photo de profil apparut à côté de son nom, *Cecile Ginnes*.

« Hmm, fit Zeus. Ses publications sont privées.

– Merde. »

Il remonta un peu. « Et celle-là ? La rousse qui nous a empêchés de voir Victor. »

Il cliqua sur le petit visage pâlot. Une mine grave, ses cheveux roux remontés en un haut chignon qui soulignait la rondeur de son visage.

Ivy Johanssen
Au service de Jésus-Christ, mon Seigneur et mon Sauveur
Née le 17 août 1998

Zeus fit défiler les prières et les proverbes édifiants qu'elle avait écrits avec de belles arabesques et un effet pailleté.

« Beau travail, mon garçon », le complimenta Ajean en lui flattant légèrement l'épaule.

Joan était penchée si près de l'écran que sa tête se trouvait devant celle de Zeus. Il la repoussa doucement avec un doigt.

« Elle dit où ils vont ? demanda Joan.

– Non. Mais ça indique par où ils sont passés.

– Et en quoi ça nous aide ? »

Ajean fit claquer sa langue. « Du calme, là. Laisse-le faire.

– Merci, Ajean. » Zeus s'éclaircit la voix de

façon théâtrale. « Pour répondre à ta question, chère tante Joan, Ivy Johanssen aime publier des photos. » Choisissant un des albums de la jeune femme, il fit rapidement défiler une série d'images en noir et blanc.

« Il y a des indices de l'endroit où ils vont ? demanda Joan, qui avait du mal à rester assise.

– Pas exactement. Ses photos sont surtout artistiques. » Il les ouvrit une à une. Elles n'étaient pas très bonnes.

Un ballon de fête dégonflé encore attaché à un bout de ficelle qui ressemblait à un cordon ombilical.

Un champ avec un renard en décomposition au premier plan.

Un fossé jonché de canettes de boisson gazeuse.

Un ciel d'orage ne reflétant rien du tout.

Pour un peu, Joan aurait grogné. « Il n'y a absolument rien, là-dedans ! Un renard mort ? Qu'est-ce que tu veux qu'on déduise de cette merde ? »

Zeus tapota une photo et la retourna pour pouvoir lire la légende qui la surmontait. « Elle les a géolocalisées.

– Génial ! s'écria Joan en se mettant à sauter dans la cuisine. Vous êtes un sacré génie, mon cher ! » Elle montra Zeus du doigt, et tout le visage du garçon sourit.

« Ce sont les deux dernières, dit-il. Hook River, puis Sturgeon Falls. On dirait qu'ils montent vers le nord.

– OK. Faut qu'on se mette en route le plus vite possible. Mais je pense pas que tu puisses venir. T'as école, lundi.

– Je peux bien prendre quelques jours de congé. Mes notes sont bonnes et ma mère s'en fout. Ça lui fait un souci de moins. »

Joan sortit une cigarette de son paquet et retourna à la fenêtre. « Laisse-moi y réfléchir. »

*
* *

Après leur départ, Ajean déposa dans l'évier l'assiette à biscuits et les tasses, puis elle utilisa le chiffon suspendu au robinet pour tout nettoyer. Quelque chose clochait. Cette anomalie, qui pesait sur elle à la manière d'une couverture trop lourde, la fatiguait, la ralentissait. Et elle lui entamait la peau comme des ciseaux de couture bien tranchants, au point où il lui était impossible de rester immobile. Elle finit par comprendre : elle avait peur. Ajean n'avait pas l'habitude d'être effrayée. Cette époque-là était révolue. Elle avait passé des années à s'affûter et à se fortifier pour ne plus rien craindre. Mais elle était devenue suffisante, avait oublié que la peur peut toujours revenir. La peur n'avait qu'à laisser le doute s'acquitter du sale boulot. Ensuite, elle vous envahissait en surmontant vos défenses en ruine.

Ajean envisagea de gratter un peu plus l'os à sel, toujours dans la boîte en métal, au-dessus du réfrigérateur. Elle alla même la chercher, entendit l'os rouler à l'intérieur.

« Du calme, toi, se dit-elle. Gaspille pas le remède d'Angélique en allant trop vite en besogne. »

Elle remit la boîte à sa place et alla dans sa chambre. Sur la commode, elle prit une petite figurine de la Vierge Marie et embrassa son visage à l'endroit où la peinture avait depuis longtemps disparu. Il ne lui restait plus qu'un œil et une lèvre, celle du bas. Elle la jeta sur son lit. Ensuite, elle saisit le coffre à bijoux en porcelaine contenant son plus beau chapelet et le plaça à côté de la figurine. De retour dans la cuisine, elle s'empara d'un gobelet en plastique bleu aux couleurs de Canada's Wonderland, d'une grande cuillère en argent et d'une montre qu'elle projetait depuis longtemps de faire réparer, puis elle déposa le tout sur le lit. Elle récupéra sept autres objets dispersés dans la maison : une bobine de fil, une bouteille de bière vide qu'elle avait conservée parce que c'était celle qu'elle avait bue le soir où elle avait battu la vieille Elsie Giroux au euchre, une bible de poche dorée sur tranche, la brosse à dents dont elle se servait pour nettoyer ses chaussures, un cadre sans photo, une aiguille à perler et le jeton de casino d'une valeur de cent dollars qu'elle avait trouvé en marchant et qui était si égratigné qu'elle était incapable de déchiffrer le nom de l'établissement et donc d'empocher l'argent. Ensuite, elle attrapa un sac en plastique sur la tablette de l'armoire d'où des sacs jaillissaient chaque fois qu'on l'ouvrait, puis elle y rangea les objets et sortit sur le perron.

Il continuait de tomber des cordes. Elle observa la pluie, son sac à la main. Un jour, quelqu'un lui avait raconté que certaines poules étaient si fascinées par la pluie qu'elles mouraient noyées, la tête levée, le bec grand ouvert. Elle imagina cette mort lente, stupide. Elle-même préférerait encore se faire couper la tête : une fin rapide, facile, malgré la course indigne dans la cour qui s'ensuivait. Ajean posa le sac sur son paillasson et le renversa, laissant les objets rouler au hasard jusqu'à ce qu'ils finissent par s'immobiliser.

Quelle que soit la communauté qui les revendique, les rougarous se distinguent par quelques traits particuliers. Ils ont une drôle d'odeur, mélange de pelage mouillé et de sueur humaine. Ce sont des hommes qui se métamorphosent en animaux pour différentes raisons – chaque conteur a sa version. Leur personnalité obsessive n'a d'égale que leur nullité en mathématiques. Un rougarou aura beau multiplier les efforts, il ne réussira pas à dépasser le chiffre douze. Déposez treize objets sur le seuil de votre porte et il sera tenté de s'arrêter pour les compter. Incapable d'aller plus loin que douze, il n'arrivera jamais au bout et sera condamné à recommencer, encore et encore, à s'interrompre pour tout reprendre depuis le début. Il finira par renoncer et par passer son chemin, oubliant jusqu'à son intention d'entrer chez vous. En théorie, du moins.

Ajean compta les objets sur le paillasson en les pointant les uns après les autres. Puis elle les recompta. « *Un, deux, trois**… » Elle s'arrêta chaque fois à *treize**.

Lorsqu'elle eut terminé, elle battit des mains. Son alarme contre les loups était activée. Elle fredonna une nouvelle fois la ritournelle publicitaire de l'entreprise de sécurité en rentrant dans sa petite maison bien chaude.

Ajean se réjouissait de connaître autant de méthodes d'autodéfense. Elle avait appris à jeter à terre un homme qui tentait de lui mettre la main au cul et à lui assener un bon coup de pied dans les parties. Elle avait suivi des cours au Centre d'amitié. Dans le dépliant, on conseillait aux participantes de porter des vêtements de sport. Elle avait donc rentré les bas de son plus beau caleçon long dans ses chaussettes de laine, enfilé le t-shirt avec le logo de Molson Canadian qu'elle avait trouvé dans une caisse de vingt-quatre l'été précédent et noué sur sa tête un foulard de guerrière. Mon Dieu, elle pouvait terrasser n'importe qui à la fin du cours !

Elle avait aussi une fine connaissance des usages anciens, ceux qu'on qualifiait de superstitions. Pfft. Il n'y avait qu'à voir vers qui les gens se tournaient quand on leur jetait un sort ou qu'ils ne savaient pas comment traiter une infection. Ajean maîtrisait l'art de la survie.

Quand même, elle était inquiète. Elle sentait l'odeur du doute qui s'accrochait à Joan comme une maladie (la bronchite sent la glaise, la pneumonie la laine). Jamais Joan ne récupérerait Victor si elle doutait – d'elle-même ou de lui. Pour déjouer le rougarou et retrouver son homme, Joan devrait chasser le doute.

« Saleté de loup. » Elle ouvrit la porte pour cracher dehors. Elle jeta un nouveau coup d'œil aux treize objets, puis elle referma sur la nuit la porte moustiquaire et la porte en bois.

Elle éteignit la lumière de la cuisine et se dirigea vers la chambre. Puis elle s'arrêta. Par précaution, elle revint vers la porte, tira le verrou et se signa.

« Au nom du Père, du Fils et du Saint-Esprit. »

14

Toutes les possibilités

La camionnette de Flo stationnait dans l'entrée. Junior s'était garé derrière elle et, sur la pelouse, le SUV de George penchait d'un côté à cause d'une crevaison. L'été indien était terminé.

Joan faillit passer devant la maison sans s'arrêter. Ce soir-là, elle n'était pas sûre d'avoir envie d'affronter les siens. Au dernier instant, elle se glissa dans l'allée. Il fallait leur annoncer qu'elle repartait à la recherche de Victor.

« Salut, fit-elle en ouvrant la porte.

– Tiens, tiens, si c'est pas la petite nature de la famille. » Pour la taquiner, Junior secoua les bras, allusion aux douleurs dont Joan s'était plainte au lendemain de son retour au travail. Elle n'aurait jamais dû leur en parler et encore moins admettre qu'elle avait besoin d'une pause supplémentaire.

« Deux pauses pour un petit toit de rien du tout ? » George, assis sur le canapé, une bière froide à la main, la montra du doigt et rit.

Sortant de la cuisine, Flo frappa ses deux fils avec un torchon. « Assez, assez. Vous étiez bien contents de voir votre sœur reprendre le travail, les garçons. L'embêtez pas avec ça.

– Non, je le mérite, dit Joan en montrant ses biceps.

Bon, je pourrais vous botter le cul à tous les deux, mais maman est là pour vous défendre, alors profitez-en. »

George alla lui chercher une bière dans le réfrigérateur. Elle s'assit sur le canapé pour regarder *Jeopardy* avec ses frères et leur botta effectivement le cul avec sa culture générale.

Après, Junior apporta les bouteilles vides à la cuisine. À son retour, il dit : « On discutait, Georgie et moi. On se sentirait mieux si tu nous laissais poser des pièges chez toi, au bord de la forêt. Il rôde encore, ce loup-là. »

Depuis la mort de leur grand-mère, c'était la deuxième fois qu'il était question de pièges. « Je veux pas qu'un animal de compagnie se blesse, dit Joan. Il manquerait plus que ça.

– Personne devrait laisser son animal en liberté, raisonna Junior. Surtout pas maintenant. De toute façon, ta sécurité est plus importante que n'importe quel chat. T'es toute seule, là-bas.

– Je sais que vos intentions sont bonnes, dit Joan, mais les pièges, j'arrive pas à m'y faire. » Elle se leva du canapé et alla s'asseoir à la table de la cuisine.

« Du thé, quelqu'un ? » demanda Flo en mettant la bouilloire sur le feu. Elle n'était pas prête à évoquer la mort de Mere, même par la bande.

« Qu'est-ce qu'on a au programme cette semaine ? demanda Joan.

– Faut qu'on finisse Longlade avant l'hiver, répondit Junior. Le gel est presque arrivé.

– C'est pas un gros contrat, dit Joan.

– Suffisamment gros, répondit George. Surtout pour toi. »

Elle lui rendit son sourire en coin. « C'est une réno pour les bébés, ça, mon petit Georgie. T'as peut-être des chances de t'en sortir. » Elle prit une profonde inspiration. « Bon, d'accord. Je suis venue vous dire que j'ai quelque chose à faire, cette semaine. »

Junior, si préoccupé par la sécurité de sa sœur une minute plus tôt, lui décocha un regard assassin. « Voyons donc, Joan ! Encore un congé ? C'est à cause de toi qu'on est en retard !

– C'est à propos de Victor.

– C'est toujours à propos de Victor.

– T'es pas mon patron, Junior.

– Il t'en faut quand même un, dit George depuis le canapé.

– Lui l'est pas, mais moi, oui », dit Flo en posant sur sa fille un regard lourd de sous-entendus.

« Laissez tomber, dit Joan en se levant. Merci pour la bière. »

Elle se dirigea vers la porte, où elle prit son manteau sur le crochet fixé au mur.

« Ça a quelque chose à voir avec ce groupe religieux ? » demanda Flo. Joan se retourna. Elle lut de la pitié sur le visage de sa mère. Elle préférait encore l'exaspération de ses frères. La pitié, c'était trop.

« Quel groupe religieux ? demanda Junior. Tu fais partie d'une secte, Joan ? » Il passa une main dans ses cheveux. « Penses-y même pas, Joan. Ça va pas t'aider.

– Je pense que j'ai trouvé Victor. »

Sa mère soupira, le menton sur la poitrine. « C'est reparti…

– Où ça ? demandèrent les frères à l'unisson.

– Vous vous souvenez du jour où vous êtes venus me chercher après que Mere… ? Après ma nuit chez Travis ? La veille, j'étais allée dans la tente d'une église montée à côté du Walmart, et Victor était là. » Elle omit de mentionner qu'il était le pasteur.

« C'est quoi, ces conneries ? s'écria Junior. Pourquoi t'as rien dit ? Et pourquoi il est pas rentré avec toi ?

– Il m'a pas reconnue. Il se souvenait de rien. Il est amnésique ou quelque chose comme ça.

– Amnésique ? fit George. Ça existe pour de vrai ? Je pensais que c'était juste dans les films.

– Non, je vous jure… Il savait vraiment pas qui j'étais. Et il avait un nom différent, des amis différents, un… travail différent. Il avait même l'air différent. Il avait les cheveux courts.

– T'es sûre que c'était lui ? demanda Junior.

– Pas mal sûre.

– Sûre comment ? »

Elle croisa son regard. « Pas mal sûre, Junior. OK ? »

Flo s'éclaircit la voix. « Joan, ma chérie, je vais te dire une chose qui va pas te faire plaisir, mais il faut que je le dise quand même, parce que tu dois examiner toutes les possibilités. » Elle adoucit le ton, comme si cette simple précaution suffirait à amortir le coup qu'elle s'apprêtait à porter. « Mettons que c'était lui. Il est peut-être pas perdu, il souffre peut-être pas d'amnésie. Il t'a peut-être quittée. »

George se prit d'une passion soudaine pour ses pieds. Junior soutint le regard de Joan en hochant lentement la tête. Et sa mère conserva la même expression de pitié sur son visage. Joan sentit monter les larmes – comment pouvait-elle encore en avoir ? – et passa les bras dans les manches de son manteau. Elle se retourna, puis se figea, la main sur la poignée. Elle jeta un coup d'œil par-dessus son épaule. « Je serai pas là, cette semaine. Avec un peu de chance, je serai de retour avec Victor en fin de semaine prochaine. Vous pourrez lui demander s'il m'a quittée ou pas. »

Elle claqua la porte.

*

* *

Elle mit son manteau rouge et les talons hauts de couleur crème qu'elle avait achetés pour leur mariage. Elle ne les avait jamais portés, par crainte de tomber et peut-être aussi d'abîmer ces chaussures à huit cents dollars. Elle les gardait dans une boîte rangée dans la garde-robe, chacune dans un sac. Mais dans son rêve, elle les avait aux pieds. À cause d'elles, elle avait du mal à traverser le champ, mais elle n'avait pas le choix : la tente se dressait droit devant. Des renards morts, grouillant d'asticots et de mouches, balisaient son chemin. Elle enjambait les dépouilles, incapable de détourner le regard : les vers s'affairaient si frénétiquement que les corps semblaient fondre à vue d'œil. La tente était toute proche et Joan devait continuer d'avancer en extirpant ses talons aiguilles de la boue chaque fois qu'ils s'y enfonçaient.

Mais quelque chose clochait. Plus elle s'approchait, plus la tente lui faisait penser à un sac en plastique vide et informe. Et elle était silencieuse : pas de musique ni de prières, rien que le bourdonnement sourd d'une femme qui sanglotait, comme épuisée par le chagrin. Joan enjamba un autre renard, dont les yeux morts ressemblaient aux billes de verre utilisées par les taxidermistes. Elle eut envie de glisser un ongle derrière leur orbite et de les arracher pour les mettre dans sa poche.

La tente était droit devant. Mais inatteignable. Joan

marchait toujours dans le champ jonché de renards qui pourrissaient autour de ses jolies chaussures. Puis elle entendit un cri, si aigu et si strident qu'il lui fit l'effet d'une crampe à la cuisse. Elle s'agenouilla dans un amas visqueux de côtes brisées et de chairs en décomposition, soupe immonde qui éclaboussa ses jambes.

« Zeus ? »

Un cri lointain lui répondit.

« Zeus ! cria-t-elle, si fort que ses paupières se fermèrent. Zeus ! »

Haletante, elle rouvrit les yeux, puis agrippa sa cuisse à l'endroit où la douleur tordait le muscle. Le lit était un tas de draps et de sueur. Elle s'assit en repoussant les dernières bribes du rêve et se frotta la peau pour s'assurer qu'elle ne saignait pas, qu'elle n'était pas couverte de vers. Ensuite, elle se leva et tenta de se débarrasser de la crampe en marchant.

« Satanée Ivy et ses photos artistiques. » Prononcer les mots à voix haute la rasséréna un peu. Et lui prouva qu'elle était bel et bien réveillée.

Elle alla aux toilettes, puis revint s'asseoir au bord du lit. Elle était secouée. Elle avait trouvé le cri qui avait retenti dans la tente plus troublant encore que les animaux en décomposition. À ce souvenir, sa poitrine se contracta douloureusement. Avant de crier, Zeus avait pleuré, et ses sanglots avaient éveillé chez Joan des sentiments qui lui semblaient ne pas avoir leur place en elle. Elle s'était sentie à la fois forte et vulnérable. Voilà ce que ressentent les parents, se dit-elle. Elle n'était pas convaincue d'aimer cette sensation.

Victor dans les bois : le Christ dans la clairière

Sentant la terreur écraser sa poitrine, il se redressa brusquement et, avec effort, se mit sur ses pieds.

« Joan. »

La clairière baignait dans une lumière grise et terne qui révéla le fauteuil. Victor l'examina, le coucha sur le côté, le renversa, d'abord avec frénésie, puis avec méthode. Les vis argentées étaient bon marché, le coussin du siège, plutôt neuf, n'avait pas encore été aplati par le poids des corps. Hormis son apparition à cet endroit, le fauteuil n'avait rien de miraculeux.

Il sortit d'entre deux incisives un bout d'ongle en forme de croissant de lune. Sa bouche avait un drôle de goût, comme s'il avait sucé une pièce. Les peurs de Joan et les siennes, comprit-il.

Il redressa le fauteuil et s'y assit. Puis, après avoir enroulé un bout de son t-shirt autour de son index droit, il frotta ses dents et ses gencives. Pouah. C'était pire. Le goût métallique s'intensifia, et ses plombages se mirent à jouer une note cruelle. Il s'arrêta, déballa son doigt, évita de respirer à fond. Telle une mince couverture, une odeur l'enveloppa. Il inspira, la tête penchée. Il n'aurait su dire d'où venait cette odeur, sinon, soudainement, de partout. Elle était à la fois sauvage et raffinée, comme un cadavre habillé de lin fin. Elle l'ébranla.

Il balaya les environs des yeux. Des conifères acérés, de lourdes épinettes, les veines délicates des branches de bouleaux contre la lumière grise. Aux limites de la clairière, le sol formait une crête recouverte de broussailles et d'un luxuriant éventail de fougères, en filigrane contre la toile des arbres. Chaque chose à sa place. À chaque feuille et chaque brin d'herbe, sa fonction.

Quelle était donc cette odeur ? Il se renifla. Rien. Elle n'émanait pas de lui. Était-il un fantôme ? Qu'avait-il donc fait pour mériter un tel sort ? Il avait été un bon fils, il était rentré s'occuper de sa mère jusqu'à ce que le cancer l'emporte, l'avait enterrée à côté de son père avec le couteau qu'elle conservait toujours dans un pli de son tablier. Il avait été un bon mari, comme son père avant lui. C'était facile, du reste. Il aimait Joan avec une férocité qui lui faisait peur.

Il sentit une sorte de pincement à l'arrière de sa tête. Un truc qu'il n'arrivait pas à se rappeler. Ils s'étaient disputés, de cela au moins il était certain, mais il avait préféré quitter la maison que de s'énerver devant elle. On ne pouvait quand même pas lui en vouloir pour si peu. Il enfonça ses doigts dans ses cheveux emmêlés et se massa pour chasser la douleur. Sans succès.

Non. Il n'était pas mort. Il avait peur, et s'il était mort, de quoi pourrait-il avoir peur ?

Il se leva et fit le tour de la clairière en humant l'air. L'odeur devint plus forte, et la lumière gris mousseline commença à s'estomper.

« Non, s'il vous plaît, non », dit-il au vide de plus en plus sombre qui l'entourait.

Il entendit un craquement sourd.

Il se retourna. La lumière transformait les formes en ombres. À présent, une silhouette occupait le fauteuil et le regardait calmement, la tête inclinée. Le haut de son corps raide et parfaitement droit, ses cheveux chaotiques comme des rayons dans un ciel de plus en plus sombre. Victor songea au Christ des vitraux, coiffé d'une auréole sinistre. Peut-être était-il mort, en fin de compte.

« Jésus ? » fit-il.

La figure assise laissa entendre un rire grave. Le son remplit la clairière, pareil à un jet de vomi, à un grognement menaçant. Et le ciel s'obscurcit aussitôt.

À ce moment-là, si son corps avait fonctionné normalement, Victor aurait pissé dans son pantalon.

15

Rencontrer Dieu

Ils roulaient vers le sud, enfin. Cecile aurait donc dû être heureuse. Sauf que c'était à la suggestion d'Ivy, détail qui lui restait en travers de la gorge. Alors, pendant presque tout le trajet, elle avait dormi, la tête sur un coton ouaté aux couleurs du MNR qu'elle avait posé contre la vitre fraîche de la fourgonnette. Que les autres se chargent de gérer l'itinéraire, les pauses et les reçus, pour une fois.

« Cecile ? »

Quelqu'un la secouait par le coude.

« Réveille-toi, Cecile. » Greg.

« Quoi ?

– Ivy dit qu'on est encore à deux heures de notre destination. On s'arrête un moment pour pique-niquer. Tu as faim ? »

Satanée Ivy. En guise de réponse, Cecile soupira, détacha sa ceinture et descendit de la fourgonnette. Déjà, Greg sortait les glacières. « Super, dit-elle. Des sandwichs et du jus tiède dans un parking glacial. »

Il ne releva pas son sarcasme et continua de siffler *This Little Light of Mine* en empilant des couvertures à carreaux sur les glacières à ses pieds.

Cecile s'étira pour chasser les raideurs causées par les heures qu'elle venait de passer sur la banquette arrière d'un véhicule où s'entassaient passagers et sacs de toile. Elle regarda autour d'elle. La halte routière était déserte, hormis une vieille caravane, une berline grise et leurs trois fourgonnettes bleues, garées côte à côte. La saison des balades en voiture était terminée et l'endroit n'était pas particulièrement accueillant. Seule une mince rangée de pins le séparait de l'autoroute. Derrière le centre d'information fermé se trouvait une carte de la région montée sur un poteau en bois. Quelques tables de pique-nique en métal s'agglutinaient au bout d'un champ jouxtant un petit bois. Cecile alla jeter un coup d'œil à la carte. De l'autre côté des arbres, il y avait un petit plan d'eau appelé le lac du Seigneur. Simple coïncidence ? En prenant sa direction, elle passa devant les autres, occupés à disposer les provisions sur les tables.

« Tu ne manges pas avec nous, Cecile ? demanda Ivy. Un coup de main ne serait pas de refus, tu sais. » Cecile poursuivit son chemin en savourant le ton exaspéré de la jeune femme. *C'est ça. Sois frustrée. Que je sois la cause de ta frustration.*

Elle suivit l'étroit sentier qui s'enfonçait dans les bois, usé par les chaussures de sport et les sandales des voyageurs qui avaient cherché à rompre la monotonie de la route. Les conifères se refermèrent sur elle, comme brodés au point de croix. Elle finit par déboucher sur une petite plage teintée de brun et de gris par l'eau et les nuages, qui faisaient peser une chape de froid sur sa tête. « Le lac du Seigneur. » Elle prononça les mots à voix haute, comme le début d'une prière.

Apercevant un rocher plat au bord de l'eau, Cecile s'y assit, remonta les genoux et les enveloppa dans son chandail beige. Et maintenant ? se demanda-t-elle. Elle n'avait pas peur de se battre pour obtenir ce qu'elle voulait. Et elle savait comment se battre pour triompher – vers dix ans, elle avait en effet compris que personne d'autre ne s'en chargerait à sa place.

*
* *

Jusque-là, la petite Cecile avait réussi à contenter les adultes de sa vie. Elle savait ce qu'il fallait dire et quand intervenir. Après le départ de sa mère, elle avait vécu avec son père et sa mère à lui, grand-maman Pat, et porté les robes en vichy et les petits tabliers que la vieille femme lui fabriquait avec la machine à coudre d'un autre âge qu'elle installait sur la table de la cuisine.

« Tu ressembles à Holly Hobbie », roucoulait grand-maman Pat dans la fumée de sa Marlboro Light chaque fois que la petite fille revêtait une de ses créations. Sans savoir de qui elle parlait, Cecile, chaussettes aux pieds, tournoyait sur le linoléum.

Elle ne gardait aucun souvenir de sa mère, mais prétendait le contraire pour faire plaisir à son père, qui aimait ses réminiscences. La plupart du temps.

Parfois, il pleurait en la serrant fort dans ses bras, comme si elle risquait de s'envoler. « Tu es si petite, murmurait-il dans son cou. Minuscule. » À d'autres moments, il refusait de la regarder en face et se mettait en colère quand elle s'approchait de lui. « Seigneur, Cece. Tu pourrais pas aller jouer ailleurs ? »

Alors, Cecile fermait la porte de sa chambre et laissait Bella, sa gerbille, sortir de sa cage. À l'aide de livres et de blocs Lego, elle construisait des labyrinthes sur la moquette. Elle encourageait la petite créature à s'engager dans les couloirs et à tourner d'un côté ou de l'autre, la poussait dans sa maison de poupées et la pinçait quand elle s'attardait trop à un endroit. « Sors donc de la cuisine, Bella. Seigneur, tu pourrais pas aller jouer ailleurs ? »

La mère de Cecile n'était pas morte. Elle les avait quittés quand Cecile avait trois ans. De temps à autre, son père jugeait important de lui rappeler qu'elle n'était pas la seule à avoir été abandonnée. « Elle nous a plantés là tous les deux. Une femme capable de quitter son mari et sa fille pour aller faire l'actrice en Floride ? Tu te rends compte ?

– Pour faire la putain, tu veux dire », ajoutait invariablement grand-maman Pat d'un air satisfait. Elle avait pourtant mis son fils en garde.

« Les gens qui veulent faire du cinéma ne vont pas plutôt en Californie ? avait un jour demandé Cecile.

– Ce que tu peux être snob », avait répliqué son père.

Un soir, en entrant dans le salon, grand-maman Pat trouva son fils qui pleurait dans le cou délicat de sa fille, qu'il maintenait sur ses genoux en la tenant par les épaules. La grand-mère ressortit sans dire un mot. Le lendemain matin, pendant le déjeuner, elle décréta : « Cette enfant a besoin d'une mère. » Soudain, Cecile sentit un poids trop lourd à porter dans son ventre. Elle ne voulait pas d'une nouvelle mère.

Son père, cependant, avait compris le message. Toutes sortes de femmes commencèrent à défiler à la maison. Des femmes à la frange anémique et aux joues couvertes de boutons. Des femmes grasses aux pommettes rougies par le maquillage et à la voix douce. Des femmes qui fumaient avec grand-maman Pat en lançant à Cecile des regards de travers. Des femmes dont les gémissements traversaient les murs et qui laissaient dans la chambre de son père une odeur d'aquarium. Aucune n'est restée, jusqu'à Karen.

Karen avait les cheveux si courts qu'elle donnait l'impression de porter un casque. Elle avait la taille épaisse, des mollets musclés et une voix qui tintait comme une clochette en porcelaine. Elle apportait des cartouches de cigarettes au menthol à grand-maman Pat et des caisses de Coors Light à son père.

Grand-maman Pat appréciait Karen. Le père de Cecile aussi. Au bout d'un moment, il l'avait invitée à un dîner familial, histoire de faire les présentations. Elle avait apporté le dessert et avait agi comme si, la prochaine fois, elle arriverait avec ses valises. Il y eut d'autres dîners, des sorties avec la petite, des dîners, puis, quelques mois plus tard, un week-end aux chutes du Niagara.

Grand-maman Pat et Cecile furent laissées à elles-mêmes. Après avoir partagé avec sa petite-fille une pizza congelée, grand-maman Pat se versa un verre de whisky et but à la santé du nouveau couple. Cecile se coucha de bonne heure. « Silence, Bella ! » lança-t-elle à la gerbille, qui courait fébrilement dans sa petite roue en plastique.

Cecile trouvait que Karen sentait les oignons et le sang défraîchi, comme une poignée de pièces. Elle ne pouvait pas supporter pareille odeur. Elle en mourrait. Le jour avant que Karen la garde pour la première fois, son père devant emmener grand-maman Pat chez le dentiste, elle demanda à Dieu d'intervenir, implora le plafond de l'aider. Elle s'endormit sans recevoir de réponse.

Le matin, Karen arriva à bord de sa fourgonnette bourgogne avec un sac en toile rempli de cahiers à colorier à moitié terminés. *Quelle radine, celle-là,* se dit Cecile. *Elle aurait pu m'en acheter un neuf, au moins.*

Dès que son père et sa grand-mère furent partis, Cecile alla s'enfermer dans sa chambre. Enfonçant la gomme d'un crayon dans le papier déchiqueté qui servait de nid à sa gerbille, elle réveilla Bella, ouvrit la cage et prit dans sa main le petit animal somnolent. Puis elle s'allongea sur le lit, Bella sur sa poitrine. « Rendors-toi, crétine », ordonna-t-elle. L'animal s'assoupissait, le mouvement de ses moustaches de plus en plus intermittent, lorsque Karen fit irruption dans la chambre sans frapper.

« Ferme la porte ! » s'exclama Cecile, surprise d'avoir crié aussi fort.

Karen sembla étonnée, elle aussi. Sur le pas de la porte, elle haussa ses sourcils épilés sans ménagement. « Qu'est-ce que t'as dit, mademoiselle ?

– Je suis pas une “mademoiselle”. » Cecile s'adossa contre la tête du lit, et Bella tomba sur le matelas.

« T'es pas très polie non plus. »

Karen tenait bon.

« Ferme la porte, je te dis ! Bella risque de s'échapper.

– Elle est juste là. Tu vois ? » Karen désigna la gerbille, qui pissait sur la douillette blanche. Elle marqua une pause puis, se ressaisissant, dit : « D'ailleurs, je t'aiderais à la trouver.

– Je veux pas de ton aide. » Cecile imagina cette femme ridicule endormie sur la poitrine de son père. Sa rage était telle qu'elle sentait des picotements dans tous ses membres.

Karen posa une main sur sa hanche. « T'aimerais mieux que Bella se perde ?

– J'aimerais mieux qu'elle crève. »

Karen laissa entendre un petit rire nerveux. « Tu dis n'importe quoi. »

Cecile saisit la gerbille, enveloppa son petit corps tiède dans sa main droite et referma ses doigts. Sans quitter Karen des yeux, elle serra. Bella se tortilla, émit un bref couinement qui se termina par une sorte de hoquet puis, désespérée, elle enfonça ses longues dents dans la chair du pouce de Cecile. La fillette serra plus fort et Bella cessa de se débattre.

Karen sortit à reculons et ferma la porte derrière elle. Cecile entendit le déclic de la porte de devant, puis le moteur de la fourgonnette et enfin une pluie de gravier dans l'entrée. Karen non plus ne resta pas, en fin de compte.

*

* *

Devant le lac du Seigneur, Cecile songea, une fois de plus, qu'on ne peut pas se faire tout petit *ad vitam æternam*. Pendant trop d'années, elle avait elle-même fait semblant d'être assez petite pour qu'on l'écrase. Or elle était plus grande que ça et elle méritait mieux. Elle avait cru que servir aux côtés du révérend était le plus sûr moyen d'obtenir davantage, mais ce rêve était mort dans les bois. Elle se rendait bien compte, à présent, que ce petit épisode était une façon pour Dieu de lui rappeler que Lui seul était digne de son obéissance et de son sacrifice. Elle avait compris la leçon.

Dépliant ses jambes, elle retira ses bottillons en daim et enfonça ses orteils dans le sable froid, geste qui soulagea les coupures qu'elle avait toujours sous les pieds. Elle se sentait en paix. Elle faillit ne pas reconnaître cette sensation. Il y avait si longtemps qu'elle ne l'avait éprouvée.

Le révérend avait un point faible, et c'était une

femme. En cet instant, Cecile était la force faite femme, et elle pouvait se servir de cette force pour le faire céder à la tentation. Elle pouvait être l'Ève de son Adam, Joan incarnant à la fois la pomme et le serpent.

Elle devait toutefois agir sans éveiller de soupçons, de manière à demeurer le premier choix pour succéder au révérend. Elle n'était pas autochtone, mais elle saurait surmonter ce handicap. Et prouver à M. Heiser qu'elle comptait parmi les élus, les vrais. Aux yeux du Seigneur, la race n'existait pas, de toute façon.

Elle ferma les yeux et pria, les mains en clocher. Dieu lui montrerait la voie.

Malgré ses paupières closes, elle nota une transformation de la lumière et, devinant la présence d'une oreille divine et d'un cœur aimant, elle frissonna. C'était mieux que la récompense d'un humble service rendu en Son nom, plus touchant qu'une tente pleine de prières ferventes, plus puissant qu'un trip de crystal meth. Elle inspira à fond, s'efforça d'habiter pleinement le moment présent. Sur son cou et ses mains, l'air était plus froid, et elle sentit le sifflement et le fracas de l'électricité. Elle avait été entendue, et donc elle entendrait. Dieu l'informerait de la suite.

Au moment précis où elle ouvrait les yeux, une lumière bleue fendit le ciel, et le vent s'engouffra dans la brèche. Le violent coup de tonnerre qui s'ensuivit fit onduler l'eau et secoua les os de Cecile. Elle tourna son visage vers le ciel et sourit à la pluie qui tombait à torrents, aussi lourde que des draps mouillés sur une corde à linge. Elle se mit debout sur le rocher et, les bras ouverts, fut baptisée à nouveau. Investie d'une mission. Plus grande que jamais. Peut-être juste assez grande.

16

De la pourriture dans le Nord

Joan souleva le journal et fixa la petite photo d'Heiser au milieu d'une rangée d'hommes jusqu'à ce que son visage ne soit plus qu'une trame de points. Garée devant un snack, elle faisait les cent pas à côté de la jeep, dans la lueur d'un lampadaire, une cigarette à la main. La nuit était frisquette et, sous son tricot léger, elle frissonna. Elle relut la manchette :

> Annonce d'un nouveau projet dans le Nord. Les Premières Nations de la région signent un accord de consultation.

Et il était là, monsieur Je-Mens-Comme-Je-Respire, souriant pour l'objectif, juste derrière un homme aux larges épaules, vêtu d'un costume gris, qui serrait la main d'un homme plus petit arborant une chemise à rubans. Elle imagina ses pattes bien casées dans ses richelieus cirés, l'épais pelage qui recouvrait son dos droit.

« Que vous avez de grandes dents », dit-elle tout haut.

De ses mains raidies à force de serrer le volant sur de petites routes, autour de la baie et au milieu de la roche précambrienne, elle froissa le journal et le lança.

Après avoir décrit un arc de cercle parfait, la boule atterrit dans la poubelle en métal.

Son téléphone vibra dans sa poche. Elle avait laissé Zeus chez lui et il avait passé la soirée à lui envoyer des textos furieux. Ses messages encombraient l'écran et, comme Joan refusait de les ouvrir, l'appareil tintait par intermittence. Elle les avait parcourus après avoir passé sa commande, mais la culpabilité l'avait empêchée de lui répondre. Malgré la mise en garde d'Ajean et son amour pour le garçon, elle n'avait pas pu se résoudre à l'emmener. Le découragement avait commencé à éroder son fol espoir, et elle préférait que Zeus ne la voie pas dans cet état.

Elle écrasa son mégot d'un coup de talon et soupira en sortant les clés de sa poche. Il était temps de reprendre la route.

*

* *

À onze heures, elle avait dépassé Sturgeon Falls et atteint Rice Creek. Ce village de sept cent quarante-huit âmes était le dernier endroit que Zeus et elle avaient trouvé grâce à la page Facebook d'Ivy. Aucune mise à jour depuis.

Il y avait un seul motel, vestige des années 1960, avec des lits vibrants qui avalaient vos pièces de vingt-cinq cents et faisaient claquer vos dents, de la moquette orange qui sentait la moisissure et le détergent industriel, sans oublier, à l'avant, une petite piscine ronde et vide.

Le registre du motel était un livre de compte. Tout en inscrivant la date à côté de sa signature, Joan demanda : « Dites-moi, monsieur, savez-vous s'il y a une mission évangéliste dans le coin ? A-t-elle réservé des chambres ici ? »

L'homme derrière le comptoir, qui donnait l'impression d'y être depuis toujours, portait de longues moustaches argentées dignes de Sam le Pirate. Sa tête était auréolée de longues et fines mèches de cheveux blancs qu'il avait peut-être tenté, plus tôt dans la journée, de rabattre sur son crâne dégarni. Son jean Wrangler tombait sur son cul plat, révélant le haut de son caleçon long grisâtre. Heureusement, il était bien rapiécé, des pièces de tissu écossais recouvrant les pièces rayées plus anciennes.

L'homme marqua une pause si longue que Joan crut qu'il n'avait pas entendu. Elle ouvrait la bouche dans l'intention de répéter lorsqu'il dit : « Non, non. En ce moment, y a que des mineurs. Des membres de l'église locale sont venus me dire de m'attendre à recevoir des réservations de la part d'une bande de revivalistes, mais j'ai encore vu personne. Une chance que je leur ai pas gardé de chambres. » Il traîna les pieds jusqu'au bureau derrière lui et promena sa main sur la surface, éparpillant des documents comme s'il se préparait à jouer à un jeu de mémoire. Puis il prit un dépliant bleu et revint vers le comptoir.

« Ces gens-là. » Il déposa l'objet devant Joan. Une croix scintillante. MNR.

« Comme ça, ils sont pas encore arrivés ? »

Pendant un moment, l'homme examina le dépliant, puis le comptoir. Enfin, semblant faire un effort pour sortir de sa torpeur, il glissa un bras sous le comptoir et produisit une petite enveloppe sur laquelle une main tremblante avait écrit un numéro – 104 – avec un feutre noir.

« Votre clé », fit-il en la lui tendant.

Joan accepta l'enveloppe, remonta dans la jeep et fit le tour du bâtiment pour se garer devant la chambre nº 104, au milieu d'une longue aile sans étage. Toutes les autres places étaient occupées par des F-150 dernière génération et deux ou trois VUS Cadillac. Son frère avait donc raison : le secteur minier payait bien, en ce moment.

En sortant de la voiture, elle entendit des rires ainsi que les notes aiguës et les basses profondes d'un morceau de country. Elle se retourna et découvrit un bar qui faisait comme une virgule au bout de l'aile du motel. Dehors, des hommes fumaient. Au-dessus de la porte à deux battants, peints pour ressembler à ceux d'un saloon, se trouvait une longue et étroite enseigne lumineuse sur laquelle elle lut : *The Drunk Tank.*

Joan refermait le hayon de la jeep, son sac à ses pieds, lorsque son téléphone tinta une fois de plus. Encore Zeus qui revenait à la charge, songea-t-elle. Mais non. Cette fois, c'était plutôt un courriel.

De la part de Resource Development Specialists, la société d'Heiser. L'objet : *Pour Joan,* tout simplement. Un fichier au format JPEG y était joint. Fallait-il l'ouvrir ? Que pouvait-il bien lui envoyer, au juste ? Un virus, peut-être. *Bien sûr, Joan. Sa méchanceté est telle qu'il va te refiler un virus informatique.*

Elle cliqua et vit le fichier se télécharger. Puis une image apparut à l'écran. Elle regarda fixement le carré éclairé, s'efforçant d'agencer et de réagencer les couleurs et les lignes pour que ce qu'elle avait sous les yeux prenne un sens qui ne la détruise pas. Il fallait que cette image se transforme, sinon le cœur de Joan ne pourrait continuer de battre.

Retenant son souffle, elle traîna son sac jusqu'à la chambre et déverrouilla la porte. Elle alluma, referma derrière elle, tira le verrou et posa ses affaires sur le lit. Elle vida ses poumons, prit une autre inspiration et retint l'air de nouveau. Puis elle jeta un autre coup d'œil à l'image. Dans ses oreilles résonnait un bourdonnement incessant et furieux. Elle s'assit sur le lit, souffla, se laissa glisser sur le sol. Son téléphone tomba sur la moquette à côté d'elle.

La musique assourdie du bar, les rires des fumeurs, le crissement du gravier, le vrombissement des voitures sur la route – ces bruits remplissaient ses oreilles comme une déferlante d'eau salée qui risquait de la noyer.

La photo avait été prise de nuit : les couleurs étaient granuleuses et les bords trop sombres masquaient les détails. Il y avait une dizaine de manières d'interpréter chaque forme. De part et d'autre, les arbres projetaient des ombres semblables aux barreaux d'une cage. Mais, à vrai dire, il n'y avait qu'une conclusion possible. Car là, au centre, allongé sur un sac de couchage auprès d'un petit feu, se trouvait son mari, une blonde couchée sur sa poitrine.

Joan porta ses mains à son front et, en se balançant doucement d'avant en arrière, se cogna la tête sur le châssis du lit. Il fallait qu'elle se lève, tout de suite. Sinon, elle ne se relèverait jamais.

*
* *

Le Drunk Tank était bondé. Incapable de trouver un endroit où s'asseoir, Joan, appuyée au bar, avala d'un trait sa première vodka et sirota la deuxième. Puis un homme, ayant remarqué qu'elle était une femme en chair et en os, lui proposa son tabouret.

Même si elle était manifestement troublée et incapable de s'exprimer autrement que par monosyllabes, il mit presque vingt minutes à comprendre qu'elle n'était pas d'humeur à bavarder.

Lorsqu'il fut parti, elle commanda un troisième verre et posa son téléphone sur le bar, l'image à l'écran.

Elle voulait que quelqu'un lui offre une explication rassurante, lui rappelle que les apparences sont trompeuses. Mais qui ? Le non-Victor faisait comme s'il n'avait aucune foutue idée de qui elle était. Et elle n'allait pas montrer la photo à Zeus ni à Ajean, qui ne ferait que déblatérer contre les loups perfides et les Européens qui l'étaient encore plus. Pour la première fois depuis qu'elle avait revu Victor au Walmart, Joan était fâchée. Fâchée au point de ne plus être certaine d'avoir envie de le sauver. Si Victor lui téléphonait en ce moment, elle n'était même pas sûre qu'elle passerait le prendre à la descente du bus.

Elle éteignit l'écran et pivota sur le tabouret pour parcourir la salle des yeux. N'importe quelle distraction ferait l'affaire.

Le bar débordait de testostérone. On comptait au moins quatre hommes pour une femme, et certaines d'entre elles étaient du genre à se faire payer. Il y avait une estrade destinée à accueillir un orchestre, une petite piste de danse et de hautes tables rondes autour desquelles des buveurs s'attroupaient. Les lieux étaient éclairés par de nombreuses enseignes fluorescentes accrochées aux murs. Le logo de toutes les brasseries que Joan connaissait et d'autres dont elle ignorait jusqu'à l'existence ; des panneaux indiquant *Fermé* ou *Ouvert* ; des images rudimentaires de chopes, de femmes, de queues et de triangles de billard. L'établissement se passait d'autres formes d'éclairage, hormis les projecteurs sur l'estrade et les deux petites lampes allumées derrière le comptoir pour permettre aux barmen de vérifier les cartes d'identité et de faire la monnaie. Sous la lumière des néons, tous les clients étaient d'un cubisme à faire peur et d'une beauté à se damner.

Joan frotta le briquet dans sa poche, le retourna à quelques reprises dans le sens de la longueur. Elle jeta un coup d'œil dans son sac. Pas de cigarettes. Merde. Elle sortit. Deux choix s'offraient à elle : un groupe de trois hommes et deux femmes déjà bien éméchés, occupés à flirter les uns avec les autres, et un homme solitaire coiffé d'un chapeau de cow-boy. Elle opta pour le cow-boy.

« Excusez-moi de vous déranger. » Du menton, elle désigna la cigarette allumée de l'homme. « Je peux vous acheter une cigarette ?

– Comment refuser ? »

Il prit le paquet dans sa poche et le lui tendit. D'un geste, il refusa la pièce de un dollar qu'elle lui proposait.

« Merci », dit-elle.

Il voulut allumer sa cigarette, mais elle préféra utiliser son briquet.

« Que faites-vous ce soir dans l'établissement le plus chic du village ? demanda-t-il.

– Les mêmes conneries que d'habitude. » En l'occurrence, ses conneries, ce soir-là, étaient tout sauf habituelles. En ce moment, elle avait envie de fumer et d'être en colère.

« En tout cas, heureux d'être votre fournisseur de nicotine pour la soirée. Je m'appelle Gerald.

– Joan. » Ils mirent leur cigarette dans leur bouche pour se serrer la main.

« Pourquoi le chapeau ? demanda-t-elle.

– Le mal du pays, je suppose. Je viens de l'Alberta. Je passe quelques mois ici pour un projet.

– Les Albertains portent vraiment des chapeaux de cow-boy ?

– Seulement les plus beaux d'entre nous. »

Elle se surprit à rire. Et ce rire lui fit beaucoup de bien. Ils fumèrent en silence pendant quelques minutes. Puis, d'une pichenette, le cow-boy propulsa son mégot dans le parking, où il produisit une petite explosion d'étincelles orangées en touchant le sol. « J'ai besoin d'un verre. Et toi, Joan ?

– Moi aussi. À moins que tu me serves directement de la Grey Goose en intraveineuse. »

Il la dévisagea avec une surprise feinte. « Seigneur. Parti comme c'est parti, j'ai intérêt à passer par le guichet automatique. »

*
* *

Une heure plus tard, ils avaient réquisitionné une des hautes tables et devaient se pencher pour s'entendre par-dessus le vacarme des trois musiciens. Joan avait dansé et son t-shirt imbibé de sueur lui collait sur le dos. Ça aussi, ça faisait du bien.

Gerald lui parlait de la mine. « Le travail n'est pas très glamour, mais au moins ça me permet de fréquenter des établissements chics comme celui-ci. »

Joan se sentit obligée de poser la question. « Tu as vu des évangélistes par ici ? » L'alcool l'avait désinhibée, mais son obsession restait intacte.

« Des évangélistes ? À mon avis, tu risques pas de tomber sur eux au Drunk Tank. »

Elle sirota sa bière. Demain, c'était la gueule de bois assurée. « C'est vrai. Cet endroit est réservé aux champions comme nous.

– Tu es pratiquante, Joan ?

– Moi ? » Elle rit. « Pas du tout. C'est juste que je cherche quelqu'un qui voyage avec les missionnaires en question. Hé, tu penses qu'ils font ça seulement en missionnaire ? »

L'orchestre, qui venait de terminer une interprétation de *Smells Like Teen Spirit* de Nirvana, si lente qu'elle en était presque méconnaissable, entamait un air autrement plus enlevé.

Gerald fit claquer sa bouteille vide sur la table. « Oh mon Dieu. Il faut absolument qu'on danse là-dessus. Viens. » Il lui tendit la main.

« Veux-tu bien me dire ce que c'est ? » fit-elle, le visage plissé par la concentration.

Il ferma les yeux et se mit à chanter. *« There's a man going 'round, takin' names... »*

Johnny Cash. Oui, absolument, il fallait qu'elle danse sur cet air. Zeus approuverait. Sur la piste bondée, Gerald posa sa main sur le bas du dos de Joan et la serra contre lui en tenant son autre main dans les airs.

« Merde. On va danser comme les cow-boys ?

– Pas tout à fait. Je vais pas t'obliger à danser en ligne. »

Être dans les bras d'un homme, être tirée et poussée dans un espace exigu, sans le moindre souci... Elle avait presque oublié cette sensation. Les musiciens étaient pourris et l'ivresse des clients les rendait à la fois maladroits et arrogants. En plus, ce type était un inconnu, mais, vers la fin de la chanson, par fatigue ou par gratitude, elle appuya sa tête sur sa poitrine moite, geste à la fois bizarre et réconfortant. Il la serra un peu plus fort. Puis il la guida, choisit les pas pour eux deux. Et elle le laissa faire. Comme si elle ne risquait rien en permettant à un homme de lui imposer sa volonté, ne fût-ce qu'un instant. Elle savait que ce n'était pas bien, mais elle était si lasse. Si horriblement lasse.

De retour à la table, ils restèrent collés l'un et l'autre, la chaleur de l'homme irradiant la peau de Joan. Pendant qu'ils discutaient des mérites des « nuques longues » dans l'optique de la sélection naturelle, il plaqua sa main sur la hanche de Joan. Elle toléra le geste, à titre expérimental. Résultat : son entrejambe se contracta – une sensation dont elle avait oublié l'existence en l'absence de Victor. Elle s'attendait à éprouver de la tristesse, comme après s'être masturbée. Mais non. La colère est un barrage puissant, et elle était encore très en colère.

Pourquoi ne pas embrasser quelqu'un ? Pourquoi ne pas le laisser l'embrasser à mort ? Pourquoi pas, hein ? Rien que pour être quitte.

Gerald se pencha. Si elle tournait la tête en l'inclinant un peu, leurs bouches se toucheraient. Toute personne les observant – lui près du visage de Joan, une main sur sa hanche, prenant possession d'elle – aurait cru le baiser inévitable.

Merde, la tête lui tournait. Et soudain, elle eut tant de larmes que son visage lui fit mal. Seulement, elle ne se sentait pas la force d'ouvrir les vannes. Ce n'était pas ce qu'elle voulait. Cet homme n'était pas Victor.

Il fallait qu'elle se débarrasse de Gerald une minute, le temps de reprendre son souffle. « Je peux avoir une autre bière ? » Il la dévisagea, puis fit signe que oui.

Repoussant les cheveux de son visage, Joan bredouilla un « merde » bien senti pendant qu'il s'éloignait.

Elle le regarda. Il était bel homme, c'était indiscutable. Cheveux bruns, peau lisse, belles fesses sculptées par des années d'entraînement et de travail manuel. Mais il n'était pas Victor. Même si Victor couchait avec Cecile. Même s'il ne se souvenait plus de Joan. Même si elle l'avait perdu pour toujours. Malgré tout, elle ne voulait personne d'autre. Elle fit claquer sur son poignet un élastique qu'elle ne se rappelait pas avoir mis là et se fit une queue de cheval. Au boulot, Joan.

Gerald revint avec deux bouteilles de bière légère, les posa sur la table et fit mine de reprendre sa place, tout contre elle. Elle s'éloigna, et il se rapprocha. Elle répéta le même geste et, cette fois, il resta où il était. Il mit une bonne minute à se faire une raison, mais il ne bougea plus. Boudant, visiblement.

Ils écoutèrent l'orchestre massacrer *Love in an Elevator* d'Aerosmith. À moins que ce soit *Carry On Wayward Son* de Kansas. Comment savoir ? Elle vit Gerald reluquer les blondes qui passaient près de leur table en se déhanchant, le heurtaient ou se fonçaient dedans, mignonnes dans leur ivresse. Il leur souriait en connaisseur, allait même jusqu'à soulever son foutu chapeau. Visiblement, il n'était pas du genre à perdre son temps. Et puis, qui commande de la Miller Lite quand il y a de la Labatt 50 ?

Au moment où elle s'apprêtait à tirer sa révérence, il se pencha de nouveau vers elle. « Alors dis-moi. Qui cherches-tu, exactement ?

– Mon mari.

– Ahh. Je vois. Et il est au courant ?

– Oui.

– Mais s'il t'attend, tu devrais savoir quand ils vont arriver, non ?

– C'est compliqué, Gerald. Et ça te regarde pas.

– C'est vrai. » Il but une longue gorgée. « Peut-être qu'un des gars de la mine sait quelque chose. » Du goulot de sa bouteille, il montra la salle avant de prendre une autre gorgée. « Il y a pas un projet qui se fait sans que des missionnaires se pointent avec leur tente.

– Pour les mineurs ?

– Nan. Pour les populations locales. Surtout les Indiens, j'imagine. Mais c'est aussi un peu pour les mineurs, à bien y penser. Ça les aide dans leur travail. » Il finit la bouteille et la repoussa. « On les appelle les facilitateurs. »

Elle décida de ne pas relever l'emploi du mot *Indiens,* du moins pour le moment.

« Pourquoi ? » Elle sirotait sa bière en se désolant que l'alcool l'émousse autant, qu'il les émousse tous autant. Le bar était comme un tiroir rempli de cuillères, sans la moindre dent de fourchette ni la moindre lame de couteau en vue.

« Tu sais que tous ces projets passent par une procédure d'approbation, hein ? »

Pourquoi le saurait-elle ? « Ouais, répondit-elle quand même.

– La seule menace contre un projet – et nos emplois –, ce sont les Indiens. Ils ont tous les droits, on dirait. Ils passent leur vie à protester et à nous traîner devant les tribunaux. »

Bon. De toute évidence, il ne savait pas qu'elle était autochtone. Il la prenait peut-être pour une Italienne au sang chaud ou une Latina. Dans les bars, des trous du cul avaient commis la même erreur plus d'une fois.

« Je te parle de ceux qui ont des territoires de piégeage et qui font des cérémonies. » En prononçant le mot *cérémonies,* il avait mimé des guillemets. « Ces Indiens traditionnels sont les plus récalcitrants. Ils retardent les projets pendant des années. Mais quand une mission débarque ? » Il claqua des doigts. « Les Indiens sont trop occupés à prier pour protester. Les missions sont bonnes pour faire changer d'avis le monde. Évidemment, c'est jamais mauvais de convaincre un ou deux types qui ont du pouvoir – les chefs ou je sais pas quoi –, surtout ceux qui sont pas contre le fait d'encaisser un chèque de la compagnie et de prononcer des discours vantant le progrès ou des idées révolutionnaires pour eux, comme le travail. » Il rit et secoua la tête. « Les tentes des missionnaires jouent un rôle clé dans les projets miniers – dans tous les types de projets, en fait. Les mines, mais aussi la forêt, les pipelines… C'est ce qu'on fait, ici : on convertit un pipeline. C'est peut-être pour ça que ton homme va venir dans ce trou.

– Les missions font partie du projet ?

– Absolument. La seule chose plus efficace qu'un pasteur indien, c'est un enfant qui prêche. Y en a aux États-Unis, en ce moment. C'est fou. » Il tendit la main vers sa bouteille avant de se rappeler qu'elle était vide.

« Putain !

– En effet. » Il rit si fort que ses dents luisirent dans l'éclat aveuglant des cent néons.

Joan vit alors le révérend Wolff pour ce qu'il était vraiment : une sorte de joueur de flûte d'Hamelin anichinabé. Le rôle d'Heiser s'éclairait, lui aussi. C'était un rougarou, et le rougarou est condamné à manger des humains et à battre les chemins pour nous entraîner sur la voie de la perdition. Il était donc tout à fait naturel qu'il cherche à remplir la tente.

L'image de Victor avec Cecile lui revint en mémoire et elle sentit la rage bouillonner sous sa peau. Elle serra les poings à l'idée de Victor et du rougarou qui dévoraient les gens de l'intérieur, foutaient en l'air des communautés entières. Et voilà que cet enculé riait encore de ses propos racistes. Elle regarda fixement les yeux plissés du cow-boy, sa bouche grande ouverte, l'éclat éblouissant de ses couronnes. Elle prit son élan et frappa violemment sa sale gueule.

Il se plia en deux, tandis que sa bouteille vide se fracassait sur le sol gluant.

Se servant du chapeau de l'homme comme d'un microphone, Joan hurla : « On vient pas de l'Inde, crétin. »

Puis elle tourna les talons et sortit en vitesse. Elle ne s'arrêta qu'une fois en sécurité derrière la porte verrouillée de sa chambre.

*

* *

« Ça va, ça va, murmura-t-elle pour elle-même, tandis que ses yeux se remplissaient de larmes. Tout va bien. Victor est pas Victor. Il peut pas me tromper, vu qu'il est pas lui-même en ce moment. C'est lui qui est fou. Pas moi. »

Elle remplit d'eau un verre en plastique et le vida d'un trait, puis elle le remplit de nouveau et le posa sur la table de chevet. Elle se déshabilla et se glissa, nue, entre les draps rêches. Elle regretta par-dessus tout de ne pas avoir de monnaie pour mettre en marche le lit vibrant. Elle se consola plutôt en récitant de petits mots, en les scandant comme Ajean l'aurait fait : « Au nom du Père, du Fils et du Saint-Esprit. »

Puis elle enchaîna avec une prière d'un autre genre : « Cher Victor, s'il te plaît, sois pas parti, s'il te plaît. S'il te plaît. »

Victor dans les bois : cours, petit, cours

La pression de l'air était telle que Victor avait peine à respirer. Il voulait courir, mais il semblait avoir pris racine, ses yeux rivés sur la silhouette toujours assise dans le fauteuil. Le rire de celle-ci s'estompait peu à peu. Puis le calme revint, et le silence fut terrifiant. Les pieds de Victor se libérèrent et il courut, les bras tendus pour éviter de foncer dans un arbre. La chose bondit du fauteuil et s'élança à sa suite, ses mouvements d'une fluidité aussi puissante que magique.

« Tu vas me servir de manteau. Le dépiautage sera horrible, mais je ferai un travail digne d'un grand couturier. »

La chose semblait déborder de joie et capable de courir sans effort. D'une voix chantante, elle ajouta : « La peur fait durcir la viande. Je vais mettre encore plus de temps à t'écorcher. »

Seigneur, qui s'exprime de cette manière ? Dans sa tête, Victor passa en revue tous les films d'horreur qu'il avait vus, et aucun n'était de nature à le rassurer. Alors il continua de courir. Il avait passé assez de temps dans cette prison feuillue pour savoir à quel moment sauter, se pencher, attraper des prises dans les pentes à pic. Son poursuivant aussi, apparemment.

Ils couraient donc. Victor avait le sentiment d'être

pourchassé par son ombre. Elle ne s'approchait pas, ne se laissait pas distancer, semblait deviner ses intentions. La forme, le ton et même l'odeur de cette chose qui lui collait au train n'avaient pourtant rien de familier. En revanche, Victor comprit d'où venait la puanteur de la chair en décomposition vêtue de lin frais.

« Joan ! » Victor se rendit compte qu'il criait, sa bouche parachutant des postillons. « Viens me chercher, Joan ! »

Il l'avait entendue, mais quand exactement ? Il ne savait pas comment s'y prendre pour mesurer le temps, ici. C'était quoi, cette phrase, déjà ? *J'ai mesuré ma vie avec des cuillères à café.* Qui avait dit ça ? Un poète, sans doute mort – ils le sont tous.

Qu'est-ce qui lui prenait de penser à des poètes morts et enterrés et à des ustensiles, lui qui avait à ses trousses une bête sortie d'un cauchemar ?

Où était Joan ? L'année dernière ou une fraction de seconde plus tôt, il l'avait entendue dire qu'elle était en route. Elle avait intérêt à trouver un raccourci, parce que Victor n'était pas sûr de tenir encore longtemps. La chose qui le pourchassait n'était même pas essoufflée. Elle aurait tout aussi bien pu faire tournoyer un bâton en sifflotant un petit air.

Nulle part où se cacher, ici. Où qu'il aille, il serait découvert. Par-dessus son épaule, il lança : « Qui es-tu ? »

La chose rit. « Seulement quelqu'un.

– Qui ?!

– Tu ne me connais pas. »

Victor trébucha sur une racine et s'affala de tout son long. À plat ventre, il entendit la chose s'approcher, puis s'immobiliser au-dessus de lui. Il y eut un nouveau rire, semblable à un grognement ou au grondement d'un vieux moteur. Rien de plus. Pas d'attaque.

Et puis merde. Victor se retourna. Autant savoir ce qui le traquait. Ce qui l'avait rattrapé, plutôt.

La créature arborait effectivement un costume en lin bien taillé, des richelieus et une montre dont la chaîne disparaissait dans le gousset de son gilet. Sa tête, toutefois, restait dans l'ombre. Victor plissa les yeux.

« Qu'est-ce que tu me veux ? »

De ses mains gantées, la créature pinça les jambes de son pantalon sur mesure, juste au-dessus des genoux, puis elle se baissa pour que Victor puisse la voir bien en face.

Tout en regardant Victor, elle frotta ses doigts comme pour réclamer de l'argent. « Coucou, humain. »

Victor cria en direction des arbres, mais aucun oiseau ne s'envola. Il n'y avait que lui et le rougarou.

17

Des loups dans le Sud

La dernière chose dont avait envie Cecile, c'était d'être coincée dans une sorte de refuge en compagnie du révérend et d'une bande d'imbéciles. Et pourtant, voilà qu'ils arrivaient dans un pavillon communautaire ringard niché dans un coin perdu, encore plus perdu que les endroits qu'ils fréquentaient normalement. Au milieu d'un parc national, non loin de la frontière américaine.

Cecile prit son sac de voyage sur son épaule et, sous la pluie battante, courut jusqu'au bâtiment. Depuis son moment de communion avec le Tout-Puissant au bord du lac du Seigneur, elle était de nouveau maîtresse d'elle-même. Personne ne prendrait ses aises avant qu'elle s'adjuge un espace personnel, d'autant qu'Heiser n'était pas avec eux. C'était donc elle, la patronne. Le révérend s'occuperait de ses ouailles, mais elle commanderait le groupe.

Le pavillon possédait une énorme salle commune, une cuisine, des toilettes non mixtes, un petit bureau muni d'un ordinateur et d'une imprimante ainsi qu'un vestiaire équipé de casiers et de crochets, mais pas de chambres ni de lits. Pas d'étage non plus. Le plafond, haut d'une douzaine de mètres, formait une voûte terminée par un toit pointu. Des puits de lumière laissaient voir les nuages.

Génial. Pas d'intimité ? Au milieu de débiles ? Il faudrait qu'elle s'adjuge le bureau.

« Quel endroit magnifique !

– N'est-ce pas ? »

Ivy et une de ses acolytes blondes à queue de cheval se tapèrent dans la main, retirèrent leurs chaussures et tournoyèrent en chaussettes sur le parquet. Une partie de Cecile aurait voulu être encore capable de se satisfaire des miettes que la vie avait à offrir. Mais ça ne lui ressemblait plus.

« Apportons les provisions dans la cuisine et sortons les draps et les oreillers des voitures », ordonna-t-elle, même si les autres s'activaient déjà. Elle visait Ivy et son amie qui, réprimant un fou rire, se dirigèrent vers les fourgonnettes d'un pas traînant. Dehors, elles pouffèrent.

Le véhicule du révérend arriva. Garrison, qui lui servait de chauffeur, faisait comme s'il était un membre des services secrets chargé d'une mission à haut risque : conduire un pasteur de campagne dans une Dodge Journey qui avait appartenu à sa mère et qui sentait la pommade antidouleur et le désinfectant pour les mains.

Puis la portière s'ouvrit et, sous la pluie qui cinglait les feuilles, le révérend s'avança, son beau visage éclairé par un sourire. Garrison lui emboîta le pas, les bras encombrés de valises.

« Bien. Je suis content que nous soyons tous là. Nous avons maintenant un jeu complet d'apôtres », dit le révérend en souriant de toutes ses dents, sa peau lumineuse, ses cheveux parfaits. Les autres rirent et, sous son regard attentionné, se sentirent importants. Se retournant, il sourit à Cecile, comme s'il ne s'était rien passé dans les bois, ce soir-là. « Cecile, notre roc, notre guide indéfectible. » Il lui prit la main et la serra avec douceur entre les siennes.

Elle sentit un léger espoir. Les choses redeviendraient-elles comme avant ? Le moment, cependant, fut de courte durée. Elle n'était plus la femme qui s'était offerte à lui sans pudeur. C'était terminé, désormais. Que valait l'attention du révérend par rapport à l'audience privée que lui avait accordée le Père Lui-même ? Elle lui rendit malgré tout son sourire. Le révérend était insignifiant. Bientôt, tous seraient au courant.

Le révérend poursuivit son chemin et Cecile s'avança vers Garrison, debout dans l'encadrement de la porte de la cuisine, une tartine de confiture à la main, déjà.

« Il faut que tu m'emmènes au village. Nous n'avons presque plus de produits d'hygiène féminine.

– Tout de suite ?

– Oui, mon trésor. Nous ne voudrions tout de même pas que nos sœurs en soient privées, n'est-ce pas ? » Tournant les talons, elle se dirigea vers la porte. Garrison n'eut d'autre choix que de la suivre. Il ne pouvait pas se permettre de laisser un de leurs membres les plus influents sous la pluie pendant que lui-même s'empiffrait.

Tandis qu'ils roulaient en silence, Garrison concentré sur la route balayée par la pluie, Cecile composait un message dans sa tête. Que pourrait comprendre une femme comme Joan, une païenne, de toute évidence, et sans doute une toxicomane ? Elle devrait choisir des mots très simples.

Lorsqu'ils furent sur l'autoroute, Garrison se détendit. « Dieu merci, c'est terminé ! s'écria-t-il en secouant les bras, un à la fois, avant de jeter un coup d'œil à sa passagère. Ça va, Cecile ?

– Moi ? Je vais bien. Mieux que bien. Je suis bénie, rien de moins.

– J'espère que M. Heiser est dans les mêmes dispositions. Il paraît que le mauvais temps ralentit beaucoup la circulation. Tout indique qu'il ne sera pas ici avant demain.

– Je ne savais même pas qu'il allait venir.

– Il vient. Il tient à s'assurer que nous ne manquons de rien.

– Mais je m'occupe de tout. » Heiser était leur commanditaire, leur porte-parole, pas leur leader spirituel. Or ils étaient là pour une retraite spirituelle, du moins en principe.

« Ça, c'est clair. » Garrison choisit avec soin les mots suivants. « Je pense qu'il veut aussi passer du temps avec nous. Avec Ivy, en particulier.

– Ivy ? Pourquoi Ivy ?

– Hmm, disons qu'ils passent pas mal de temps ensemble. Du temps personnel. »

Il haussa les sourcils et les épaules en la regardant d'un air entendu. Garrison, ce vieux gay bedonnant, adorait les commérages. Quand elle serait aux commandes, elle trouverait quelqu'un pour l'aider à guérir de son mal. Dans l'immédiat, cependant, elle décida de presser le citron à fond.

« Ah bon ?

– Je l'ai vue sortir de la chambre de M. Heiser pas plus tard qu'il y a trois nuits. »

Sans la ceinture de sécurité, elle aurait secoué l'homme comme un pommier. Au sens propre. « Tu lui as demandé ce qu'elle faisait là ?

– Pas aussi crûment. En me voyant dans le couloir, elle a fait *chut* avec son doigt. » Garrison porta son index dodu à ses lèvres.

« Oh là là…

– Je ne te le fais pas dire. Ensuite, elle s'est tortillée pour baisser sa jupe. » Il s'est déhanché sur le siège en guise d'illustration. « Plutôt compromettant, si tu veux mon avis. Et un péché, qui plus est. » L'homme jubilait.

« Tu es absolument sûr ? » Le sang qui affluait aux oreilles de Cecile embrouillait sa vision. Elle qui croyait qu'Ivy convoitait le révérend ! En fait, la petite garce visait carrément le sommet. Merde !

« Euh, oui. Seigneur, Cecile… C'est tout ce que je sais, je t'assure. »

Elle s'efforça de se calmer – de se rappeler la lumière et l'amour dont elle avait été si pleine. Desserrant les poings, elle rapprocha ses majeurs de ses pouces, sa façon de prier pour demander un peu de patience. « Excuse-moi, Garrison. C'est juste que… J'avais entendu dire qu'elle cherchait la compagnie du révérend et non celle de M. Heiser. »

Quittant la route des yeux pendant un instant, l'homme interrogea le visage de Cecile, comme pour mesurer sa sincérité. « Dieu du ciel, Cecile. À quoi bon ? Tout le monde sait que vous êtes faits l'un pour l'autre, le révérend et toi. »

Elle ferma les yeux, assaillie par une nouvelle vague d'humiliation. Les autres s'attendaient donc à ce qu'ils finissent ensemble, le révérend et elle. Qu'allaient-ils penser en constatant qu'il n'y avait rien entre eux ? Raison de plus pour que le révérend disparaisse. Et Ivy aussi, par la même occasion.

Cecile jeta un coup d'œil à son téléphone. Deux barres. Vite, elle alla sur Facebook. « Combien de temps avant le village, Garrison ?

– Dieu tout-puissant ! » Il donna un coup de volant et elle faillit lâcher son appareil. « Tu as vu ?

– Quoi ? » Elle n'avait rien vu. Mais alors un coup de tonnerre retentit, si violent qu'il ébranla la voiture.

« L'éclair. Il a frappé le sol. J'en suis sûr. » Il se pencha pour mieux voir.

« Avec un temps pareil, Heiser ne va peut-être pas venir. » Elle était calme.

« Mais oui, il a frappé le sol ! Regarde ! » Garrison montrait la vitre du doigt et Cecile se tourna de ce côté.

Dans un champ, un arbre fendu en deux fumait. La foudre avait fait éclater l'écorce. Du bois, déchiqueté et pâle, montaient des flammes aussitôt rabattues par la pluie. Le ciel, en guerre contre lui-même, déployait en même temps le feu et l'eau. Cecile regarda la scène jusqu'à ce qu'ils aient franchi la colline suivante, jusqu'à ce qu'il ne reste qu'une colonne de fumée s'élevant sous la pluie.

Cette fumée représentait un message aussi clair que si le Seigneur s'était penché par la vitre embuée pour lui parler à l'oreille. Désormais, Cecile savait exactement ce qu'elle avait à faire.

Victor dans les bois : l'âge de raison

« Je suis tout autant prisonnier que toi, mon frère, dit le rougarou. Et tout aussi malheureux. Peut-être davantage. » Il se frotta le menton d'une main pensive.

Ses yeux, qui passaient du jaune au vert tel un feu de circulation, étaient déconcertants. *Doucement, ne bouge pas !* criaient-ils. Puis, sans transition : *Sauve-toi !*

« La vérité, c'est qu'on m'a trompé pour me faire venir. » Levant les bras à la hauteur de ses épaules, il décrivit un cercle au ralenti. « Je n'ai aucune envie d'être ici. » Il parlait lentement, comme à un lent d'esprit.

Victor était acculé contre le tronc d'un orme, où il s'enveloppait de ses bras tremblants dans le vain espoir de garder son calme.

« En général, je suis, disons, un électron libre. Je n'obéis à rien ni à personne, sauf à mon propre cœur. » La chose se frappa la poitrine avec le pommeau de son bâton de marche, sculpté d'une tête de loup montrant les crocs. « Et pourtant, on est coincés ici, toi et moi.

– Qui es-tu ?

– Tu sais très bien qui je suis, cher enfant. » La chose posa le bout de son bâton sur l'épaule de Victor, comme pour l'adouber. « Tu le sais dans tes os. »

Lorsqu'elle prononça le mot *os,* ses yeux étincelèrent dans l'obscurité. Victor retint son souffle.

Il savait. C'était une créature surgie d'une des histoires que lui racontait son grand-père, le chien errant, le filou dansant avec lequel on ne plaisantait pas. « Je sais. »

Le rougarou sourit. « Ma réputation n'est plus à faire, n'est-ce pas ? » S'il était vraiment prisonnier, il ne semblait pas trop s'en inquiéter.

« Normalement, je serais passé *au-dessus* de toi. » Le bâton remonta le long d'un des bras de Victor, traversa sa poitrine en diagonale, puis descendit le long de l'autre. On aurait dit que le rougarou prenait ses mesures pour lui fabriquer un costume.

« Mais je suis tombé sur un inconnu à un endroit ou un autre, ajouta le rougarou en se frottant le front. Et… ça ne m'arrive jamais… Je ne me souviens pas exactement… En tout cas, j'ai plutôt fini par me glisser *en dessous* de toi. »

Le rougarou soupira et leva la tête vers la lune, qui avait percé les ténèbres. Victor regardait fixement son long museau, le pelage foncé qui recouvrait ses pommettes et son front. Il parlait comme un homme, il était habillé comme un homme, mais ce n'en était pas un.

Face à la bête, Victor ne doutait pas du sort qui l'attendait, et il se souvint de la chasse de nuit dans laquelle son grand-père l'avait entraîné pour son septième anniversaire. À l'église et à l'école catholique qu'il fréquentait, les prêtres considéraient sept ans comme l'âge de raison. Pour son grand-père, c'était l'âge d'apprendre à survivre, coûte que coûte. Les deux visions revenaient au même, en réalité. Pour l'anniversaire de Victor, célébré dans la cuisine de ses grands-parents avec une douzaine de cousins et pas assez de gâteau pour tout le monde, il avait emmené le garçon dans les bois.

« Les gens pensent qu'il faut se méfier des animaux blessés. Des animaux affamés. Des animaux affolés. » Il s'assit sur une grosse pierre et s'alluma une Player's sans filtre. « Mais ils se trompent. La faim et la douleur changent les habitudes d'un animal. Il devient irrationnel. Il commet des erreurs. Des erreurs qui te permettent de vivre une journée de plus. »

Assis sur son sac à dos, Victor vit son grand-père faire du feu à partir d'un tas de petit bois. Autour des flammes grandissantes, tout devint cinétique. Même le visage de son grand-père, d'habitude sévère et lisse, s'était animé. Des ombres se déversaient depuis les creux des branches. Elles rampaient sur le sol parsemé de feuilles mortes. Elles prenaient des formes solides juste au-delà de la limite des premiers arbres et semblaient narguer le garçon.

« Si tu veux survivre, méfie-toi des animaux en bonne santé. De ceux qui ont tous leurs moyens. Ils ont un travail à faire et ils le font sacrément bien. Un animal n'est pas paresseux comme un homme. Il tue parce qu'il doit le faire. Il mange tout ce qui est pas poison. Une créature qui se connaît et que la peur ou la douleur ne distrait pas… Là, il faut te méfier. » Le vieil homme tapa sur son paquet de cigarettes dans la poche de son blouson en flanelle pour indiquer son cœur.

Et là, dans la clairière, Victor, toujours adossé à l'arbre, déplia ses bras et se redressa. Il se racla la gorge et s'efforça de parler d'une voix ferme. Chose impossible dans la mesure où il connaissait déjà la réponse à la question qu'il s'apprêtait à poser.

« Tu vas me manger, hein ? »

Le rougarou rit si fort que son rire se changea en hurlement. « Au sens figuré, oui, et aussi au sens propre. » Il s'accroupit pour chercher le regard de Victor et y plonger ses yeux jaunes : *Prudence, prudence.*

« Seulement les parties qui sont pas poison. »

18

Fais vite

Sa tête lui faisait aussi mal qu'une plaie ouverte. Mais ce n'était rien à côté de la douleur monumentale dans sa main. Toujours couchée, elle attendit un moment avant d'ouvrir les yeux, un oreiller remonté sur le visage. Elle finirait par se souvenir. En général, la mémoire lui revenait. Ouais, voici…

Le courriel.

Le bar.

Le cow-boy.

La vérité.

Le coup de poing.

Elle rejeta l'oreiller, puis grimaça en inspectant sa main. Elle était enflée, les jointures fendues et croûtées de sang. Foutues couronnes.

Elle posa les pieds sur le sol et attendit que son estomac se stabilise. Puis, sur la pointe des pieds, elle se dirigea vers la salle de bains. Quand l'eau chaude fut à la limite du supportable, elle nettoya la blessure en laissant jaillir un flot ininterrompu de jurons. Ensuite, elle passa sa main sous l'eau froide pour réduire l'enflure.

Elle agita ses doigts un à un, soulagée de constater que rien n'était cassé. Elle sécha sa main du mieux possible, puis la pansa à l'aide d'un tampon imbibé d'alcool et de gaze. Par chance, elle trimballait toujours une petite trousse de premiers soins dans son sac à main. Elle s'habilla avec mille précautions, grimaçant chaque fois que le moindre objet frôlait sa main. Puis elle fit laborieusement ses bagages. Le ministère n'était pas là. Victor n'était pas là. Après le courriel et le foutu bar, elle n'avait qu'une envie : rentrer.

Elle glissa la clé dans le contact et, pendant un moment, craignit que la jeep ne démarre pas. Elle croisa les doigts.

Elle tourna la clé et, devant le silence qui se prolongeait, elle fut certaine que le véhicule avait de nouveau été trafiqué. Puis il y eut un grondement, un vrombissement. Et, après un hoquet, le moteur se mit en marche.

Dieu merci.

Elle recula et traversa lentement le parking, tête baissée, au cas où le cow-boy serait dans les parages. Arcand était à quelques heures. Avant de s'engager sur la route, elle tendit la main vers la boîte à gants, attrapa le flacon d'aspirine et fit tomber trois comprimés dans sa bouche. Elle les avala avec le café froid de la veille. Puis elle tourna à droite et mit le cap vers la maison.

*

* *

Le vélo de Zeus était couché devant la maison.

Merde.

En ce moment, Joan avait besoin d'une sieste, d'un nouveau plan et peut-être d'analgésiques plus puissants, et non d'un garçon de douze ans en colère contre elle. En coupant le moteur, elle le vit à la fenêtre, la mine renfrognée. Petit Jésus, c'était l'image même de Bee.

Trop fatiguée pour sortir son sac de voyage, elle le laissa dans le coffre et se dirigea d'un pas lourd vers l'entrée. Appuyé contre le chambranle de la porte de la cuisine, Zeus l'interpella tout de suite, les bras croisés sur la poitrine. « Bravo, Joan. Bravo.

– J'ai pas besoin de ça, Zeus. Pas maintenant. Je suis crevée. Et tu devrais pas être à l'école, toi ? Il est même pas deux heures. » Elle retira ses tennis et les lança sur le meuble à chaussures.

Il darda sur elle un index accusateur. « Toi, t'as pas besoin de ça ? Et moi ? » Ils restèrent face à face quelques secondes, jusqu'à ce que le garçon finisse par baisser la main. « Oh, et puis tu sais quoi ? Tu me fais chier. » Tournant les talons, il s'éloigna d'elle.

« Tu me parles pas comme ça. Surtout pas chez moi. » Sortie de sa torpeur par les gros mots, elle le suivit. « Tu m'écoutes ? » Elle le saisit par l'épaule et grimaça à cause de sa main. Le tenant quand même fermement, elle le força à se retourner.

Il se dégagea en étouffant des reniflements. Elle retira ses lunettes de soleil pour le regarder. « Tu pleures, Zeus ?

– Mais non, je pleure pas, grosse tarte. »

Si, pourtant. De nouvelles larmes tombaient, suivaient les traces luisantes que les anciennes avaient laissées sur ses joues foncées.

« Écoute-moi, Zeus. Il fallait que j'y aille seule. » Elle tendit de nouveau la main, la gauche cette fois-ci, et lui caressa le bras. Il s'écarta.

« Ça va, dit-il. Je… C'est juste que… J'ai eu une mauvaise journée. »

Il s'assit sur un des hauts tabourets alignés devant

le comptoir qui séparait la cuisine du salon. Posant ses lunettes de soleil et son téléphone, Joan alla au robinet remplir deux verres d'eau froide. Elle en glissa un vers Zeus, à la façon d'une barmaid, puis s'appuya au comptoir, en face de lui. « Qu'est-ce qui s'est passé ?

– Toi d'abord, répondit-il en s'essuyant le visage avec sa manche. Tu l'as vu, Victor ?

– Non. Ils étaient pas là. » Elle fit une moue et secoua la tête. « Et je sais pas où ils sont allés.

– Dommage.

– Je te le fais pas dire. Mais bon. On va pas lâcher. » Elle prit une longue gorgée d'eau et se frotta le front. Son mal de tête persistait. « À ton tour, maintenant. Qu'est-ce qu'il y a ?

– Je me suis disputé avec ma mère. »

Joan hocha la tête. Ce n'était pas la première fois. « Hmm, disons que vous avez une relation tumultueuse, Bee et toi.

– Ouais, mais c'était différent, ce coup-ci. C'est allé trop loin.

– Comment ça, trop loin ? » Des images sombres et rouges assaillirent le cerveau de Joan. Si sa cousine avait porté la main sur cet enfant, Joan était capable de monter dans sa jeep et de lui botter le cul.

« J'ai été vraiment méchant.

– Comment ? »

Il rougit jusqu'à la pointe des oreilles. « Je lui ai dit que je la haïssais. »

Joan fut si soulagée que, pour un peu, elle aurait pouffé de rire. Elle songea au nombre de fois qu'elle avait dit la même chose à sa mère. Mais Zeus, même à douze ans, était plus réfléchi qu'elle ne l'avait jamais été. C'était donc différent.

Il poursuivit. « Ce matin, j'étais en retard pour

l'école et elle m'est tombée dessus. J'ai essayé de m'éloigner, mais elle me lâchait pas d'une semelle. *Pourquoi t'es paresseux comme ça, Zeus ? Pourquoi t'es aussi irresponsable ? Chaque jour, tu ressembles un peu plus à ton père. Tu devrais peut-être aller vivre avec lui. Il t'apprendrait à obéir.* Elle m'a suivi jusque dans la cour. Je lui disais d'arrêter, de me laisser tranquille, que j'étais désolé, qu'elle était pas obligée de me conduire à l'école, que je prendrais mon vélo… Mais elle voulait rien entendre. » Les yeux du garçon se mouillèrent de nouveau.

« C'est pas grave, mon vieux. Bee est un peu intense, des fois. Je suis sûre qu'elle sait que tu pensais pas ce que tu as dit.

– C'est ça, le problème, ma tante, dit-il en posant sur elle un regard sombre. Je pense vraiment ce que j'ai dit. »

À ce moment précis, le téléphone de Joan, posé sur le comptoir, vibra. Zeus jeta un coup d'œil à l'écran illuminé. « T'as une nouvelle demande de contact dans Messenger. De la part de… Cecile Ginnes.

– Veux-tu me dire qui… » Joan se figea. Impossible. L'appareil vibra de nouveau et, cette fois, Joan sursauta.

« Qu'est-ce que c'est encore ? »

Zeus saisit l'appareil. « Même demande. Même personne.

– Putain. Putain de merde. » Elle s'éloigna du comptoir et secoua nerveusement les mains. « Qu'est-ce que je fais ?

– Facile. Tu ouvres la notification. C'est quoi, ton mot de passe ? » Zeus tapa sur l'écran.

« Non ! »

Zeus posa l'appareil et leva les mains en l'air

comme si elle le mettait en joue. « Pas de stress, ma tante. Elle saura pas que t'as vu la demande tant que tu l'auras pas acceptée.

– Mon Dieu, Zeus. C'est la femme du ministère… Tu te souviens ? La blonde ? » Joan arpenta l'espace exigu entre le réfrigérateur et la porte. « Qu'est-ce que je fais ? Qu'est-ce qu'elle peut bien me vouloir ?

– Hmm… » Lentement, Zeus reprit le téléphone sans quitter Joan des yeux, au cas où elle se jetterait sur lui. « Tu pourrais ouvrir l'application et lire son message. Comme ça, tu saurais ce qu'elle veut. Ça réglerait ton problème. »

Contournant le comptoir, Joan se rangea à côté de lui. « OK, OK, vas-y. »

Zeus ouvrit Messenger. En voyant apparaître le nom de Cecile, Joan essaya de repousser la main de Zeus. Le téléphone s'était changé en bombe à retardement. Et si Cecile les observait, en ce moment ? Et si elle lui écrivait depuis le motel, aux côtés du cow-boy, le rire sur ses lèvres ensanglantées ? Et si elle lui envoyait une autre photo d'elle avec le révérend ?

Le message contenait plutôt une petite carte avec une épingle rouge plantée au milieu. Quelque part près de Leamington, en Ontario, non loin du pointillé représentant la frontière avec les États-Unis. Sous la carte figuraient deux mots, mi-ordre, mi-requête. En tout cas, ils étaient suspects en diable. Ils frappèrent Joan en pleine poitrine et emballèrent son cœur. Une façon de détourner son attention, peut-être. Une plaisanterie cruelle. Mais si elle les ignorait ? Et si Victor disparaissait à tout jamais ? Peut-être le ministère s'apprêtait-il à traverser la frontière, tandis que Joan demeurait là, les bras croisés. Peut-être Victor serait-il au Mexique d'ici la fin de la semaine.

Elle le vit rapetisser, entraîné le long d'autoroutes inconnues.

Le temps filait. Son sac de voyage était encore dans la jeep. Elle gémit. Que faire ?

Elle relut le message et fit les cent pas sur le linoléum, pendant que Zeus, inhabituellement silencieux, l'observait.

FAIS VITE

*
* *

Cette fois, il n'avait pas été question de laisser Zeus derrière.

Il était sept heures quand ils étaient enfin arrivés au Leamington Deluxe Motel, dont les néons bourdonnaient déjà. En franchissant la porte de la chambre, Joan sentit son stress diminuer. Ils étaient là – près du ministère, et près du dénouement, quel qu'il soit. Pendant que Zeus s'installait sur le lit, elle alla prendre une douche. Dès qu'elle eut terminé, ils commencèrent à se chamailler. Zeus aurait-il le droit de l'accompagner dans sa mission de sauvetage ?

« Ça risque d'être dangereux, c'est tout ce que je dis.

– C'est dangereux depuis le début, riposta Zeus. Je veux venir. Tu as besoin de moi… Tu as pratiquement perdu une main. »

Elle se détourna. « Je devrais y aller seule.

– On forme une équipe, protesta Zeus.

– Ouais. Et t'es trop jeune pour perdre. Ajean et moi ? Au moins, on a un bout de vie derrière nous. »

Il la dévisagea, les yeux plissés. « J'ai plus dix ans, tu sais. Pas la peine de me traiter de haut.

– Je suis au courant, mon chou. » Elle s'affala lourdement sur le lit et, pour gagner du temps, se mit à se coiffer.

« Bon, alors qu'est-ce qu'on fait ? »

Elle laissa tomber la brosse et se glissa par terre dans l'espace entre les lits. « OK. Je vais te dire la vérité. D'après Ajean, pour ravoir Victor, je vais devoir le séduire. Jouer la Belle au bois dormant, si tu vois ce que je veux dire. Les vêtements en moins.

– Ah oui ? » dit Zeus en levant les jambes pour les glisser sur le côté.

Elle hocha la tête.

« On est venus jusqu'ici pour que tu lui sautes dessus ? »

Elle hocha de nouveau la tête.

« Tu parles d'une façon de conclure une aventure. C'est à chier.

– Ça pourrait être pire.

– Pas vraiment. » Il se tritura l'ongle du gros orteil, perdu dans ses pensées. « Je pourrais rester dans la jeep.

– Je vais la cacher quelque part pour qu'aucun membre de la mission la remarque et faire le reste du trajet à pied. Je vais quand même pas te laisser tout seul dans le parc.

– Et si on allait là-bas en reconnaissance, ce soir ? Pour voir s'il est là ou pas. »

L'idée n'était pas mauvaise, mais Joan avait le sentiment qu'elle ne pouvait plus se permettre d'être prudente. Il était trop tard. « On sait même pas si c'est vrai, tout ça. Je veux pas perdre de temps. Si Cecile nous a envoyés sur une fausse piste, on va peut-être devoir repartir vers le nord.

– Justement. On ira plus vite si on part du parc. Pas la peine de repasser par le motel. » Il redevint têtu. « J'y vais avec toi. S'il se passe des trucs bizarres, je fermerai les yeux. Mais je te laisse pas faire ça toute seule. On forme une équipe, pour l'amour du ciel. »

Se penchant, il chercha ses chaussures à tâtons sous le lit.

Joan n'était pas certaine de devoir coucher avec Victor, mais il y avait de fortes chances qu'elle doive au moins casser le bras de Cecile. Dans un cas comme dans l'autre, elle préférait que Zeus n'assiste pas à la scène.

« Bon, d'accord. Mais d'abord, tu prends une douche. Je veux pas y aller avant qu'il fasse noir et, en plus, tu pues la route. » Elle se releva, reprit sa brosse et, dos à lui, s'attaqua de nouveau à ses cheveux.

Comme il avait obtenu gain de cause, il se contenta de dire : « OK. » Il prit des vêtements propres dans son sac et disparut dans la salle de bains, encore embuée par la douche de Joan.

Dès qu'elle entendit le déclic de la porte, elle s'activa. Son téléphone. Son sac à main. Elle laissa son manteau rouge et son portefeuille. Elle ne voulait pas que Zeus se sente complètement abandonné.

Elle portait une jupe noire élastique et un chandail noir tricoté par Mere, qui était toute fière d'avoir fait de sa petite-fille une « gothique ». Joan jeta un coup d'œil dans le miroir : comme le vrai Victor la trouvait sexy à mort dans ses habits de travail, ça devrait aller. Elle mit un bâton de rouge à lèvres écarlate dans son sac, au cas où. Enfin, elle enfila ses bottes et ouvrit la porte, puis elle la referma doucement.

Au bout de la rue, juste avant de s'engager sur la bretelle de l'autoroute, elle envoya un texto à Zeus :

Désolée, mon garçon, mais je ne peux pas te faire courir de risque. Je te donne des nouvelles le plus vite possible. RESTE OÙ TU ES et verrouille bien la porte : c'est peut-être un piège.

En envoyant le message, elle sentit son estomac se soulever. Zeus serait fâché – pendant des mois, peut-être pour l'éternité.

Une vingtaine de minutes plus tard, son téléphone se mit à sonner. Sur l'écran, elle lut : *Zeus, Roi de tous les dieux.* Elle retourna l'appareil et l'ignora. Lorsque les textos tintèrent en succession rapide, elle mit l'appareil en mode silencieux.

*
* *

Il était neuf heures et demie passées lorsqu'elle emprunta la sortie pour le parc national du Grand Héron. Elle suivit la route jusqu'au parc proprement dit et roula devant le panneau de bienvenue et la cabane fermée du garde forestier. Elle s'arrêta près d'un poteau en bois pour consulter le plan à codes de couleur destiné aux campeurs et aux visiteurs d'un jour. Elle en prit une photo avec son téléphone. Rongée par la culpabilité, elle éprouva une vive douleur dans les poumons en faisant défiler le chapelet de textos envoyés par Zeus :

Comment tu as pu me faire ça ?

Réponds !

J'appelle Ajean !

C'EST DE LA MERDE

T'es aussi nulle que mes parents.

Elle n'avait plus de réseau et elle n'aurait pas pu lui répondre, même si elle l'avait voulu. Elle éprouva un léger soulagement. Ça ne dépendait plus d'elle.

Elle tourna à droite en direction des terrains de camping, fermés au grand public en cette saison. Selon le plan, un petit bois les séparait du pavillon. Celui-ci se trouvait bien à l'endroit indiqué. Sous l'effet de l'adrénaline, elle avait le visage engourdi et des picotements dans les fesses.

Elle laissa la jeep au milieu d'un cercle de pins, non loin d'un vieux brasero, en ayant soin de cacher le capot sous des branches basses. En sortant, elle en disposa quelques-unes sur le toit. Ça irait. Elle ferait le reste du trajet à pied. À cause du poids de son sac et de la boue laissée par les averses, la progression fut difficile.

Bientôt, cependant, elle aperçut des lumières entre les arbres. Le pavillon. Elle posa son sac près d'un tronc couché et se rapprocha le plus possible de la clairière. Devant, elle distingua trois fourgonnettes bleues et un minibus avec, à l'arrière, un autocollant blanc d'une silhouette de femme accompagnée de quatre chats.

La porte s'ouvrit et Joan s'accroupit au milieu des branches, son cœur bondissant dans ses oreilles. Elle n'entendait plus que ce martèlement. C'était une jeune femme vêtue d'un t-shirt jaune qui lui tombait jusqu'aux genoux. Une chemise de nuit, peut-être. Elle descendit les marches, regarda autour d'elle, tira deux ou trois fois sur un joint, souffla la fumée au-dessus de sa tête et la chassa en agitant frénétiquement les mains. Puis elle retourna à l'intérieur.

Les yeux de Joan se mouillèrent. Cette personne n'avait pas l'air de faire partie d'une mission. Bien sûr que non. Elle était tombée dans le panneau. Comme une grosse idiote. Au nom de quoi une femme qui couchait avec son mari voudrait-elle l'aider ? *Franchement, Joan ? Quelle imbécile ! Tu as tout foutu en l'air. C'est fini.*

Puis la porte se rouvrit. Cette fois, c'était lui. Victor en personne.

Bondissant sur ses pieds, elle allait courir dans sa direction lorsqu'un costaud à la barbe blanche apparut derrière Victor et lui mit une main sur l'épaule. Celui-ci se retourna et ils engagèrent une conversation. Puis, dans une fenêtre sur la droite, une silhouette apparut. Une femme… Cecile. Les regards des deux femmes se croisèrent et, pendant un moment, Joan fut certaine que Cecile allait crier. Elle porta plutôt un doigt à sa bouche et articula un mot : *Attends.* Cecile laissa tomber sa main, mais elle resta à la fenêtre, aux aguets. Joan s'accroupit de nouveau pour se cacher.

Peu après, elle entendit le révérend et le gros type rentrer. Elle se redressa légèrement pour mieux voir. Une à une, les lumières s'éteignirent, sauf celle de la petite fenêtre où Cecile s'était tenue. Quelle torture ! Tout autour d'elle, Joan entendait le temps se changer en souvenir. Il était exclu qu'elle reste là, les bras croisés.

Elle fit défiler dans sa tête les scénarios possibles. Ils se heurtaient tous au même problème : comment réussirait-elle à attirer Victor ou à le garder près d'elle assez longtemps pour le transformer ? Heiser les pourchasserait sûrement. Elle était incapable de distancer un rougarou, surtout si elle devait traîner un homme adulte, sans doute contre son gré.

Elle se souvint ensuite du sel d'os. Retournant auprès du tronc couché, elle fouilla dans son sac et en sortit le petit sachet en tissu. Au milieu des broussailles, elle regagna son poste d'observation, prit une profonde inspiration et courut jusqu'au pavillon. Une fois accroupie contre le mur, elle dénoua le cordon. Dans la faible lueur qui émanait de l'unique fenêtre, elle saupoudra un peu de sel, le plus près de la porte possible. Puis, à reculons, elle se dirigea de nouveau vers les bois en laissant une fine traînée de sel des deux côtés. Presque invisible à l'œil nu, le sentier ainsi créé allait jusqu'au demi-cercle irrégulier qu'elle traça sur le sol. Une petite cellule pour Heiser. Si Ajean disait vrai, naturellement.

Elle prit un bref moment pour prier, demanda à sa grand-mère que le stratagème fonctionne, puis, toujours accroupie, regagna sa cachette. Elle soupesa le sachet dans sa main pour mesurer la quantité de sel qui lui restait, la bouche rendue pâteuse par la nervosité. Si le cercle de sel retenait Heiser, saurait-elle résister à l'envie de lui assener un coup de couteau ?

Puis, dans le pavillon, quelqu'un cria : « Au feu ! »

Surprise, Joan laissa tomber le sachet, qui se renversa sur le sol. Merde ! Elle récupéra le plus de sel possible et glissa le sachet dans la poche de son chandail. Ensuite, elle déplia la lame de son couteau. Elle était fin prête. Aussi prête qu'elle le serait jamais, en tout cas.

« Tout le monde dehors ! Le pavillon brûle ! »

Elle reconnut la voix. C'était celle de Cecile.

19

Purifie-moi par le feu

Après le repas, les membres du groupe s'étaient succédé sous la douche, puis ils s'étaient installés dans leurs sacs de couchage, en cercle au milieu de la grande salle, où ils formaient une marguerite de flanelle. Sauf Cecile, qui s'était approprié le bureau comme s'il lui revenait de droit. Plantée devant la fenêtre, elle faisait le guet depuis près d'une heure. Jusque-là, aucun signe d'Heiser et, pire, aucun signe de Joan.

Quelques bénévoles avaient du mal à trouver le sommeil : une des copines d'Ivy était sortie en catimini et, au bout d'une minute ou deux, Cecile détecta l'odeur de la marijuana par la fenêtre entrouverte du bureau. Preuve, s'il en fallait encore une, que le groupe avait besoin d'une nouvelle direction, et vite. « Hippies impies », grommela-t-elle.

La jeune femme rentra en toussant dans sa main et se glissa de nouveau dans son sac de couchage. Puis un autre corps remua dans la grande salle plongée dans l'obscurité. Mon Dieu, allaient-ils finir par dormir ?

Cette fois, c'était le révérend qui se dirigeait vers la porte, son sac de couchage sous le bras. Non, cette nuit, pas question qu'il dorme au milieu des arbres. Cecile avait d'autres projets pour lui.

En chaussettes, elle se dirigea vers l'endroit où Garrison, allongé sur son sac de couchage, lisait un dépliant sur les hors-bord à la lueur de son téléphone.

« Garrison ? »

Il se redressa brusquement en glissant le dépliant sous son sac, tandis qu'elle s'accroupissait à côté de lui. « Je veux que tu persuades le révérend de dormir à l'intérieur, cette nuit, dit-elle. Tu as entendu M. Heiser. On doit l'avoir à l'œil, au cas où la tentatrice rappliquerait.

– Je m'en occupe, patronne. »

Garrison s'éloignait, en pyjama, avant même qu'elle ait eu le temps de se relever. C'était une bonne âme. Au sein du ministère de Cecile, il y aurait une place pour lui. Après sa thérapie de conversion, bien sûr.

Elle retourna dans le bureau pour épier les deux hommes par la fenêtre. Et c'est à ce moment précis qu'elle l'aperçut au bord de la clairière : Joan. La femme marchait en ligne droite, offerte à la vue de tous. À quoi jouait-elle ? Projetait-elle de se ruer sur le révérend malgré la présence de Garrison ? Elle avait complètement perdu la tête.

Cecile agita les mains et, par chance, réussit à attirer l'attention de Joan avant qu'elle gâche tout. *Attends !* articula-t-elle. Après une minute de tergiversation qui mit à rude épreuve les nerfs et la patience toute chrétienne de Cecile, Joan disparut au milieu des arbres. Peu après, Garrison rentra avec le révérend : il avait réussi à le convaincre qu'il était presque aussi agréable de dormir dans un pavillon au milieu des bois qu'à la belle étoile. Ou encore, il lui avait rappelé que, au cours d'une retraite, un leader spirituel se devait d'être aux côtés des siens. Quoi qu'il en soit, les deux hommes s'étaient rapidement recouchés.

Sans bruit, Cecile ferma la porte du bureau, puis tendit l'oreille, à l'affût du moindre mouvement derrière la vitre opaque. Rien. Elle retourna à la fenêtre. Aucun signe de Joan. Il fallait espérer que cette femme, ce serpent plutôt, resterait tapie dans les buissons.

En fredonnant doucement *Victory in Jesus,* Cecile prit sous la table de travail les articles qu'elle avait achetés au village. Le premier des deux sacs contenait des serviettes hygiéniques ultra-absorbantes et des tampons bon marché ; le second, quatre bouteilles d'essence à briquet et une boîte d'allumettes pour le barbecue. Sans cesser de fredonner l'hymne, elle pivota sur le fauteuil en similicuir craquelé et lut les précautions d'emploi au dos d'une des bouteilles. Ensuite, elle fit un essai avec une allumette. De la friction à la flamme, quel craquement satisfaisant ! Elle contempla l'allumette qui brûlait pendant un moment, puis la laissa tomber. Oui, ce qu'elle s'apprêtait à faire était juste.

Cecile attendit quelques minutes encore, puis elle se dirigea vers la porte, l'ouvrit et tendit de nouveau l'oreille. Seuls des ronflements ponctuaient le silence. Elle referma et récita une courte prière avant de glisser les allumettes dans sa poche arrière. Elle plaça une bouteille d'essence sous chaque bras, prit la troisième dans une main et laissa la dernière sur la table de travail, au cas où elle aurait besoin de se ravitailler. Elle alla ensuite dans la grande salle.

À pas prudents, elle fit le tour de la pièce en projetant sur les murs et sur le sol d'amples jets d'essence. Elle eut soin de bien imbiber les rideaux des fenêtres. Quand la bouteille fut vide, elle la posa par terre à côté de la porte de la cuisine et poursuivit avec la deuxième. Elle arrosa la cuisine et la salle de bains, sans oublier les rouleaux de papier hygiénique et d'essuie-tout dans l'armoire, dont elle laissa les portes ouvertes. La troisième bouteille servit à asperger d'essence les casiers où ils avaient déposé leurs manteaux. L'odeur était si infecte qu'elle s'étonna que personne ne se réveille.

Elle allait s'attaquer à la porte principale lorsqu'elle se rappela qu'il lui fallait une issue. Les pompiers concluraient évidemment à un incendie criminel. Aucun problème dans la mesure où on découvrirait qu'une inconnue rôdait dans les parages, cette nuit-là, une inconnue qui avait à la fois un mobile et le genre de personnalité instable qui passe mal devant un tribunal. Cecile avait dans sa poche le relevé de carte de crédit pour les serviettes hygiéniques, mais c'était une femme arborant un chapeau et des lunettes de soleil qui avait payé comptant l'essence à briquet et les allumettes. *Cette femme, c'était probablement Joan Beausoleil, monsieur l'agent.*

Cecile rebroussa chemin en grattant des allumettes et en les jetant dans les coins et les flaques. Les flammes prirent vie avec un souffle d'une violence qu'elle n'avait pas prévue et se propagèrent si vite qu'elle cria « Au feu ! » en jetant la dernière allumette.

Comme presque personne ne réagissait, elle hurla en agitant frénétiquement les bras : « Tout le monde dehors ! Le pavillon brûle ! » Puis elle cogna du bout du pied certaines formes affalées sur le sol qui émergeaient trop lentement des brumes du sommeil. Bientôt, la fumée fut si dense qu'on ne voyait plus l'autre bout de la salle. Enfin, quelqu'un courut jusqu'à la porte et cria aux autres de le suivre. Cette personne ouvrit et, quand elle sortit, les flammes bondirent. Cecile vit Wolff guider ses ouailles vers l'herbe détrempée de la cour, où elles s'effondrèrent sur le sol. Au-dessus de la tête de Cecile, le plafond, attaqué par des colonnes de feu, se tortillait comme une créature vivante dans le tourbillon des flammes. C'était le moment.

« IVY ! hurla Cecile. Où es-tu, Ivy ? »

Ivy tirait Nancy en lieu sûr, un des bras de la femme passé sur ses épaules. « Ici ! cria-t-elle.

– J'ai besoin de toi, vite ! Quelqu'un a perdu connaissance ! »

Ivy confia Nancy à Greg et revint dans la fournaise, le dos courbé afin d'éviter le gros de la fumée. « Là ! » fit Cecile en lui tendant le bras pour la guider jusqu'au bureau.

Même si elle avait fait attention de ne pas asperger la petite pièce d'essence, la chaleur et la fumée y étaient suffocantes. Bientôt, les flammes l'atteindraient. Cecile devait frapper un grand coup, mais elle n'avait le droit qu'à un seul essai et à trois minutes tout au plus.

Elle ferma la porte derrière elles. La chaleur devint presque intolérable.

Toussant, haletant, Ivy faisait le tour de la petite pièce, à la recherche de la victime. Elle se pencha pour regarder sous la table de travail, en s'accrochant au bord d'une main tremblante. Derrière elle, Cecile s'empara d'un presse-papiers – une lourde sphère en verre où était emprisonné un papillon de nuit avec des yeux sur les ailes pour éloigner les prédateurs. Elle brandit l'objet au-dessus de son épaule et frappa Ivy de toutes ses forces. La jeune femme tomba, telle une branche cassée.

« Elle est un instrument de Dieu pour faire justice et châtier qui fait le mal », récita Cecile avant qu'un accès de toux la plie en deux. Le moment était venu de sortir de là.

À tâtons, elle chercha la porte et l'ouvrit. Partout, du feu et du soufre. À ses pieds, les sacs en plastique, vestiges de ses courses au village, fondaient, les serviettes hygiéniques fumaient et les boîtes se changeaient en cendres qui s'élevaient en tourbillonnant avant d'être rabattues par la lourde fumée. L'intérieur de sa bouche et de ses narines était littéralement en train de cuire. Pour éloigner la chaleur, Cecile plaça un bras protecteur sur son visage et fit un pas en avant. Puis elle se ravisa. La fenêtre… Mieux vaudrait sortir par là.

Retenant son souffle, elle ferma les yeux, pivota sur elle-même et chercha le mur opposé. Elle serait bientôt tirée d'affaire. À condition de rester bien concentrée. Ensuite, elle courrait vers le révérend et l'implorerait d'aller chercher Ivy. « Je vous en supplie, dirait-elle. S'il vous plaît, révérend. Le Seigneur vous épargnera, vous. » Il s'élancerait, elle n'en doutait pas un instant. Et sinon, eh bien, il passerait pour un lâche. Dans un cas comme dans l'autre, Cecile triompherait.

En cherchant la fenêtre – elle touchait au but –, elle trébucha sur le cadavre d'Ivy et tomba. Elle eut le souffle coupé, elle qui manquait déjà d'oxygène. Elle se mit à haleter, suffoquée par la fumée.

Au-dessus du visage inerte d'Ivy, Cecile vit la bouteille d'essence à briquet sur la table de travail, là où elle l'avait laissée. L'étiquette avait brûlé et les bords se bombaient dangereusement.

Cecile prit une profonde inspiration et, les mains en clocher, consentit à un ultime effort. « Non, jamais il ne chancelle, en mémoire éternelle sera le juste. »

La bouteille était un ballon qui, à force de gonfler de grotesque façon, éclata.

Oh, quelle gloire, aux yeux de Cecile : une explosion de rouge et de bleu, de foudre et de chaleur, de repos et de pardon – un feu d'artifice en l'honneur de la juste qu'elle était, un nouveau buisson ardent allumé par la main de Dieu. Et là, au centre brûlant de tout, consumée par les flammes sur la moquette bon marché d'un pavillon forestier, engagée dans un combat à mort pour honorer Sa parole, Cecile vit Jésus Lui-même, plus incandescent que le soleil. Elle s'avança vers Lui, vers la lumière, la glorieuse, l'éclatante lumière.

Et comprit que ce n'étaient, après tout, que des flammes, abondantes et éternelles.

Victor dans les bois : la cérémonie de la dévoration

Difficile de garder les yeux ouverts dans une telle lumière.

Le rougarou se déshabillait méthodiquement, pliait à mesure les vêtements qu'il ôtait et les drapait sur l'accoudoir du fauteuil. En déboutonnant son pantalon, il constata que Victor l'observait. Il exagéra ses mouvements et entonna la fameuse chanson qui accompagne souvent les strip-teases : « Ba da da, da da, di da da… » Il s'amusait beaucoup trop. Même s'il était terrifié et sûr que sa fin était proche, Victor ne pouvait s'empêcher de trouver que cette créature avait quelque chose de séduisant, de magnifique. Il se sentit humilié de lui porter autant d'intérêt, et également furieux.

Le rougarou était torse nu, à présent. Sous un angle, il était entièrement recouvert d'un pelage épais et lustré ; sous un autre, sa peau était tapissée de tatouages, les tatouages de Victor. Sauf qu'à l'endroit où Victor s'était fait tatouer JOAN, juste sous les clavicules, la créature arborait le mot VICTOR.

Devinant son regard, le rougarou y posa la main. « Ça te plaît ? Moi, j'aime beaucoup. » Il dardait sur Victor ses yeux jaunes remplis de cruauté, qui oscillaient entre le désir et le désintérêt. La créature soupira et écarta les mains, comme pour désigner leurs environs. « Par ici, les artistes n'ont pas grand-chose à se mettre sous la dent. »

Victor ne put s'empêcher de pouffer. Qu'est-ce qui lui prenait, merde ?

La bête, pantalon ouvert et pieds nus, s'assit face à son prisonnier. Le visage entre les mains, le rougarou se pencha et posa ses coudes sur ses genoux. « Parle-moi d'elle. S'il te plaît. Avant qu'on commence.

– De qui ? » Victor ne voulait pas parler de Joan. Il aurait eu l'impression de renverser un bidon d'eau sur le sol alors qu'il mourait de soif.

« De la personne qui te rend si résistant, bien sûr. »

Pourquoi la créature semblait-elle plus proche de lui que quand elle s'était assise ? Victor sentait le souffle de la bête sur son visage. Il avait si chaud qu'il aurait voulu enlever son manteau, mais il était comme paralysé.

« Bon, enlève-le donc, puisque tu y tiens. » Et Victor, de nouveau libre de ses mouvements, se débarrassa du pardessus et le laissa tomber au pied de l'arbre.

« C'est mieux ?

– Oui, je suppose.

– Si tu as encore chaud, ôte aussi ton chandail. Tiens, laisse-moi t'aider. » La créature tendit la main et défit les trois boutons de l'encolure avant de faire signe à Victor de lever les bras au-dessus de sa tête. Victor obéit machinalement. Il n'était pas sûr de l'avoir voulu. Non, il en était sûr. C'était ce qu'il avait souhaité.

Rougarou tira sur le chandail et il ne resta plus à Victor que son pantalon de camouflage, son mince maillot et ses bottes crottées.

« Tu peux… Tu peux m'aider ? » demanda-t-il.

Le rougarou inclina la tête. « T'aider à quoi, mon garçon ?

– À comprendre. »

La créature tendit la main pour lisser les cheveux de Victor, puis fit courir un doigt le long de son visage.

« Peut-être. Si j'en ai envie.

– C'est quoi, cet endroit ? Je suis pas dans les bois, hein ? » En prononçant les mots à voix haute, Victor se rendit compte qu'il en était absolument certain. Il n'était pas dans le territoire où il chassait, celui où il tendait et relevait ses collets. Oui et non, en réalité.

Rougarou secoua la tête sans le quitter des yeux. « Tu es là où la trahison s'est produite.

– Quelle trahison ?

– Celle qui t'a jeté dans mes bras. Voilà où tu es. Et c'est là que je vais t'enterrer. » Il tapota le biceps de Victor comme s'il voulait vérifier la sève d'un érable. « C'est le moment, ou presque. Comme personne n'est venu te chercher, tu es à moi. Pour l'éternité. Génial, non ? » Il se pencha, et son front frôla celui de Victor.

Le malaise de Victor grandit quand il se sentit durcir dans son pantalon. Qu'est-ce qui lui prenait ?

La créature redressa la tête. « Bon, parle moi d'elle.

– De qui ? » Cette fois, la question était sincère. Victor ne savait pas de qui il s'agissait. De qui devait-il parler ? Il ne connaissait que ce lieu, cette créature et cette éternité possible.

Rougarou sourit.

Comme il avait de grandes dents.

« C'est parfait. » Il posa une main sur le ventre de Victor, qui sentit une vague de chaleur et de désir.

« Et maintenant ? demanda-t-il.

– Oh, maintenant, je te dévore. » Le rougarou se pencha. Son haleine était suave. « Lentement. Nous avons des heures devant nous. »

Puis ses yeux rétrécirent jusqu'à n'être plus que deux têtes d'épingle. Il recula, par à-coups, comme si ses membres étaient attachés à des ficelles. Il se balança un moment, suspendu à des crochets invisibles, et pivota sur un talon. Il retourna vers le fauteuil, son sourire se changeant en grimace menaçante. Il fit le tour du fauteuil une fois, deux fois, encore, et encore… Incapable de s'immobiliser.

« Arrête ça tout de suite ! » Les mots se muèrent en hurlement.

Devant Victor, la créature traça un cercle peu profond dans le sol.

« *Tabarnac* !* cria-t-elle, son museau tendu vers la lune, qui apparaissait au-dessus de la cime des arbres. Arrête ! »

Victor était écartelé entre deux envies : courir jusqu'à la créature et l'attraper par le bras pour lui venir en aide, ou prendre ses jambes à son cou. Mais pour aller où ? Que se passait-il ? Il était tout aussi déboussolé qu'au début de sa captivité.

C'est alors que le nom de la femme lui revint brusquement. Son visage, aussi. Et sa peau, oh, sa peau. *Joan.*

Il se détourna de la bête, qui hurlait sans mots désormais. Les arbres se révélèrent alors à lui un à un, et non plus comme une barrière ajourée qui le cloîtrait dans les ténèbres. Là ! Juste là, parmi les bouleaux, il distinguait quelque chose. Mais quoi ? Il n'aurait su le dire. Le ciel se déchira et il se dit qu'il allait pleuvoir.

Le rougarou était prisonnier, vraisemblablement en proie à d'atroces douleurs. C'était le moment. Victor s'avança donc au milieu des arbres, les yeux grands ouverts, et s'efforça désespérément de voir.

20

L'as de pique

À la vue des flammes, Joan faillit se précipiter dans le pavillon. Où était Victor ? Elle se coupa à la main en refermant le couteau pour partir à sa recherche. Au risque de se faire prendre. Elle s'avança d'un pas dans la clairière. Dans le chaos et la fumée, nul ne vit sa silhouette se découper contre les troncs blancs des bouleaux. C'est alors qu'elle l'aperçut, tirant un homme vêtu d'un pyjama une pièce. Deux autres personnes se saisirent de l'homme et le déposèrent sur l'herbe. Joan resta immobile tandis que le révérend comptait les bénévoles affalés par terre, assis sur des rochers ou, debout, pleurant et se consolant les uns les autres.

« Il en manque deux ! cria-t-il enfin. Je retourne à l'intérieur.

– Ivy et Cecile ! lança une voix. Elles sont allées dans le bureau ! »

Il était tout près des marches lorsque la fenêtre du bureau explosa. La pluie de verre et de flammes le fit tomber à genoux. Le gros type à la barbe blanche courut vers lui et l'entraîna loin du bâtiment.

Les murs se gauchirent et ondulèrent, comme sous un poids énorme. Le toit craqua. De l'arrière du bâtiment leur parvint le fracas et les tintements d'une autre fenêtre soufflée par l'incendie.

Le barbu fit signe à tout le monde de s'éloigner. « Reculez ! Vite ! Ça va s'écrouler ! »

Joan ne savait pas quoi faire. Déjà qu'elle se sentait mal préparée pour cette mission avec ses drôles d'outils – une carte à jouer, un couteau et un foutu sac de sel –, elle devait à présent composer avec un brasier. Elle vit le révérend se lever de l'endroit où le barbu l'avait déposé, ses bras ballant à un angle improbable. Tandis que les autres s'éloignaient à bonne distance du feu, il pivota sur lui-même, poussé par une force qu'elle ne pouvait pas voir. Puis il lui fit face, toujours à un angle bizarre. Elle haleta. La voyait-il, malgré la fumée et le feu ?

Il marchait pieds nus dans l'herbe humide, chaque brin réfléchissant les flammes qui griffaient les fenêtres fracassées, la porte ouverte, la brèche grandissante entre les murs et le toit. Même le sol semblait se consumer. Deux fois, le révérend tenta de se rapprocher des autres, et deux fois il en fut empêché par une barrière invisible. Il tournait sur lui-même, les jambes flageolantes. Puis un de ses pieds passa brusquement devant l'autre, et il se dirigea vers les arbres, où se terrait Joan.

Elle l'observait sans comprendre. Qu'est-ce qu'il avait ? Son visage était si crispé qu'il montrait les dents. On aurait dit qu'il luttait contre ses propres mouvements. Puis elle se souvint… Le sel d'os. Il était prisonnier du piège qu'elle avait tendu pour Heiser.

Il laissa entendre un hurlement menaçant et affolé, tel un animal aux abois. Car c'en était un.

Le révérend Wolff… non, Victor… Victor était un putain de rougarou.

Tel un pantin, il marcha entre les lignes de sel et tituba jusqu'au cercle qui marquait la fin du sentier, où il s'immobilisa. Sans tarder, il parcourut le périmètre, une fois, deux fois, trois. Joan sentait battre son cœur dans sa main blessée. Elle l'appuya contre sa cuisse. Un rougarou emprisonne l'homme en lui, fait de ses côtes les barreaux d'une cellule. À quel rythme le cœur de Victor battait-il en ce moment ? Était-il vif et passionné ? Dans cette poitrine qu'elle connaissait si bien, le cœur du monstre et celui de l'homme scandaient-ils le même chant ?

« Non, non, non », murmura-t-elle. Devait-elle l'agripper ? Et s'il appelait à l'aide ? Les bénévoles accourraient pour le défendre contre la sang-mêlé armée d'un couteau. Elle se tourna vers eux. Cramponnés les uns aux autres, ils regardaient la structure brûler.

Puis un formidable craquement retentit. Le toit céda et s'engouffra dans le feu, qui bondit et cracha en signe de victoire. Les bénévoles crièrent. Personne ne regardait du côté de Joan.

Elle s'avança vers le révérend, prisonnier du cercle de sel. Du bout du pied, elle en effaça une partie pour créer une petite ouverture. Puis, de la ceinture de sa jupe, elle tira l'as de pique, la plus magique de toutes les cartes. Avec précaution, elle la fit glisser sous le col du révérend. Il ne pouvait plus lui résister.

Elle recula d'un pas, déplia la petite lame de son couteau et fit signe à l'homme. « Viens. » Il obéit, la démarche hésitante. C'était encore le révérend, peut-être aussi un rougarou, mais ce n'était certainement pas Victor.

Dans les bois sombres, Joan s'adossa à un arbre en brandissant le couteau. Elle dévisagea l'homme et crut enfin voir des traces de Victor apparaître autour de ses yeux. Elle baissa son arme.

« Qu'est-ce qui m'arrive ? » demanda-t-il.

Elle se mordit l'intérieur de la joue pour se retenir de trop en dire. C'était prématuré. « Je vais tout t'expliquer, répondit-elle. Mais là, tu dois me suivre.

– Mes amis. » Il se tourna vers les autres, toujours occupés à prier et à pleurer.

« Tu ne peux rien pour eux, en ce moment. Mais moi, je peux t'aider. »

Lentement, elle lui tourna le dos et s'enfonça dans les bois. Au début, il n'y eut quc le crépitement de l'incendie et les prières des fidèles terrorisés, mais bientôt, elle entendit des pas derrière elle. Elle faillit tomber à genoux. Il la suivait. Seigneur, il la suivait.

Du calme.

Du calme.

Elle marcha d'un pas régulier en s'efforçant de ne pas regarder derrière. Au bout d'une minute, n'y tenant plus, elle jeta un coup d'œil par-dessus son épaule pour s'assurer qu'il était encore avec elle, qu'il ne s'était pas métamorphosé en une créature velue aux longs crocs. Il faisait peine à voir et se tenait le ventre à deux mains, à moins que ce soit la carte à jouer, désormais collée contre sa peau. Sans chaussures, il devait regarder où il posait les pieds. Mais il la suivait bel et bien. Et il avait l'air humain.

Près du tronc couché où elle avait laissé son sac, Joan s'assit et tapota le sol. Il s'assit docilement, le corps tout tremblant.

« Je vais trouver quelque chose pour tes pieds, dit-elle en fouillant dans son sac. Je n'ai pas de chaussures assez grandes, mais prends ça. » Elle lui tendit une paire de chaussettes de laine.

« Merci. » Il les accepta, mais les garda à la main, comme s'il ne savait pas quoi en faire.

Elle les reprit. « Laisse-moi t'aider. » S'agenouillant devant lui, elle posa un de ses pieds sur ses cuisses à elle. Elle en enleva les brindilles, la terre et les feuilles mortes, avec la lenteur qui plaisait à Victor. Ensuite, elle mit la chaussette en épiant son visage, à la recherche de signes de reconnaissance. Elle n'en décela aucun.

Elle répéta les mêmes gestes avec l'autre pied et se permit de le caresser un peu, de glisser doucement ses doigts entre les orteils. Les mains de Victor se desserrèrent et tombèrent sur ses cuisses. Elle lui mit l'autre chaussette, plus lentement encore. Après, elle resta à genoux, les yeux levés vers lui.

Il fut distrait par un grondement en provenance de l'incendie – une autre partie du pavillon s'était affaissée –, et elle en profita pour poser un petit baiser sur son genou.

« Tu peux plus rien faire pour eux. Je t'emmène à ma voiture. On va te trouver de l'aide. » Elle fit remonter ses mains des pieds de Victor jusqu'à ses cuisses, puis lui prit les mains. Il se laissa faire, alla même jusqu'à répondre à la pression des doigts de Joan en les serrant légèrement à son tour.

Elle se leva en le tirant vers elle, et ils restèrent un moment appuyés l'un contre l'autre, dans la pénombre des bois. Elle conserva les mains de Victor dans les siennes aussi longtemps qu'il le permit. Puis, après quelques secondes, il recula.

« Laissez-moi le porter », dit-il en tendant la main vers le sac. Elle le lui céda.

« Merci. »

Victor avait toujours été un parfait gentleman. Mais peut-être le révérend l'était-il aussi. Elle sortit son téléphone et s'en servit comme d'une lampe de poche. Plus ils avançaient, plus elle tremblait. Si près, si près… Chaque partie d'elle chantait l'absence et le manque. Être à côté de lui et pourtant si seule, c'était terrible. Elle avait encore envie de se mettre à genoux devant lui. Seulement, cette fois, elle le prendrait dans sa bouche, appuierait son front contre son ventre. Elle retirerait sa culotte et le chevaucherait comme un arbre. Oh oui ! Elle embrasserait sa belle bouche jusqu'à ce que ses lèvres saignent. Elle lui rappellerait qui il était vraiment.

« C'est ta voiture ? » demanda-t-il. Un phare était apparu dans le halo que le téléphone projetait à travers les arbres.

« Oui.

– Une jeep. J'adore les jeeps.

– Mon mari aussi.

– Je pense que je le connais », dit-il, soudain en proie à la confusion. Elle lui prit la main et ils marchèrent jusqu'au terrain de camping, au centre du cercle de pins. Elle le lâcha le temps de dégager les branches du toit, de déverrouiller la portière et de lui reprendre le sac. Et puis elle le vit – cet enculé qui, adossé à la jeep, ressemblait à s'y méprendre à Victor et avait les tatouages de Victor qui dépassaient de son t-shirt. Elle laissa tomber le sac.

« Oh, et puis merde. »

Elle se pressa contre lui, posa la tête dans le creux de son cou, le coin du Créateur. Enlaçant sa taille, elle sentit les courbes et les angles parfaits de son amour. Elle tremblait de tout son corps. Mais elle n'était pas la seule. Car lui aussi tremblait. Elle leva les yeux sur le visage de Victor, qui regardait en direction des arbres. S'il n'était pas encore Victor, il n'était plus tout à fait le révérend. Elle fit passer les bras de l'homme autour d'elle. Lorsque l'un retomba, elle lui saisit la main et la guida sous sa jupe.

« Attendez…, bafouilla-t-il.

– Non. » Elle retint ses doigts contre le coton humide de sa culotte, puis écarta le tissu pour les laisser entrer en elle. Elle sentit Victor réagir contre sa hanche. Oh mon Dieu, oui.

« Attendez… » Il haletait. Elle-même parvenait à peine à respirer.

Elle se tortilla contre sa main, gémit dans son oreille. Mais déjà il s'éloignait, la repoussait.

« Non ! cria-t-il en brandissant une main tremblotante devant lui. Attendez, Heiser ! »

21

Rappelle-le-lui

Joan, en se retournant, découvrit Heiser, les mains dans les poches de son pantalon, un petit sourire narquois sur le visage. Elle n'avait pas remarqué la grosse voiture noire garée en haut de la route de gravier. Le révérend, oui.

« Tu l'as donc trouvé, Joan. Pas moyen de te semer, à ce que je vois », fit Heiser en secouant la tête. Sa cravate était de travers et il ne portait pas de veston. Il était presque débraillé.

Elle se glissa entre son mari et lui. « Va chier, Heiser.

– Mais je ne m'attendais pas à ça. » Il montra le bois. L'odeur de la fumée était omniprésente. « Je t'ai vraiment sous-estimée.

– J'ai rien à voir avec cet incendie. »

Il fouillait le sol du bout du pied sans se départir de son sourire méprisant. Il continuait de secouer la tête.

« Hmm… Tu es le portrait même de l'innocence.

– J'y suis pour rien. Je suis juste venue chercher mon mari. » Elle indiqua Victor derrière elle. « *Mon* mari.

– Et le pavillon s'est enflammé au moment où tu es arrivée ? Quelle coïncidence…

– Pourquoi tu demandes pas à Cecile ce qui s'est passé ? C'est elle qui m'a dit où vous étiez.

– Tu penses que je vais gober ça ? répondit-il en s'avançant. Et tu ne vas nulle part avec le révérend. Il vient avec moi.

– Elle n'était pas là. » Le révérend contourna Joan. « Cecile nous a réveillés. C'est elle qui a découvert le feu. Elle a fait rentrer Ivy dans le pavillon. Elles… Elles n'en sont pas ressorties. »

Heiser décrivit un petit cercle avec ses chaussures fines. « Très bien, très bien. Eugene, tu m'accompagnes. On va bien s'occuper de toi. Quant à toi, dit-il en pointant Joan, tu montes dans ta jeep, tu fiches le camp et tu ne viens plus jamais troubler le révérend. Sinon, il y aura des conséquences.

– Je ne peux pas, dit le révérend, qui n'était plus tout à fait le révérend.

– Pardon ?

– Je ne peux pas partir avec vous, M. Heiser. » Il se laissa choir sur le sol et s'appuya contre la jeep.

Joan se plaça une fois de plus devant lui, empêchant Heiser d'établir un contact visuel. « Ouais, fous le camp, *Rougarou.* » Elle avait prononcé le mot comme on lance un juron dans une église, à moitié chuchoté et chargé de venin.

Heiser arrêta de trépigner, leva le menton et sembla regarder au-dessus de la cime des arbres.

« Ouais, je sais qui tu es, dit Joan. Et je sais que tu l'as changé en rougarou, lui aussi. Mais tu peux pas le ravoir. »

Heiser rit si fort que sa voix résonna dans tout le terrain de camping. « Rougarou ? Oh, tu es une vraie je-sais-tout, toi, hein ? Une fille futée. Géniale, même. »

Il s'avança vers eux. « Puisque tu sais tout, je m'étonne que tu veuilles le récupérer.

– J'ai vu la photo que vous m'avez envoyée. Je me fous de ce qu'il a fait quand il était pas lui-même. » Joan était dans tous ses états. Il fallait qu'elle oblige Victor à se lever. Ils devaient monter dans la jeep et s'éloigner de cette dangereuse créature.

« La photo ? Ah oui, ça. Un détail. » Il se glissa à côté d'elle, si vite qu'elle ne put l'empêcher de poser une main sur la tête de Victor. « Suis-moi, Wolff ! »

Joan se rua sur Heiser, le frappa si fort qu'ils roulèrent dans l'herbe. Faire tout ce chemin, toucher au but et redevenir veuve ? Plutôt mourir.

Des bras puissants les séparèrent. Le révérend ou celui qu'il était à ce moment-là poussa Joan derrière lui et brandit les bras pour retenir Heiser.

L'homme se releva, épousseta son pantalon et rectifia la position de sa cravate. Joan mit la main dans la poche de son chandail et déplia la lame de son couteau. Prête à s'en servir, désormais.

« Je constate que tu ne m'écoutes plus, Wolff. Aucune importance. Nous allons bientôt arranger ça, dit Heiser.

– Monte dans ton auto et rentre en Allemagne ou là d'où tu viens, siffla Joan. Mais avant, j'ai une question à te poser.

– Tout ce que tu veux. » Heiser se fendit d'un large sourire.

« Pourquoi ? C'est ça, ma question. Seulement pourquoi. Pourquoi tu lui as fait ça ? Pourquoi tu nous as fait ça ?

– C'est ça, ta question ? Sans blague ? » Il marqua une pause, puis il se mit à rire. Bientôt, il était plié en deux. « Je n'ai rien fait du tout. Voilà ce que tu n'arrives pas à comprendre. Je n'ai pas le pouvoir de changer qui que ce soit en… je ne sais quoi. » Il montra le ciel du doigt. « Je ne suis pas Dieu. Lui seul décide quelles créatures arpenteront la Terre. J'ai tout simplement hérité de certains de Ses dons. »

Pendant qu'il prononçait ces paroles, elle le vit se transformer, devenir plus grand, plus froid. « Joan, très chère, tu es sûre de ne pas avoir une autre question à me poser ? Une question à laquelle je saurais répondre. Celle-ci, par exemple : qu'est-il arrivé à ta grand-mère ?

– De quoi tu parles ?

– Elle est morte, non ? » Heiser haussa les épaules. « Mais comment ?

– Ta gueule. Ferme-la tout de suite. » La rage bouillonnait dans son échine.

« Est-elle morte paisiblement, dans son lit ? » Il sourit et, joignant les mains, les serra l'une contre l'autre, comme pour se féliciter. « Ah, c'est le rêve, pas vrai ? Retourner auprès de son Créateur, accompagné par les siens. Pas de stress. Pas de violence. »

Il imita l'effroi qui s'était peint sur le visage de Joan. « Attends. Par ta réaction, je comprends que ça ne s'est pas passé comme ça. Qu'est-il donc arrivé à ta grand-mère bien-aimée, Joan ? Aurait-elle été attaquée, par hasard ?

– Ça suffit, dit le révérend.

– Se pourrait-il qu'elle ait été assassinée ? » Heiser porta une main à sa bouche en feignant l'horreur.

C'était donc lui. Joan aurait pourtant dû se douter que Mere n'avait pas été attaquée par un loup ordinaire. Autour de la baie, les loups n'étaient pas légion.

« Dis-moi, quel effet ça fait de se trouver à côté de son meurtrier ? » Il posa un doigt sous son menton et affecta un air contemplatif.

« Tu l'as tuée, espèce de salaud. Pourquoi Mere ?

– Moi ? Mon Dieu, non. » Il rit de nouveau.

« Ça suffit, répéta le révérend d'une voix tremblante.

– Que se passe-t-il, Wolff ? Tu ne veux pas que je taquine ta pauvre épouse ? » Il fit claquer sa langue. « Bon, d'accord. J'arrête. Voici la vérité, Joan. Ce n'est pas moi qui ai taillé ta pauvre grand-maman en pièces. Pas mon style, ça. Non, le coupable, c'est l'homme que tu es venue sauver. »

Elle recula, se heurta à la jeep. « Tu mens.

– J'ai bien peur que non.

– Pourquoi il aurait fait ça ? » Elle dévisagea son mari, qui refusait de croiser son regard.

« Eh bien, tu vois, un rougarou de fraîche date est comme un gros chiot, très difficile à maîtriser. Il leur arrive parfois de vouloir rentrer chez eux. Ce chiot-ci, doté d'un flair exceptionnel, a réussi. Tu l'as échappé belle, mais ta grand-mère a eu moins de chance : il est tombé sur elle avant d'atteindre la maison. »

Joan, appuyée sur le capot, s'efforçait de reprendre son souffle. « Je te crois pas. » Il avait trouvé son point faible, sa blessure la plus vive. Elle se boucha les oreilles, sans parvenir à chasser la sensation qui l'envahissait. « Je te crois pas.

– Ah bon ? C'est pourtant logique, non ? » Heiser se mit à faire les cent pas, les mains jointes derrière le dos pour souligner son aisance, sa parfaite maîtrise de la situation. « En vérité, je l'ai trouvé avant que la scène vire au tragique et j'aurais sans doute pu le retenir, mais pourquoi serais-je intervenu ? » Il haussa les épaules. « Dans la communauté, cette vieille chipie était montée au créneau contre un projet auquel je travaillais. J'ai donc laissé la nature suivre son cours. »

Joan se tourna vers la créature qui avait revêtu

l'apparence de son mari. Elle était tassée sur elle-même, ses os arqués, ses muscles contractés de façon surnaturelle, ses mains tremblantes agrippées l'une à l'autre.

Et, à cet instant, Joan comprit que cette créature – qu'importe ce que Victor était en ce moment, qu'importe ce qu'il avait été au cours de la dernière année – avait été capable d'une telle chose. Elle avait taillé Mere en pièces. Prise de haut-le-cœur, Joan vomit de la bile. Une fois la vague de nausée passée, elle sentit la fureur qui irradiait dans son échine se répandre dans son dos, ses poumons, ses cuisses tremblantes, ses mollets et le bout de ses doigts, appuyés contre la lame froide du couteau au fond de sa poche.

« Tu te moques de moi ?

– J'ai bien peur que non », répondit Heiser d'un ton chantant.

Joan se tourna vers le révérend, vers l'enveloppe de l'homme qu'elle avait autrefois connu, vit son dos se courber en un point d'interrogation, ses genoux fléchir. Accroupi, il se balançait sur ses talons, le visage enfoui dans ses mains. « Le sang sur mes doigts. L'ongle dans ma bouche… » Ses mots dégoulinaient de morve et de larmes.

À cet instant, Joan entendit deux voix différentes monter du fond de sa mémoire. La première était celle d'Ajean, le jour où elle lui avait parlé du rougarou pour la première fois. *Rappelle-lui que, sous tout ça, il est encore un homme. En le faisant saigner, par exemple. Force-le à s'en souvenir.* Et l'autre, celle de Victor, le soir où il était rentré avec une dent cassée. *Si tu te bats, bats-toi comme une furie. Sinon, tu fais que danser. Et personne a jamais défié la mort en valsant.*

Alors, elle brandit le couteau, regarda Victor et vit

les barreaux de ses côtes se dilater et se contracter sous son mince t-shirt, tandis qu'il se mettait à prier. Une prière catholique du temps de son enfance : « Sainte Marie, mère de Dieu… »

« Pas si vite, Joan, fit Heiser en s'avançant vers elle. C'est vraiment ce que tu veux ? »

Joan faisait de gros efforts pour se rappeler que Victor n'était pas Victor, qu'il était autre chose, mais la colère embrouillait ses pensées. « C'est pas lui, c'est pas lui », se dit-elle.

Le premier coup fit une entaille profonde et rouge, comme une fermeture éclair qu'on descend. Celle-là était pour Mere. Victor s'ouvrit avec une facilité qui déconcerta Joan. Avant de se figer, elle brandit le couteau et, cette fois, elle le poignarda, puis elle laissa tomber l'arme, sa bouche ouverte sur un cri muet. Pendant qu'elle le frappait, le révérend était resté accroupi, sans un mot. Sous les yeux d'Heiser, le sang de Victor s'écoulait dans l'herbe, imbibait les chaussettes de laine de sa femme d'une poisse rouge. Joan tomba à genoux devant lui et l'attira contre elle jusqu'à ce que sa tête repose sur ses cuisses. Il était immobile. Quelqu'un était mort. Quelqu'un avait été tué. Les bruits du meurtre inondaient les bois.

« Oh, Victor. » Elle le berça doucement, lui embrassa le front, le nez. Levant sur Heiser des yeux remplis de larmes, elle demanda : « Pourquoi ? Pourquoi un rougarou avait-il besoin de lui ? »

Heiser se pencha sur elle. « Tu es un peu lente d'esprit, non ? Je ne suis pas le rougarou. Je suis le Wolfsegner. » Il lui tendit la main, se moquant d'elle une fois de plus. « Ravi de faire enfin ta connaissance.

– Le Wolfsegner ? »

Elle était si concentrée sur Heiser et son mari

ensanglanté qu'elle n'entendit pas Robe s'approcher à pas feutrés dans son dos. Elle ne vit pas le gros caillou qu'il tenait à la main. Puis le coup s'abattit et elle s'écroula contre Victor dans l'obscurité. Elle n'entendit pas Heiser rire en se dirigeant vers sa voiture, certain d'avoir fait d'une pierre deux coups. Et elle ne l'entendit pas dire à son chauffeur : « J'ai à peine eu besoin de viser. »

22

Dérapage

La tente du ministère était remplie de bougies : on aurait dit un ventre illuminé de l'intérieur et tendu contre le ciel. Le crépitement de mille petites langues de feu lui léchait le pavillon de l'oreille. Seule au bout de l'allée, elle portait sa robe de noces. Elle pivota sur elle-même, et le mouvement fit tourbillonner les couches ivoire.

« Par ici, ma fille. »

Devant la scène, éclairée à contre-jour par la croix allumée, se tenait sa grand-mère.

« Mere ! » Joan laissa tomber le bouquet qu'elle tenait sans le savoir, empoigna le devant de sa robe et courut. Sauf que, à cause de la détestable manie qu'ont les rêves de ralentir le temps, elle mit des heures à franchir la première rangée de chaises, où il n'y avait ni fidèles ni invités.

Mere observait Joan en souriant d'un air indulgent, agitait la main pour l'encourager, ses lèvres articulant des mots silencieux. Au bout d'un moment, comme Joan n'avançait pas, Mere secoua la tête et lui tourna le dos.

« Attends, Mere ! »

La vieille femme atteignit le bord de l'estrade et se mit à monter l'escalier en posant les deux pieds sur chaque marche. Elle se retourna une seule fois pour sourire à sa petite-fille.

« Ne va pas là ! »

Mere agita la main et poursuivit son ascension. Une fois sur l'estrade, elle se dirigea vers la croix.

Le sang cognait dans la tête de Joan. Ses oreilles se mirent à sonner comme des cloches d'église.

« Attends ! »

Elle avait crié si fort qu'elle se réveilla.

« Youpi, tu es de retour. » La voix d'Heiser.

*
* *

Joan était sur le siège avant d'une voiture en mouvement. Elle essaya de se tourner vers la voix mais, en plus d'être retenue par la ceinture de sécurité, elle avait les mains et les pieds ligotés.

« Qu'est-ce qui se passe ? » Elle faisait de gros efforts pour sortir de sa torpeur et faire taire les cloches qui s'entrechoquaient encore.

« Nous faisons une petite balade en voiture, c'est tout », répondit Heiser.

Au volant se trouvait un homme que Joan n'avait jamais vu, un Autochtone à la peau sombre, aux cheveux noirs hirsutes et au visage légèrement ridé, avec sur le cou une entaille dentelée qui, en guérissant, avait formé une chéloïde. Se contorsionnant, elle jeta un coup d'œil dans le rétroviseur et finit par croiser le regard d'Heiser, assis derrière le chauffeur. Il agita devant elle les doigts d'une main.

« Où est Victor ?

– Ne t'en fais pas pour lui, répondit Heiser. Il est ici, à côté de moi. Il se repose. Nous allons le remettre sur pied, puis il va te tuer.

– Quoi ? » Elle avait du mal à s'y retrouver.

Dehors, les arbres formaient un mur, la route un ruban noir déroulé par les phares.

« Je te signale que c'est toi qui lui as troué la peau, poursuivit Heiser. Si notre homme t'élimine, le charme a des chances de perdurer. En prime, tu vas cesser de perturber nos rassemblements. C'était très amusant, Joan, mais, je te le dis franchement, ça ne va pas me manquer. J'aurais préféré en finir dans le parc, mais avec le tumulte et les sirènes… »

Elle pleurait à présent, les larmes ruisselant sur son menton avant de s'enfoncer dans les plis de son cou. Victor était responsable de la mort de Mere, de sa mort atroce.

« Oh, ne t'en fais pas. Nous allons bien nous occuper de lui. Comme avant que tu débarques, d'ailleurs. Il sera nourri et adoré. Nous allons peut-être même lui trouver une épouse. » Heiser resta un moment silencieux pendant que Joan sanglotait. « Oui, je pense que ce sera notre priorité : le marier. Comme la principale candidate au titre de Mme Wolff est morte, nous allons devoir chercher un peu. Qu'est-ce que tu en dis, Robe ? Des noces en hiver, ce serait bien, non ?

– Oui, monsieur. » La voix du chauffeur était grave et sans grâce. Quand il sourit, Joan aperçut la forme brune d'une incisive cassée.

« Tout ira très bien, Joan, continua Heiser. Bon, d'accord, on a perdu des joueurs, mais on n'aura pas de mal à les remplacer. Les rougarous, par contre… Disons que ce n'est pas tous les jours qu'on en trouve un sur le pas de sa porte.

– Toi, qu'est-ce que tu es ? murmura-t-elle.

– Je te l'ai déjà dit. Je suis un Wolfsegner. » Elle décela de l'orgueil dans sa voix.

« Et c'est quoi, cette affaire ? » Elle leva une épaule et s'y essuya le visage.

Il rit. « Par où commencer ? En Bavière, dans l'ancien temps, on brûlait mes ancêtres sur le bûcher, aux côtés des sorcières. Comme les tiens, Joan, nous avons été persécutés pour ce que nous étions. Nous sommes les gardiens des Wolfssegen.

– Des Wolfssegen ?

– Des sorts. » Il se pencha vers le siège avant pour que sa voix perce le bourdonnement ininterrompu dans les oreilles de Joan. « Nous contrôlons les loups. »

Il se cala de nouveau sur la banquette. « Dans le temps, les Wolfsegner étaient des hommes riches et même vénérés. Nous pouvions assurer la prospérité d'un fermier en décimant le troupeau de son rival. Ce don me semblait parfaitement inutile, jusqu'au jour où j'ai découvert le rougarou.

« J'ai compris qu'il suffisait de dominer l'élément le plus sombre d'une communauté pour avoir accès à tout, expliqua-t-il. Il n'y a pas d'except… »

Heiser bafouilla et Joan sentit un coup violent derrière son siège. La voiture fit une embardée : Robe conduisait d'une main tout en essayant d'atteindre Heiser de l'autre. Elle entendit un gargouillis désespéré et s'étira pour voir. Les mains de Victor, serrées autour du cou d'Heiser, blanchissaient sous l'effort.

La voiture oscillait follement à droite et à gauche, et Robe se retourna un instant pour la maîtriser. Depuis la banquette arrière, le pied d'Heiser atteignit le chauffeur en pleine tête. La voiture se mit en travers de la route puis, dans un grincement de pneus, dérapa à toute vitesse en direction des arbres. Derrière le volant, Robe était inerte. Joan cria. Et, pour la seconde fois cette nuit-là, tout devint noir.

Victor sorti des bois

Il courut. Malgré ses jambes endolories, sa respiration brûlante, ses yeux à moitié fermés sous l'effort, il ne faiblit pas. Cette fois, il était sûr de ne pas tourner en rond.

Derrière lui, le rougarou hurla et, d'un coup de pied, propulsa le fauteuil à l'autre bout de la clairière, où il se fracassa contre un arbre. Un autre hurlement, plus proche. Merde, la bête s'était remise à le pourchasser. Et elle avait fini de jouer. Elle ne gambadait plus, sûre de sa vitesse et de ses mouvements. Elle enfonçait ses griffes dans le sol, arrachait l'écorce des arbres au passage, franchissait les crevasses d'un bond. Par moments, elle se perdait dans l'obscurité grandissante. Plus de mots, de chansons ni de jeux. Féroce, sauvage, elle traquait sa proie. Elle avait une tâche à accomplir.

Victor zigzaguait dans l'espoir de semer la bête. Mais elle connaissait son odeur. Si elle le rattrapait, pas de négociation, pas de marchandage et pas de sursis : elle le clouerait au sol et se jetterait à sa gorge. Il devait sortir de là. Alors il continua à courir.

L'air se refroidissait tellement que sa respiration haletante formait de la buée devant lui. Il faisait plus clair aussi, comme dans les minutes précédant l'aube, à la différence que la lumière vacillait. Et puis il l'aperçut, droit devant lui, dans un cercle de pins : une voiture blanche. Sa jeep ! Il accéléra. Si seulement il réussissait à l'atteindre.

Dans le ciel, il y eut un craquement semblable à un coup de tonnerre, suivi d'une pluie de feuilles, et le rougarou sauta du haut d'un arbre. Il atterrit avec un bruit sourd que Victor ressentit dans ses rotules, bloquant son chemin vers la jeep, l'aube et la survie.

Victor voulut s'arrêter mais, emporté par son élan, il finit étalé sur le sol, à portée de la chose. Quand il essaya de se lever, ses jambes cédèrent sous son poids. Se recroquevillant, il fit un rempart de ses bras et cria : « Attends ! »

Il garda les yeux fermés pour s'épargner la suite, pour éviter de voir comment le rougarou s'y prendrait pour l'écorcher vif. Victor imagina sa peau se détachant de lui comme on défait une robe de soirée. Il y eut un long silence, puis il reçut un coup qui le catapulta contre un arbre. Dans un fracas de branches cassées, il tomba, heurta des rochers. Il hurla, mais ce fut comme si on avait coupé le volume.

Il tenta de s'éloigner à plat ventre, agrippant des arbustes, arrachant des touffes d'herbe. Mais la bête était sur lui. Elle se pencha et son haleine n'avait plus rien de suave. Elle le saisit entre ses mâchoires. Victor sentit une forte pression, puis une sorte de soulagement morbide au moment où une longue incisive acérée comme une lame perçait sa peau, s'enfonçant dans la graisse et le muscle jusqu'à l'os.

Pendant mollement de la gueule du rougarou, aux confins de sa cellule en forêt, Victor faillit perdre connaissance. Sa situation aurait pu être pire. Il sentait dans sa chair chacune des lacérations, et il se réjouit de ne pas avoir perdu toute sensibilité, ne serait-ce qu'afin de connaître cet atroce dépiautage.

Et puis il l'entendit. Joan qui pleurait. Quand il ouvrit les yeux, il pissait le sang dans son t-shirt sur la banquette arrière d'une voiture en mouvement.

23

Une gigue à soulever la poussière

Cette fois, Joan eut l'impression que peu de temps s'était écoulé avant qu'elle ouvre les yeux. En inspirant, elle éprouva dans la poitrine une contraction qui lui coupa le souffle.

« Merde. Oh merde. » Joan voulut soulever ses mains ligotées pour frotter l'endroit douloureux, mais un coussin gonflable l'emprisonnait.

« Attends, attends. » Victor, accroupi près de la portière ouverte de Joan, trouva son couteau sur le sol et s'en saisit. Il fendit le coussin gonflable, libérant un nuage de poudre à l'odeur âcre, puis coupa les liens. Joan se lécha les lèvres, sentit un goût de produits chimiques sur sa langue. « Qu'est-ce qui s'est passé ? demanda-t-elle.

– On a eu un accident. Tu peux bouger ? » Laissant tomber le couteau, il fit doucement tourner la tête de Joan à gauche et à droite.

Elle se rendit compte que le siège du conducteur était vide et que la portière était ouverte, ce qui expliquait le tintement rythmique de l'avertisseur. « Où est le chauffeur ? » Puis, affolée : « Heiser ? Où est Heiser ?

– Un instant. Voyons si tu peux te lever. » Victor lui prit les mains et l'aida à sortir. Elle posa les pieds sur le sol et il l'empêcha de tomber.

« J'ai mal à la poitrine quand je respire.

– Une côte cassée, probablement. Le reste, ça va ?

– Peut-être. » Elle s'appuya sur un pied, puis sur l'autre. « Ouais, c'est bon. »

Elle se tourna pour examiner la voiture. Tout le côté du conducteur était défoncé, mais le phare du côté du passager brillait encore, éclairant à l'oblique les arbres qui bordaient la route. Les deux coussins gonflables pendaient à l'avant, et une fine poudre blanche recouvrait l'habitacle noir. Heiser était affalé sur la banquette arrière, sa ceinture toujours bouclée, sa tête appuyée contre le siège voisin à un angle improbable.

« Il est…

– Je pense que oui. »

Elle se détourna. « Victor ?

– Oui ?

– C'est vraiment toi ? » Elle interrogea le visage de l'homme, puis toucha ses joues, ses oreilles et sa tête, comme pour en vérifier la forme. Il lui sourit et, oui, c'était bien lui. Elle prit quelques petites inspirations, essaya de retenir ses larmes – pleurer lui ferait trop mal.

« Je pense que oui », répondit-il.

Elle se blottit dans ses bras et il la serra contre lui, doucement, de manière à ne pas comprimer sa poitrine. Elle lui tâta le dos, à la recherche des blessures qu'elle lui avait infligées.

« Tout va bien, dit-il pour la rassurer. Ça saigne presque plus.

– Il faut te trouver des pansements. »

Des applaudissements se firent entendre. Pendant une minute, Joan fut incapable de déterminer d'où ils venaient.

Quelques pas devant la voiture se trouvait Robe.

Dans la lueur de l'unique phare, il se tenait debout, une épaisse couche de tissus ensanglantés recouvrant un œil enflé : son visage ravagé ressemblait au capot de la voiture.

« Félicitations. » Il se fendit d'un large sourire, chaque dent rehaussée par un liséré de sang rouge vif.

« Pourquoi ? demanda Victor en s'avançant vers lui.

– Je le vois plus, lui. Rien que vous deux. » Le sourire de Robe s'estompa. « Dommage. C'était un bon.

– On parle d'Heiser ? » Joan agrippa le t-shirt de Victor et tenta de le retenir. Cet homme était sans doute dangereux. C'était le sbire d'Heiser. Il voudrait peut-être les achever tous les deux, au bord de la route.

« Seigneur, non. Heiser était un trou du cul. Il aurait pas dû jouer avec de la magie qui était pas à lui. » Robe se lécha les mains, des paumes jusqu'au bout des doigts, et les passa sur son visage, puis il se peigna avec ses doigts. « Je voulais évidemment parler de ton rougarou. »

Un déclic se fit à l'intérieur de Victor. Un souvenir ou une prise de conscience. Il inclina la tête, prit une voix douce et s'avança lentement, comme on s'approche d'un animal dangereux. « Ton prénom, Robe… C'est un diminutif ? »

Robe fourra ses mains dans les poches de son pantalon et se balança sur ses pieds. « J'avais pour nom Guillaume Robitaille. Heiser, lui, m'appelait Robe, sans doute parce que c'est tout ce que j'ai réussi à lui dire quand on s'est trouvés.

– Guillaume, je…

– C'est Robe, maintenant. »

Victor brandit la main en signe d'apaisement. « Comme tu veux, Robe. Je pense qu'on peut t'aider. »

L'homme rit. « Tu crois ça, toi ?

– Je pense qu'on a le même problème, mon ami.
– C'est-à-dire ? » Robe semblait amusé.
« Tu es pourchassé par un rougarou. » Victor tapota sa tempe du bout de l'index, puis son propre cœur. « Ici. »
Robe sortit les mains de ses poches et imita les mouvements de Victor. « Ici. » Il se toucha la tête en écarquillant les yeux. « Et là ? » Il montra sa poitrine.
« Oui, répondit Victor. On peut t'aider. »
Joan s'imagina la femme de Robitaille, quelque part dans la nuit, recroquevillée sous une couverture au crochet, pleurant à la lueur d'une lune indiscrète. Seule. Blessée. « J'ai récupéré Victor, dit-elle. Je peux faire la même chose pour toi.
– Ah bon ? fit-il en s'approchant d'elle, les mains suppliantes. Vraiment ?
– Oui. »
Robe se pencha, les mains sur les genoux, la tête ballante, et ses épaules se mirent à trembler.
« Hé, hé, tout va bien aller. » Joan fit un pas en avant et Victor tendit le bras pour l'empêcher d'aller plus loin.
Un geignement bas, suivi d'un sifflement, et bientôt le rire de Robe remplit la nuit tout entière à la façon d'un hurlement.
« Qu'est-ce qui lui prend ? » Joan le vit vaciller sous la force de son hilarité.
« Toi ? Tu veux m'aider, moi ? » Il se tenait le ventre à deux mains. Après quelques gloussements de plus, il se calma enfin. « Tu veux m'aider, moi, *kwezanz*, ou tu veux aider Robitaille ? »
Il y avait des années qu'on ne l'avait pas appelée « petite fille » dans la langue. Elle se sentit diminuée. Elle ne répondit rien.

Il se redressa. « J'ai pas besoin d'aide. Je suis un électron libre, un self-made-man. Ce bon vieux Robitaille ? Je l'ai enterré dans le champ où il a pris sa petite cousine de force. Il a plus besoin de personne.

– Il a plus rien d'humain, Joan, dit Victor. Le Robe humain s'est perdu dans les bois et il va pas en sortir.

– Faut remercier le petit Jésus pour ce qu'on a ! hurla Robe en levant les bras au ciel avant de les laisser retomber. Seigneur, quel soulagement d'être débarrassé de toutes ces prières, maintenant qu'Hitler, là, est hors service. *Miss Daisy et son chauffeur* ? Ça commençait à bien faire. » Avec emphase, Robe se pencha d'un côté en mettant sa main en entonnoir autour de son oreille. « Vous entendez ? »

Malgré le bruit que faisait l'avertisseur, Joan finit par discerner quelque chose. Un léger gémissement. En provenance de la voiture.

« Mes amis, le moment est venu pour moi de ficher le camp. Faut que je me sauve pendant qu'il est encore temps. » Cabotinant toujours, Robe écarta ses bras à l'horizontale, plia ses mains à angle droit et les posa sur sa taille. Puis il leva les genoux et se mit à danser. Ses pieds bougeaient si vite qu'ils soulevèrent de petits nuages de poussière et devinrent impossibles à distinguer. De sauts gracieux en pirouettes extravagantes, il gigua hors de la lumière, descendit dans le fossé, puis remonta de l'autre côté avant de s'enfoncer dans les bois. Seules les étoiles virent de quel côté il se dirigea ensuite. Et elles ne diraient rien.

« Faut qu'on s'en aille, nous aussi, Joan, dit Victor en l'entraînant par le bras. Avant qu'Heiser reprenne connaissance. Viens.

– On le laisse comme ça ? » Elle avait du mal à mettre de l'ordre dans ses idées.

« On peut rien pour lui. Et on peut pas l'achever non plus. On est pas des meurtriers. » Pendant que Victor prononçait ces mots, son visage s'assombrit et ses yeux se remplirent de larmes. « Joan, je suis… »

Du couvert des arbres leur parvinrent de petits aboiements, entre un pouls qui bat et une nouvelle salve de rires. Joan se mit à marcher dans la direction d'où ils provenaient. « Tu as raison, Victor. On est pas des meurtriers. Ni toi ni moi. Allons récupérer la jeep. »

Au bout d'une minute, il la suivit.

24

Descente en piqué

Rompus, affaiblis, ils montèrent précautionneusement dans la jeep et se mirent en route en ne laissant derrière eux qu'une flaque de sang qui changea la terre en boue et, au-delà des arbres, des camions de pompiers arrosant les restes calcinés du pavillon. Les cadavres seraient bientôt découverts.

Ils roulèrent en silence jusqu'à l'épave de la voiture d'Heiser, dont un des phares brillait toujours. À l'intérieur, aucun signe de vie. L'avertisseur de la portière sonnait sa petite urgence dans la nuit, sans que personne l'entende. Quand ils s'engagèrent sur l'autoroute, ils craquèrent l'un et l'autre. Joan, consciente d'agir comme une folle, passait des rires aux sanglots, crachait les horreurs de la nuit, de la dernière année et de son grand amour triste. C'était plus fort qu'elle.

« J'arrive pas à croire que t'es là. Mais t'es encore trop loin. » Elle lui prit la main, la posa sur sa cuisse, entre ses jambes, sous son bras, dans sa bouche.

Dans une pharmacie de Leamington, ils achetèrent tout ce qu'il fallait pour panser les plaies de Victor, puis ils foncèrent au motel. Joan profita des arrêts aux feux rouges pour texter Zeus.

On l'a, mon garçon !!!!

Rien. Il ne dormait sans doute pas. Il devait être encore fâché contre elle. Elle essaya de l'appâter.

Face à face avec Heiser...

Elle attendit une minute.

Accident de voiture.

Une autre minute.

J'ai trouvé un deuxième rougarou. Il a fui, mais NOUS AVONS RÉCUPÉRÉ VICTOR !

Mais j'ai dû le poignarder.

Merde, il était têtu, cet enfant. Elle envoya un autre message.

Deux fois...

Pas de réponse.

*

* *

Entre le village et le motel, il plut de nouveau – soupir d'agonie au terme de l'orage.

Le parking était mouillé et le T lumineux de l'enseigne MOTEL s'étirait sur les flaques comme une croix de cobalt, s'achevant sur le capot d'une Miata qui occupait la place de Joan.

Ils garèrent la jeep près de la réception et sortirent en vitesse, grisés par l'adrénaline et l'envie de se toucher. Ils s'embrassèrent près du coffre. « On récupère Zeus et on fiche le camp d'ici », dit Joan.

C'est alors que, attirée par un mouvement, elle leva les yeux sur l'enseigne. Elle vit un gros oiseau sombre se poser sur le M vert qui grésillait à cause d'un court-circuit. Il pencha la tête comme pour lire ce qu'on disait à propos de l'AIR CLIMATISÉ et de la TÉLÉ COULEUR DANS TOUTES LES CHAMBRES.

Le sourire de Joan faiblit. Drôle, tout de même, de voir une corneille à une heure pareille.

Puis un deuxième oiseau arriva.

Dans de tels moments, il est difficile de savoir si les corneilles servent à gagner du temps ou à vous lancer un avertissement. Les oiseaux la regardaient du haut de leur piédestal, et elle fut passée en jugement. Chacun leur tour, ils finirent par croasser leur verdict, puis ils attendirent une réaction.

« On voit pas beaucoup de corneilles à la nuit tombée », dit Victor. Sous ses pieds, le reflet du T montrait la chambre. Joan se dirigea vers la porte.

« Oh. Oh, Seigneur. »

Joan courait. Elle contourna la Miata en cherchant la clé dans son sac. Et là, appuyée contre la porte, telle une pierre tombale avec une épigraphe en lettres d'or, se trouvait une petite bible noire.

« Non. »

Elle botta la bible, qui fit un vol plané et rata son atterrissage sur le trottoir.

La clé dans la serrure, l'épaule contre le bois, elle à l'intérieur. La lampe sur la table de chevet baignait d'une lumière jaune le lit défait, les collations intactes hors du sac, les vêtements en tas sur la moquette. Joan tomba à genoux et, dans le parking, les corneilles, voyant Victor s'élancer au milieu des flaques illuminées, croassèrent.

Zeus avait disparu.

Joan avait du mal à respirer. Elle était sans hymnes, sans prières. Les hymnes sont efficaces à condition qu'on les chante par-delà les constellations nommées en l'honneur de déités païennes – la Ceinture d'Orion, Andromède – pour qu'ils atteignent un Créateur disposé à les entendre. Et que peut une prière quand votre dieu a été arraché du ciel sombre comme une aile ? Tout ce qu'elle possédait, c'était une prophétie, et elle la déposa sur le seuil :

« Je suis déjà en route. »

25

Zeus dans les bois

Zeus n'avait pas l'intention d'attendre le retour de sa tante. C'était sa mission à lui aussi, merde. Il marcha le long de la route avec l'attitude d'un homme décidé à régler le cas d'employés impertinents qui ont trop souvent fait la grasse matinée et oublié de nettoyer la friteuse. Arrivé à l'autoroute, il longea la chaussée et passa devant des bosquets d'arbres et des panneaux jaunes réfléchissants où des routes secondaires se détachaient comme des verrues. Il brandissait le pouce au passage des rares voitures. Le vent soufflait en hauteur, faisant bruisser les feuilles. Il n'entendit donc pas les bruits de pas. Puis ses pieds quittèrent l'asphalte.

Le sommeil ou quelque chose du genre.

Il sut que sa haine pour sa mère était la raison de son enlèvement. Il essaya de se justifier – d'expliquer le comment et le pourquoi de ses sentiments –, mais il n'y avait aucune pitié à espérer. La créature posa une main gantée sur son épaule et dit : « Pas d'exceptions, le Petit Gros. » Et puis elle rit comme si des abeilles étaient emprisonnées dans sa gorge.

Zeus fut affamé, puis furieux, puis il ne fut plus rien. Les sons n'étaient plus qu'échos. Il distinguait seulement des couches de noir et de marine recouvrant le vide comme du chaume. Il cligna des yeux, mais il dut porter les doigts à ses paupières pour s'assurer qu'il l'avait fait. Il crut entendre le grincement d'une balançoire rouillée, comme celle qui se trouvait dans sa propre cour.

Quelqu'un venait. Dans un premier temps, il sut qui c'était : il se représenta les sourcils froncés de la femme quand il coupait la musique de la playlist au mauvais moment, sentit l'odeur des cigarettes et du thé Earl Grey sur sa blouse. Mais, après des heures ou peut-être une minute, elle était partie. Son nom – il connaissait le nom de cette femme. Il était important qu'il se souvienne de son nom. Avec ses paumes, il lissa donc la terre et traça les lettres : JOA… De quelque part souffla le vent, chargé d'odeurs et d'humidité, puis des insectes invisibles se lancèrent dans une fuite symphonique et s'éparpillèrent dans les ténèbres telles des étoiles sonores.

Il se connaissait. Il ferma les yeux et comprit qu'il était lui-même. Et il était lié à elle et elle venait. Cette certitude le fit sourire, même ici.

Mais aussitôt le N terminé, il avait déjà oublié. Il était sans énergie, il était perdu, et la créature assise juste hors d'atteinte se mit à chanter, laissant les abeilles emprisonnées dans sa gorge s'échapper et monter au ciel.

ÉPILOGUE

À la maison

« Ajean. » S'asseyant sur le lit, il donna un petit coup de coude à l'épaule nue de la vieille femme, qui dépassait de la lourde courtepointe. « Hé, Ajean.

– Mon Dieu, une femme a plus le droit de dormir ?

– Réveille-toi, Ajean. »

Elle roula sur le dos et abattit les bras de part et d'autre de son corps, si fort qu'ils rebondirent sur le matelas. « Je te fais venir quand j'ai envie de sexe, Rickard. Tu sais ce que ça veut dire, hein ? Ça veut dire que je suis pas obligée d'être fine. Tu restes tranquille ou tu t'en retournes chez toi. Sinon, tu t'arranges pour que ton affaire recommence à fonctionner. » Elle lui assena une claque sous les draps.

« Tu sais bien que c'est pas comme ça que marchent les pilules, dit-il en passant la main dans ses cheveux clairsemés. Je te l'ai déjà expliqué. C'est pas ça, de toute façon. Écoute.

– Quoi ? »

Il baissa la voix. « Je pense qu'il y a quelque chose sur ton perron. »

Levant les yeux, elle contempla le plafond bas et texturé où se projetait la lumière du lampadaire, striée par les stores de sa chambre. Elle resta parfaitement immobile et se concentra. Sur la taie d'oreiller rouge, ses cheveux dessinaient une étoile de mer grise.

Depuis que Joan avait téléphoné pour lui parler du garçon, Ajean ouvrait les oreilles toutes grandes. Elle avait même recompté les objets de son système d'alarme. Un trou du cul avait rapporté la bouteille vide au Beer Store pour toucher l'argent de la consigne et elle l'avait remplacée par un CD de Johnny Cash dans un étui en plastique fissuré. Oh, Johnny Cash, ça, c'était un homme qu'elle aurait baisé jusqu'à la moelle. Du moins jusqu'à ce qu'il prenne du poids, se change en grenouille de bénitier et découvre qu'il n'était pas vraiment indien.

Des pas traînants. Des grattements sur le bois. Un bruit sourd venant, comprit-elle, du pot où poussaient des soucis. On l'avait renversé.

« Bon, j'y vais. » Écartant les couvertures, elle se leva et lissa sa chemise de nuit. Elle arrangea le lit, puis intima le silence à Rickard et lui fit signe de ne pas bouger. Avant d'atteindre la porte de la chambre, elle se retourna. « La prochaine fois, apporte une deuxième pilule. Sinon, reste chez toi. »

Elle se dirigea vers la cuisine sur la pointe des pieds et, la langue sortie pour mieux garder son équilibre, tendit le bras vers le haut du réfrigérateur. À tâtons, elle chercha la boîte de conserve et la descendit. Elle aurait dû préparer le sel d'avance. Là, elle ne pouvait ni allumer le plafonnier ni ouvrir le tiroir où elle conservait la râpe et les couteaux. Pas sans faire un vacarme infernal. Elle regarda autour d'elle – minuscule fantôme vêtu d'une mince nuisette blanche, aux cheveux ondulés descendant jusqu'à la taille – dans l'espoir de trouver un objet qui lui permettrait de réduire l'os en sel.

« *Merde**. »

Elle se souvint des précautions qu'elles avaient dû prendre en préparant le corps d'Angélique pour sa rencontre avec le Jésus et éviter que les trous qu'elles avaient recousus se rouvrent. Elle se souvint de la vieille Elsie Giroux, qui s'était mordu les lèvres pour ne rien dire des créatures qui chassent sur la route. Elsie savait qu'Ajean lui aurait donné un bon coup de poing sur le nez si elle avait effrayé Flo et Joan avec ces histoires. Ajean lui en avait parlé sans prendre de gants. Angélique n'était pas morte le visage serein ; Ajean se souvenait d'avoir dû masser les muscles de sa mâchoire pour qu'ils se détendent. Angélique n'avait pas connu une belle mort. Ajean, elle, voulait mourir en paix – au bingo, avec une carte gagnante sous les yeux, ou majestueusement enveloppée dans une peau de daim sur le quai, ou encore allongée sous Rickard, telle une femme qui a profité de la vie jusqu'au bout.

Sur le comptoir se trouvait un épais verre en cristal qui réfléchissait la petite ampoule au-dessus de la cuisinière tel le faisceau d'un phare. Il contenait un comprimé de Polident et les fausses dents d'en haut de Rickard. Sans réfléchir, elle sortit le dentier et s'en servit pour râper une petite quantité de sel. Puis elle le remit dans l'eau, d'où il lui décocha une moitié de sourire. Quelques grains coulèrent au fond, où ils rejoignirent les résidus du produit nettoyant. Elle s'en occuperait plus tard.

Elle prit une pincée de sel d'os dans son petit poing brun. De l'autre main, elle s'empara de la cuillère en bois qu'elle avait accrochée près du téléphone en prévision d'une telle situation. Après un moment de réflexion, elle se dirigea vers le comptoir, où elle empoigna le sac jaune contenant des biscuits à l'avoine et le glissa sous son bras. Elle était parée, à présent, et elle ne plaisantait pas.

« Oh ma fille, murmura-t-elle devant la porte où, à travers la fenêtre, la lueur du lampadaire projetait sur son visage l'ombre d'un féroce pelage. J'espère que t'en as pas pour longtemps. Lui, il est déjà là. Et je sais pas combien de temps je vais être capable de le retenir. »

Elle ouvrit la porte, à peine, et fit claquer sa langue, comme pour appeler un animal égaré. Silence. Puis l'ombre, s'étirant, se raidissant, bloqua la lumière du lampadaire, la lune et la vue de tous les dieux qui s'étaient arrachés à la contemplation des étoiles silencieuses pour observer la chorégraphie d'un sacré bon combat.

Remerciements

Je suis reconnaissante à mon mari, Shaun, et à nos enfants, Jaycob, Wenzdae et Lydea, d'avoir accepté que je vive dans le monde de mon livre pendant des jours et des jours, enfermée dans mon bureau.

Hugh, Joanie et Jason Dimaline, mes admirateurs et soutiens de la première heure, je vous aime. C'est grâce à vous si je suis sans peur et si je déborde de mots. Merci de m'avoir convaincue qu'ils sont précieux, tous autant qu'ils sont.

Mes agents Rachel Letofsky et Dean Cooke, comme tous les remarquables membres de l'agence Cooke-McDermid, où j'adore débarquer à l'improviste pour les serrer dans mes bras, vous êtes les meilleurs. C'est grâce à vous que je peux continuer à publier. Vous m'accordez le temps et l'espace dont j'ai besoin pour trouver de nouveaux moyens de dire ma vérité. Vous montez la garde sur la route et je peux tourbillonner, chanter, sonder mes souvenirs pour tisser mes fils avec émerveillement. Je ne saurais trop vous remercier.

Il arrive parfois qu'on rencontre une personne capable de nous transformer en une meilleure version de nous-même. C'est rare. Quand cela se produit, on s'accroche à cette personne. Anne Collins, tu fais de moi une meilleure écrivaine ; c'est un cadeau que je ne saurai jamais te rendre. Un merci tout particulier à la petite Olive, qui m'a permis de passer du temps avec sa grand-mère pour terminer ce livre fiévreux.

Merci aussi à Kristin Cochrane pour notre premier lunch et pour les lunchs à venir. Et, surtout, merci de changer le monde de sorte que nous, écrivains, y occupions une plus grande place. Ta confiance en moi me pousse à travailler plus fort. C'est pour cette raison que tu es la patronne, je suppose.

Cette histoire, comme toutes les histoires, vient de ma grand-mère, Edna Dusome. Je suis reconnaissante à Mere ainsi qu'à ma grand-tante Flora de m'avoir raconté des histoires de peur où il était question de chiens noirs géants errant sur les routes, de m'avoir gardée en sécurité et de m'avoir nourrie d'un sentiment d'appartenance à la communauté, de contes et du genre d'amour qui dure. Je vous porte en moi chaque jour et je sais que vous me portez aussi.

RÉALISATION : NORD COMPO À VILLENEUVE-D'ASCQ
IMPRESSION : NOVOPRINT
DÉPÔT LÉGAL : MARS 2024. N° 151132
IMPRIMÉ EN SLOVAQUIE

Éditions Points

DERNIERS TITRES PARUS

P5948. Les Masques éphémères, *Donna Leon*
P5949. Patagonia route 203, *Eduardo Fernando Varela*
P5950. Anne de Windy Willows, *Lucy Maud Montgomery*
P5951. Le Fils du professeur, *Luc Chomarat*
P5952. Route One, *Michel Moutot*
P5953. Girl Power, *Hubert Artus*
P5954. Sira, le retour à Tanger, *María Dueñas*
P5955. L'Affaire Myosotis, *Luc Chartrand*
P5956. La Fureur de la rue, *Thomas H. Cook*
P5957. Partie italienne, *Antoine Choplin*
P5958. Où es-tu monde admirable, *Sally Rooney*
P5959. Le Commerce des Allongés, *Alain Mabanckou*
P5960. Au vent mauvais, *Kaouther Adimi*
P5961. Nous nous aimions, *Kéthévane Davrichewy*
P5962. Deux Secondes d'air qui brûle, *Diaty Diallo*
P5963. Beyrouth-sur-Seine, *Sabyl Ghoussoub*
P5964. J'étais là. 30 ans au cœur du rap, *Driver Ismaël Mereghetti*
P5965. Vivance, *David Lopez*
P5966. Les Presque Sœurs, *Cloé Korman*
P5967. Aké, les années d'enfance, *Wole Soyinka*
P5968. Patte blanche, *Kinga Wyrzykowska*
P5969. La Femme du deuxième étage, *Jurica Pavičić*
P5970. À la recherche de Milan Kundera, *Ariane Chemin*
P5971. Les Sacrifiés, *Sylvie le Bihan*
P5972. Tenir sa langue, *Polina Panassenko*
P5973. Chelsea Girls, *Eileen Myles*
P5974. L'Espion qui venait du livre, *Luc Chomarat*
P5975. La Septième Croix, *Anna Seghers*
P5976. Gueules d'ombre, *Lionel Destremau*
P5978. La Peau du dos, *Bernard Chambaz*
P5979. Je sais qui l'a tué, *Steve Mosby*
P5980. Une rétrospective, *Juan Garcia Vasquez*
P5981. Poids plume, *Mick Kitson*
P5982. Maikan, *Michel Jean*
P5983. Tombeaux, *Annette Wieviorka*
P5984. J'étais le collabo Sadorski, *Romain Slocombe*
P5985. La Clé anglaise. Français-Anglais, des idiotismes pas si bêtes !, *Jean Max Thomson*
P5986. Crossroads, *Jonathan Franzen*

P5987. Sisyphe est une femme. La marche du cavalier
Geneviève Brisac
P5988. Les Enchanteurs, *Geneviève Brisac*
P5989. Au plus beau pays du monde, *Tahar Ben Jelloun*
P5990. Au nom du temple. Israël et l'irrésistible ascension du messianisme juif, *Charles Enderlin*
P5991. Le Joueur d'échecs, *Stefan Zweig*
P5992. L'Allégresse de la femme solitaire, *Irène Frain*
P5993. Toujours vivantes, *Nicolas Leclerc*
P5994. Tu sais qui, *Jakub Szamałek*
P5996. Ivo et Jorge, *Patrick Rotman*
P5997. Paris se lève, *Armand Delpierre*
P5998. Ça ne tient qu'à vous. Cultivez votre potentiel et décuplez vos performances, *Nadia Bouali, Kamel Kajout*
P5999. Itinéraire d'un naufragé, *Hubert Félix Thiéfaine*
P6000. Nu avec Picasso, *Enki Bilal*
P6002. New York, aller et retour, *Raymond Depardon, Philippe Séclier*
P6014. Couleurs primitives, *Jeanne Cherhal, Petites Luxures*
P6050 Alice Zeniter, une écrivaine au travail
Richard Gaitet, Alice Zeniter
P6051 Nicolas Mathieu, un écrivain au travail
Richard Gaitet, Nicolas Mathieu
P6052. Hervé le Tellier, un écrivain au travail
Richard Gaitet, Hervé le Tellier
P6053. Maria Pourchet, une écrivaine au travail
Richard Gaitet, Maria Pourchet
P6100. New York New York. Une ville rêvée, *Philippe Delerm*
P6101. Comment être parfait, *Michael Schur*
P6102. Les Sentiers obscurs de Karachi, *Olivier Truc*
P6103. Sans preuve et sans aveu, *Philippe Jaenada*
P6104. Respire…, *Joyce Carol Oates*
P6105. Un (autre) toi, *Joyce Carol Oates*
P6106. Pipelines, *Etgar Keret*
P6107. Vingt Minutes de silence, *Hélène Bessette*
P6108. Le Petit Audiard illustré par l'exemple, *Michel Audiard*
P6109. Seul vers l'Everest, *Earl Denman*
P6110. Froid comme l'enfer, *Lilja Sigurdardottir*
P6111. Quand les politiques nous faisaient rire, *Jean-Louis Debré*
P6112. Le Monde du dessous, *Charlotte Brontë, Branwell Brontë, Emily Brontë*
P6113. Sachez que nous sommes toujours là
Esther Safran Foer
P6115. Les Humilié.es. 10 ans après le Mariage pour tous, l'heure du bilan, *Rozenn Le Carboulec*

P6116. L'Œil de l'éléphant, *Delia Owens, Mark Owens*
P6117. La Terre de Mandela, *Wole Soyinka*
P6118. Impunité, *Hélène Devynck*
P6119. Anne et sa maison de rêve, *Lucy Maud Montgomery*
P6122. Le Monde après nous, *Rumaan Alam*
P6123. Shalom Berlin, *Michael Wallner*
P6124. Madame Mohr a disparu. Les enquêtes de Zofia Turbotyńska, vol. 1, *Maryla Szymiczkowa*
P6125. Est et Ouest, *Wolf Wieviorka*
P6126. La Pâqueline ou les mémoires d'une mère monstrueuse *Isabelle Duquesnoy*
P6127. Pour que chantent les montagnes, *Phan Que Mai Nguyen*
P6128. Ni seuls, ni ensemble, *Marie-Fleur Albecker*
P6129. L'Allemand de ma mère, *Catherine Clément*
P6130. La Mort de Jésus, *J. M. Coetzee*
P6131. Sortir au jour, *Amandine Dhée*
P6132. Il suffit de traverser la rue : petite saga des années 2010 *Eric Faye*
P6133. Les Nuits d'été, *Thomas Flahaut*
P6134. Trio des ardents, *Patrick Grainville*
P6135. Suite en do mineur, *Jean Mattern*
P6136. Le Lâche, *Jarred McGinnis*
P6137. Cléopâtre et Frankenstein, *Coco Mellors*
P6138. Utopia Avenue, *David Mitchell*
P6139. Prends ma main, *Dolen Perkins-Valdez*
P6140. Irréfutable Essai de successologie, *Lydie Salvayre*
P6141. Partout les autres, *David Thomas*
P6142. Les Baisers, *Manuel Vilas*
P6143. Le Maître a de plus en plus d'humour, *Mo Yan*
P6144. Veritas Tantam Potentiam habet ut non subverti possit (La vérité a une telle puissance qu'elle ne peut être anéantie), *Olivier de Kersauson*
P6145. Traité sur l'intolérance, *Richard Malka*
P6146. Le Grêlé. Le tueur était un flic, *Patricia Tourancheau*
P6147. La Battue. L'État, la police et les étrangers, *Louis Witter*
P6148. Le Langage de l'amour. De la rencontre à la rupture, comment les mots révèlent nos sentiments, *Julie Neveux*
P6149. Mon chant, *Missak Manouchian*
P6150. Latérite *suivi de* Déclinaison du temps premier *Véronique Tadjo*
P6151. Et des poussières…, *Thomas Vinau*
P6152. Les Garçons qui brûlent, *Eva Björg Ægisdóttir*
P6153. La Tragédie du chat, *Sophie Chabanel*
P6154. Mort au couvent. Les Mystères de sœur Juana, vol. 1 *Oscar de Muriel*
P6155. À qui la faute, *Ragnar Jónasson*

P6156. Black Bird. Infiltré auprès d'un tueur en série
James Keene, Hillel Levin
P6157. Petite sale, *Louise Mey*
P6158. L'Or vert du Sangha, *Pierre Pouchairet*
P6159. Ici et Ailleurs, *Florence Aubenas*
P6160. Will, *Will Self*
P6161. La Tour d'amour, *Rachilde*
P6162. Un fils perdu, *Sacha Filipenko*
P6163. Matrix, *Lauren Groff*
P6164. Le Mystère de la femme sans tête, *Myriam Leroy*